JN219719

A PREFACE TO ENGLISH STUDIES OF EURASIA

ユーラシアのイングリッシュ・スタディーズ序説

大田信良・大谷伴子・四戸慶介
［編著］

Nobuyoshi Ota
Tomoko Ohtani
Keisuke Shinohe

小鳥遊書房

【目次】

はじめに
グローバル化以降の英文学研究としての「アフター西洋」？
——ユーラシアのイングリッシュ・スタディーズに向けて
大田 信良
7

第I部
ネオ・ユーラシア主義の出現と20世紀の地政学

第1章
社会・世界の分断と（英語）文学・文化研究
四戸 慶介
21

参考地図
38

第2章
『ビフォア・ザ・レイン』、バルカン問題、英米関係
——英国映像文化が表象する
国際政治、あるいは、「短い20世紀」の地政学的表象
大谷 伴子
41

第3章
シティズンシップの英文学と
『シークレット・エージェント』を再考する
——ユーラシアのイングリッシュ・スタディーズのために
大田 信良
63

第Ⅱ部
ユーラシアの
イングリッシュ・スタディーズのための試論

第4章
ネロの逆襲、あるいは、逆襲のパトラッシュ
——『フランダースの犬』と資本主義の向こう側
髙田 英和
97

第5章
ユーラシアから見る
『歳月』と『失われた地平線』のチベット
——新しい文明と理想郷という緩衝地帯
四戸 慶介
115

第6章
ヴィタ・サックヴィル=ウェストの
*Passenger to Teheran*とイラン
——プロパガンダあるいはソフト・パワーとしての英語文化
菊池 かおり
141

第7章
イシグロとグローバル化する英国映像文化
——ヘリテージ映画としての『日の名残り』？
大谷 伴子
157

第III部
グローバル化以降の21世紀英米文化？

第8章
English as an Additional Languageと
シティズンシップの英文学
——イングリッシュ・スタディーズの再編に向けての覚書
大田 信良
179

第9章
グローバル・ブリテンの文化？
——ブレグジット以降の英国とユーラシア
大谷 伴子
201

おわりに
社会・世界で分断が拡大する状況で、
英語文学・文化研究ができることとは何なのか
四戸 慶介・菊池 かおり
215

索引【人名（＋作品名）】
221

索引【事項】
224

【凡例】

◉ Notes（註）とWorks Cited（引用文献）は各章末にまとめた。

◉ Notes（註）は該当箇所に［　］の数字で示した。

◉ 文献の引用ページは本文中に（　）で示した。

はじめに

グローバル化以降の英文学研究としての「アフター西洋」？
——ユーラシアのイングリッシュ・スタディーズに向けて

大田 信良

近年、グローバル化の終焉つまり覇権国の衰退と交代・移行が問題とされさまざまな立場から議論されてきている歴史状況において、長期持続（longue durée）の歴史研究の枠組みに依拠する研究・解釈が、グローバルな英文学研究の新たな方法として、注目を浴び始めている。米国の覇権を含むグローバル化とその終焉という観点、あるいは、米国の研究者の立場から別の言い方をするなら、20世紀の政治・経済・軍事ならびに文学・文化において英国に取って代わった米国の覇権自体が今度は衰退と新たな移行の歴史的契機に直面したときに、たとえばどのような文学・文化の歴史研究の可能性が探られているだろうか[1]。ひとつ範例的ともいうべき例をあげるなら、F・ブローデル、I・ウォーラーステインとりわけ「長い20世紀」にいたる資本主義世界の歴史を提示したG・アリギの歴史研究を参照しながら、ジェド・エスティ「アフター西洋——長波動の文学史におけるコンラッドとナボコフ」という論文がある。それは、英米モダニズム・テクストからJ・コンラッド『シークレット・エージェント』（1907）とV・ナボコフ『ロリータ』（1955）を取り上げ、アフター西洋へ開かれた英米文学のグローバルな歴史あるいは長期持続（longue durée）の文化史を、提示している。また、エスティ自身の主張によれば、彼の研究は、ほかの長期持続にもとづくグローバルな文学史の理論的議論のいくつかを幅広く渉猟しふまえながらも、実践的なテクストの精読も同時に提示したものとなっている、この点を強調している。

こうしたエスティの研究について、本論集『ユーラシアのイングリッシュ・スタディーズ序説』との関連で、注目すべきことがある。コンラッドとナボコフという東欧またはユーラシアの中央に位置してヨーロッパとアジアの境界線を構成する空間から西欧・米国に移動した作家が、ポーランドやロシアを西欧の他者として否定的に描くだけというよりは、イギリス・サイクルの衰退期からアメリカ・サイクルの絶頂期へのパワーとマネーの移行に共通するリベラリズムへの部分的な批判を、表象している点を指摘しその議論にきわめて戦略的に取り込んでいることである。つまり、ここでは長期持続によるグローバルな文学・文化の歴史の語りにおいてユーラシアの空間の重要な役割が示唆されていると、われわれは読み取ることが可能なのだ。

しかしながら、エスティの解釈には、資本主義の支配的な文化としてのグローバル化に対応した「英文学」を批判的に再考することを目論むユーラシアのイングリッシュ・スタディーズにとって、二つの点で、問題があると考える。まず第一に、基本的にいま現在の「リベラル・デモクラシーのジャーゴン（the jargon of liberal democracy）」（Chow）と呼ばれるものにいたる19世紀英国のリベラリズムにしろ20・21世紀のネオリベラリズムにしろ、エスティが、最終的には、米国の衰退の現在において思考・想像する「アフター西洋」の歴史状況は、リベラリズムの延命と持続がたとえ米国とは異なるどこか別の地域・国家であるとはいえ担保されていることである。

米国の衰退は資本主義世界の蓄積・発展・成長のダイナミズムに組み込まれた構造的条件に規定されたものであり来るべき未来にその終わりが告知されているとはいえ、その決定的瞬間・契機は緩やかに長い時間のなかで出来する。その意味で、エスティにとって英米の覇権の歴史を範例的に代表するとされる西洋モダニズムの二つのテクストすなわち『シークレット・エージェント』と『ロリータ』が兆候的に表象するのはこれまでの近代西洋の普遍的自由（universal liberty）のいまや破れかけた旗幟が米国を立ち去り20世紀のスーパーパワーとその覇権が衰退しつつある過程を冷静に見守りつつも、英米がこれまで中心的ににない流通させてきた普遍的自由あるいはリベラリズムのきらめきは未来のどこかに移動して、そのいまだ知られざる空間こそが、なおも自由な世界（a free world）を求め続けるほかの亡命者や芸術家たちといった他者たちを宿す地となる（Esty "After the West" 791-92）。

こうして、エスティの提示する「アフター西洋」は、アフター資本主義でもなければ、アフターリベラリズムでもない、ということになる。たしかに、冷戦においてみられたような20世紀の覇権を争う諸国民国家とそれに対抗する諸国民国家の間でなされた永遠に続くかにみえた「グレート・ゲーム」は、グローバル化の本格的展開・転回を印しづけた冷戦終了とともに終わったようにみえるあるいは新たな限界が露呈したかにみえる、とエスティは結論部において述べている（Esty "After the West" 792）。しかしながら、モダニティまたは西洋近代の意味は、グローバルな資本主義との関係においてとらえられるべきであり、ポスト近代・ポストモダニズム以降に思考され議論される「アフター西洋」は、アフター資本主義の問題と切り離して概念化したり想像したりすべきものではないのではないか。

リベラリズムの延命と持続をひそかに未来のどこかの空間に担保しようというエスティの欲望は、「アフター西洋」という論文と同じ2022年に出版されたエスティの英米文化論としての衰退論争を取り上げたパンフレット『衰退の未来』に、より明確なかたちで、みてとれるだろう。『衰退の未来』におけるエスティによる21世紀の米国衰退論批判、すなわち、そのスーパーパワーとしての覇権への非現実的な固執に対する批判は、資本主義世界のグローバルかつ長期の文化史の観点からなされていて、ほかの諸文化に対する優越や支配を主張して譲らないその文化の普遍性・普遍主義（universalism）が問い直されるのだが、その際に、文化の内容自体ではなく、自由（freedom）や偉大さ（greatness）といった実のところ実体がなにやらとらえどころがないきわめて茫漠とした言説・ジャーゴンの使用によって表現されさまざまなメディアや研究・教育制度において流通しているリベラリズムの形式が、問題にされている（Esty *The Future* 112）。

エスティは近いあるいは遠い未来は別としていますぐの米国から中国への覇権の移行を現実的に想定しているわけではない。中国は厳密なあるいはなじみのある意味ではけして覇権国になることはない。このことは単に経済的な事実というだけのことではないのであって、モダナイゼーションの開始以降の200年間に形成された文化ならびに政治の形式パターンは米国に有利な状況を提供し続けてきた。貿易およびテクノロジーの事実上のグローバルな言語として機能してきた英語を考えてみれば明らかだ。米国の衰退と覇権の代替——中国への覇権の移行？——に関するアリギ『長い20世紀——資本、権力、そして現代の系譜』の議論「終末的危機（terminal crisis）」[2]は、偉大なスーパーパワー米国をノスタルジックにポピュリスト的に騒ぎ立てるのとは一線を画すリベラリスト、エスティにとっても、あまりに荒涼な世界像を呼び起こすもので、たとえ経済的に世界第2位に転落したとしてもそれはかならずしもアメリカの希望や安全保障や繁栄の終わりではない。軍事的にはその支配や戦略的な優越性の終わりでないことはさらに明らかだ。むしろ、覇権国の地位を手放すことで米国はいま現在の分断ではなく以前よりもっと完璧な統合やより公正な社会の可能性が開けてくるのさえ期待できる、とエスティは考えたいらしい（Esty *The Future* 23）。

二つ目の問題点は、ユーラシアとそこにおける文学・文化を政治・経済・軍事とともにとらえようとするときに、東欧あるいは中欧のみを意識的か否かはともかく明らかにきわめて特権的なやり方で考えている点である。ロシアやバルカン地域の問題がユーラシアの東に位置するアジア・太平洋とも密接に関連しながら進行する歴史の過程をとらえるべきではないか、そして、それによりリベラリズムのより根底的な吟味がなされるべきではないか、これが序説としての本論集において提示・提案したい問いである。

19世紀以降の英米のパワーとマネーとその文化・文学すなわちさまざまに変容するリベラリズムまたは「リベラル・デモクラシーのジャーゴン」を、グローバルな中流化する移民（middling migrant）として英米あるいは英語圏で教育を受ける過程で経験し研究・教育している研究者が増加している現在、リベラリズムについての批判的議論を、東アジアのリージョナルにそしてさらにグローバル、ローカルな場で、肯定的で建設的に開かれたかたちで進めていくことは意味があるのではないか、とりわけ、マネー・ヒト・モノがユーラシアの東またはインド・太平洋地域に移動している場合には。

たとえば、本書第3章で論じるように、提示した解釈と研究方法は以下のとおり。コンラッド『シークレット・エージェント』は、ユーラシアの西に位置する東欧と思われるアナーキストがロンドンで起こした爆破事件を主題としているが、そこでは、東欧ならびに英国警察のシークレット・エージェント、障害者や移民の問題、1907年の英露協商が作家の母国ポーランドの独立・自立を困難にする事態への不満だけでなく、そのサブテクスト「専制政治と戦争（“Autocracy and War”）」（1905）に目を向けるなら、ユーラシアの東の空間で起こった近代化を進めようとする日露両国間の戦争や専制政治体制の歴史性が、19世紀リベラリズムの覇権国英国のリベラリズムと直線的歴史観の単なる通時性とは異なる共時性・時間的差異を孕んだ同時性において対比されて、表象されている。こうした解釈は、西欧・西洋に限定されないユーラシアの空間全体あるいは近代以降の資本主義世界において同時多発的に出来した戦争や政治・経済・文化・文学の歴史的事件を、モダニティの不均衡発展としてそれらの通時性および共時性において、とらえようとしたものだ。

さらに、エスティが依拠しているはずのアリギ『長い20世紀』の理論と歴史解釈について、われわれは注意しておくべき点がある。それは、移行期に共存する二つのサイクルのパワーとマネーの間の対立と矛盾についてアリギが示唆していることである。[3] それはつまり19世紀のイギリス・サイクルから20世紀のアメリカ・サイクルへの移行期には、英米両国のパワーとマネーそれぞれが、単純に、前者が衰退し後者が抬頭することでスムーズになんの軋轢もなくトランスアトランティックに移動・移行するわけでもなければ、そしてまた、ユーラシアの空間における競合や対立がきわめて複雑なダイナミズムをもって展開・転回されない、といったことを意味する点で、長期持続の歴史研究の枠組みに依拠するグローバルな英文学研究の企てにおいてきわめて重要な論点である。たとえば、英米の覇権の移行にかかわる諸矛盾が、時空間の政治イデオロギーや文化に転移されたのがファシズムと共産主義だったのではないか、別の言い方では、リベラルな国際秩序の危機や覇権国や帝国の衰退として主題化されたのではないか。また、脱植民地主義の動きやジェンダーをはじめとするさまざまな社会的差異の運動も、同様な論点をふまえて、解釈すべきではないか。[4]

グローバル化とその問題に対応しうる「英文学」・異文化理解という観点から、ユーラシアのイングリッシュ・スタディーズという研究プロジェクトを本格的に立ち上げる序説として、本論集を構成する各論文は、いずれも、近代ヨーロッパあるいは20世紀のアメリカを脱中心化するようなやり方で、ユーラシアの空間をとらえることの重要性を提示しようとする。別の言い方をするなら、それらは、西欧・西洋に限定されないユーラシアの空間全体あるいは近代以降の資本主義世界において同時多発的に出来した戦争や政治・経済・文化・文学の歴史的事件を、モダニティの不均衡発展としてそれらの通時性および共時性において、とらえようとしたものだ。

もうちょっと別の言い方をするなら、『ユーラシアのイングリッシュ・スタディーズ序説』は、これまでのポストコロニアル文学論・世界文学論またはグローバルヒストリー研究・地政学とは決定的に異なり、英米の覇権と支配の観点からとらえられたロシアや東欧・バルカンだけでなく地政学的無意識となってきた東アジアを含むような、ユーラシアの全体性の表象・物語の形式に焦点をあてることで、「アメリカのためのグローバル化」の英文学とは決定的に異なるものとして、位置づけられる。たとえば、すでに示唆したように、コンラッド『シークレット・エージェント』をわれわれが解釈するなら、日露戦争を第一次世界大戦とは別に、総力戦とみなしそれ以降のさまざまな戦争・紛争との関係をとらえてみる、そして、それにより、英国を中心とする西ヨーロッパとロシア・ソ連またはヨーロッパとアジア、さらには、西洋・オクシデントと東洋・オリエント、白色人種と有色人種といった対立関係を21世紀の現在から再配置してみる、といった研究を志向し開始するといったように。

あらためて振り返ってみるなら、これまでユーラシアを含む世界史は、近代西洋とその資本主義の拡張・膨張の歴史として語られてきたと同時にまた、そうした歴史の記述や語りに対して植民地主義・帝国主義への抵抗・反乱の歴史もさまざまに提示されてきた。また、21世紀に入りこのような世界史をユーラシアの主題化により書き換えようとする傾向が、とりわけグローバルヒストリーの名を冠した歴史研究において顕著のように思われる。たとえば、資本主義世界のグローバルな歴史を決定的に形成した条件をユーラシア大陸における諸力の均衡の変動として語り直したジョン・ダーウィンの仕事が典型的かもしれない。そのグローバル化に対応した歴史研究は、近代西洋の拡張ではなく、その膨張の過程にもかかわらずコントロールできなかったダイナミズムを論じることによって、アフター西洋中心主義のグローバルヒストリーを叙述した試みとみなすことができるだろう。

本論集におけるユーラシアのとらえ直しは、旧来の研究、たとえば、東欧・中欧からの移民の流入に対する不安・恐怖を描くゴシック小説・侵略物語を英国の文化的他者という観点から解釈したポストコロニアル文学論やその新たなグローバル版文学研究とは異なる。また、ロシア・ソ連の文学には補足的に特別に言及しながら、英語翻訳を主として使用しつつ多様性（diversity）・多言語主義（multilingualism）・公正・公平（equity）に依拠するリベラリズムを唱道する世界文学論やジョン・ダーウィンの『ティムール以後――世界帝国の興亡 1400-2000年』（2007）の脱西洋中心主義を謳うグローバルヒストリーと同じ志向性をもつものでもない。さらにまた、本書第8章で論じるように、19世紀のグレート・ゲームの21世紀版を主題にアメリカの優位性とその地位維持のために必須な地政戦略を壮大なチェスボードのゲームとして論じたZ・ブレジンスキー『ブレジンスキーの世界はこう動く』（1997）の地政学とも立場や観点を共有しない。

本論集『ユーラシアのイングリッシュ・スタディーズ序説』は、グローバル化とその終焉をめぐる問題にわれわれみんなが適切に対応しうる「英文学」研究という観点に立つことを試みる。そうすることで、ユーラシアのイングリッシュ・スタディーズという研究プロジェクトは、世界の各地で広がりをみせつつあるシティズンシップの英文学（および、それに連動する英語教育とともに）を再考する作業を開始する。この研究プロジェクトは、G・アリギの長期持続（longue durée）の枠組みをふまえたうえで狭義の「英文学」をふくむグローバルなイングリッシュ・スタディーズを採用するとともに、ユーラシアの空間全体のダイナミズムに注目する。こうした方法により、旧来の制度化された狭義のナショナルな「英文学」を包含するような、近代西洋とりわけ19世紀以降の英米の覇権あるいはパワーとマネーとその文化・文学を、ユーラシアの西部・中央部ではなく新たに批判的に研究対象として設定することは、「英文学」が持続的に孕み続けているさまざまに変容するリベラリズムまたは「リベラル・デモクラシーのジャーゴン」を、東アジアの視座から、より徹底化したやり方で吟味する作業をさまざまな研究者・読者とともにみんなでグローバルにおこなうことにつながるはずである。

最後に、『ユーラシアのイングリッシュ・スタディーズ序説』につながる過去のわれわれの研究について、ひと言、付け加えて「はじめに」をひとまず閉じたい。英国のモダニズムの解釈から始まるこれまでの研究は、英米のトランスアトランティックな関係を解釈することを媒介に、アジア・太平洋の隠れた不在の表象を炙り出すことを目指してきたといえる。これらは、ユーラシアのイングリッシュ・スタディーズにかかわる現在の研究会とともに、より直接的かつ包括的に、日本を含むアジアやヨーロッパつまりユーラシア空間を主題化する本論集に、接続される。大田ほか編著『アール・デコと英国モダニズム――20世紀文化空間のリ・デザイン』、『ブライト・ヤング・ピープルと保守的モダニティ』、ならびに、大谷『ショップ・ガールと英国の劇場文化――消費の帝国アメリカ再考』の三冊（いずれも小鳥遊書房出版）においても論じてきたことだが、ピープルすなわち人民・国民・大衆を主流な担い手とするポストモダニズムに可能性として孕まれていたユートピア的大衆性・ポピュラリティの意味を再評価する必要性があるのではないか。逆にいえば、中産階級の主流を構成するシティズン・市民の文学・文化を、批判的吟味なしに称揚するのではなく、今にいたる近代化以降の各時代を含めてモダニズムを規範にさまざまに更新され誕生する文学を、人権、ケア、環境やSDGsさらには障害（disability）を含む社会的差異・差別の問題だけでなく、戦争・紛争にも関与する国際政治や国際法の歴史と突き合わせて再解釈する必要だ。ただし、そうした解釈をおこなう際には、まずは、われわれはユーラシアの空間をその全体性において着目することが重要ではないか。[5]

Notes

［1］グローバル化の終焉および世界の分断化について、現在すでに、論じられてきていることに言及しておくべきだろう。前者については、*The Economist*が*The Levelling: What's Next After Globalization*（2019）の著者Michael O'Sullivanにおこなったインタヴューと抜粋であるK.N.C. "Globalisation is Dead"を、後者については、"The Alternative World Order"および"Economic Freedom v Political Freedom"を、それぞれ参照のこと。

［2］terminal crisisは、各サイクルの第二段階である新しい蓄積体制の強化とさらなる発展の期間に続く、金融拡大の時期を示す。それとは別に、第二段階の強化と発展は、蓄積体制の完全な発展から生じる諸矛盾の兆候として「予兆的危機（signal crisis）」と呼ばれる。この予兆的危機は、もっと深層のシステム危機すなわち現存の支配的蓄積体制が最終的に交替・代替させられることになるterminal crisisとは、区別される。つまり、terminal crisisとは、サイクルの移行・覇権の終わり、言い換えれば「蓄積体制の第一段階である抬頭、第二段階である全面拡大、第三段階の消滅を包む長い1世紀の終わりを告げるものである」(Arrighi 215-17、特に217)。

エスティは、米国の衰退についてのアリギの米国人にとっては荒涼で寒々しいとも思える構造的なダイナミズムについて以下のように言及している。

> Following in the rough pattern…America after the 1970s began to lose its competitive advantage. Arrighi suggests that America hegemony entered its "signal crisis" around 1975 and its "terminal crisis" after the Bush II wars…

> Over time, the US became an increasingly hollow hegemon, sustained by the false booms of tech, debt, and finance, all juiced by massive defense spending ("military Keynesianism"). (Esty The Future 18-19)

アリギ『長い20世紀』が提示した長期持続の観点からする資本主義世界のグローバルな歴史論は、通常の国家の勃興・衰退の理論とは異なり、資本主義世界の構造やマテリアルなものの条件や規定に関するものである。その意味で、覇権国それもその特にエリートたちが抱く欲望や不安に注目しそれらの表現・表象を文化的に論じるものとは、とりあえず問題設定を異にするものだということはここで確認しておこう。

［3］エスティのアリギ理解は、実のところ、覇権国の衰退を、社会学的に、エリート集団の政治の観点からも論じるLachmannにおっているように思われる。

［4］日本の英文学研究の未来へ向けた過去と現在のことを考えるなら、以下のような問いも浮かんでくるだろう。英国モダニズムの受容と継承が、米国と日本でどのように違ったのか、そのグローバルな意味はなんだったのか？そして、敗戦後の日本の現在にとって、その事態はどのように捉えたらよいのか？

［5］また、映画メディアを主とする英国映像文化と政治・経済・外交をグローバルに解釈する大田ほか編著『イギリス映画と文化政策――ブレア政権以降のポリティカル・エコノミー』（2012）がある。

Works Cited

"The Alternative World Order." *The Economist* 19th Mar. 2022.

Arrighi, Giovanni. *The Long Twentieth Century: Money, Power, and the Origins of Our Times*. Verso, 1994.

Chow, Rey. "The Jargon of Liberal Democracy." *PMLA* 137.5 (2023): 935-41.

Cleary, Joe. "Realism after Modernism and the Literary World-System." *Modern Language Quarterly* 73.3(2012):255-68.

Eatough, Matthew. "The Literary History of World-System, II: World Literature and Deep Time." *Literature Compass* 12.11(2015): 603-14.

"Economic Freedom v Political Freedom." *The Economis*t 19th Mar. 2022.

Esty, Jed. "After the West: Conrad and Nabokov in Long-Wave Literary History." *PMLA* 137.5(2022):779-94.

---. T*he Future of Decline: Anglo-American Culture at Its Limits*. Stanford UP, 2022.

K.N.C. "Globalisation is Dead and We Need to Invent a New World Order." *The Economist* 28th June 2019.

Lachmann, Richard. *First-Class Passengers on a Sinking Ship: Elite Politics and the Decline of Great Powers*. Verso, 2020.

大田信良ほか編著『イギリス映画と文化政策――ブレア政権以降のポリティカル・エコノミー』慶應義塾大学出版会、2012.

第Ⅰ部

The Rise of Neo-Eurasianism and Geopolitics in the 20th Century

ネオ・ユーラシア主義の出現と20世紀の地政学

第1章

社会・世界の分断と（英語）文学・文化研究

四戸 慶介

はじめに

2022年『ニューレフト・レビュー（*The New Left Review*）』の137号にヨーラン・テーボーンによる論文「ワールド・アンド・ザ・レフト（"The World and the Left"）」が、そして翌2023年、デューク大学発行人文学ジャーナル『バウンダリー2（*boundary 2*）』の特集にリア・フェルドマンによる「トラッド右翼：「歴史の終わり」に形成されるユーラシア白人主義（"Trad Rights: Making of Eurasian Whiteness at the 'End of History'"）」が掲載される。それぞれのタイトルから伺えるのは、前者が世界と左派の関係を扱うということ、そして後者が「歴史の終わり」[1]に現れたユーラシア白人至上主義と伝統主義的右派の関係を扱うということである。スウェーデン生まれのヨーラン・テーボーンはケンブリッジ大学のマルクス社会学者で（2010年に引退）、『ニューレフト・レビュー』ではほぼ毎年彼の論文が掲載されており、中心的な執筆活動の場となっている。[2]一方のリア・フェルドマンは、シカゴ大学で比較文学を担当し、その関心は主にコーカサスと中央アジアを横断するグローバルな文学・文化の関係の詩学と政治学である。[3]2022年2月にはじまったロシアのウクライナ侵攻によって地政学的な分断、そして民主主義国家と権威主義国家の対立構造などがより明確に顕在化されていく世界を背景にこの二人の研究者が執筆した論文はそれぞれ次のようなものである：テーボーンの論文は、20世紀左派と21世紀左派の違いを確認しながら21世紀左派の取り組みを提示して、なおかつそこに希望を見出そうとする；フェルドマンの論文は、ロシアのネオ・ユーラシア主義が形成される背景やその影響力に触れながら世界的に拡大していく21世紀の右派の特徴を考察している。それぞれの研究分野によりながら整理されていく左派や右派の特徴や動向を追ううちに見えてくるのは、新自由主義の働きとその後に続いて出現しつつある影響である。それはたとえば、まず初めに見ていくテーボーンの論文に現れる言葉を使えば「新自由主義の蝶番（“the ‘hinge’ of neoliberalism”)」(26) であり、もう少し具体的に示されているところの「20世紀の負の遺産（“the disaster-generating legacies of its predecessor—climate change, in-equality, war”)」(38) だろう。

1．世界と左翼

テーボーンは自身の論文が、21世紀の左派の文脈を理解する試みであり、迫り来る気候変動による大災害、地政学的な再編が起こる新たな世界、経済的不平等に対する人類の革新的な応答を理解する試みである、と位置付ける。それは2000年『ニューレフト・レビュー』掲載の「リニューアルズ（“Renewals”)」という論文にてペリー・アンダーソン（兄は『想像の共同体』のベネディクト・アンダーソン）による左派の再スタートのための問題提起――「歴史の敗北の明確な記録（‘a lucid registration of historical defeat’)」(Anderson 12) ――へのテーボーンの応答である。20世紀左派の歴史的敗北を明確に記録するためにテーボーンが着目するのは20世紀から21世紀にかけて新自由主義を介して残された負の遺産である。それを踏まえながらテーボーンは21世紀の左派が形成されていく文脈を整理、そして今後の課題を評価していくのである。

イントロダクションで以上のような目的を示すテーボーンの論文は以降、六つのセクションで構成されている。まず第一セクションの「弁証法の世紀（The Dialectical Century)」では、産業資本主義の20世紀が振り返られる。20世紀は左派対資本家／支配者という対立構造を通して、それぞれが成長・拡大し、同時にその対立構造の維持を可能にする弁証法が機能していたことが確認される。しかしながら、1970年代頃には産業資本主義も行き詰まり、その解決策を見出すことなく左派は後退し弱体化する。そして20世紀後半の新自由主義の台頭とそれを支持する右派勢力により、低賃金国への製造外部委託促進に伴うグローバル化やデジタル技術の発展に伴う新たな金融投機ブームが国家の主要な利益源となり、富は一極に集中していく、という世紀の移り変わりが第二セクションの「新自由主義の幕間（The Neoliberal Interlude)」で概観される。21世紀の左派はそのような背景の中で形成された、という立脚点からその特徴をまとめていく第三セクションの「新世紀の左派（The New Century's Left)」、そして20世紀左派と21世紀左派の特徴の比較をおこなう第四セクションの「新しい政治（New Kinds of Politics)」が続き、第五セクションの「バランスシートと課題（Balance Sheet and Challenges)」で21世紀左派の現状評価・課題の確認を気候変動問題（climate crisis)、地政学(geopolitics)、前進するアジア（forward march of Asia)、階級闘争（class struggles）という観点に着目しながらおこない、これまでにない技術、医学、資本による前例のない力と資源の豊富さをもとに「地球の哀れな人々」が世界規模でつながってきていることに希望が見出される。そして最終セクション 社会主義：結び（Socialism: Envoi）において、格差を世界規模で考え、社会を変えるべき時であるという左派への呼びかけがされる。ここではこの論文の第三、四セクションをもう少し具体的に見ていきたい。

この論文では、20世紀左派の時代は新自由主義の始まりと共に幕を閉じ、新自由主義体制のなかで21世紀左派が形成されてくる、という歴史観で21世紀左派の特徴の整理、評価がおこなわれる（たとえば、二つの世紀の比較対象となっている代表的な左派運動として主に68年パリ五月革命の学生運動と2011年スペインのインディグナドス（怒れる人）運動[4]が言及されている)。

> 重要なのは、新自由主義の時代が、年代順という意味だけでなく、二つの世紀の間の架け橋として機能したということだ。新自由主義的資本主義のグローバル化は、20 世紀の左派に終止符を打った。しかし、行き過ぎや傲慢さ、経済破綻によって、21 世紀の新たな左派

を生み出した。（Therborn 23-24）

21世紀左派はつまり、新自由主義が生み出した負の遺産（具体的には気候変動・冷戦後中東における紛争・デジタル／金融資本主義による富の一極集中）を背負い、右派リベラルが優勢な社会の雰囲気の中で形成された、と位置付けられる。テーボーンはそうした背景を踏まえながら21世紀左派が対新自由主義／対欧米中心型グローバル経済システムに抵抗していく特徴を次の①〜③のようにまとめている（Therborn 39-42）：①alter-globo：新自由主義的大企業の外部委託／金融投機とは異なるグローバルな繋がりの可能性を模索する（例："the World Social Forum"）②climate protests：利益追求型の資本主義の結果として起こる気候変動、それに付随する災害を問題視した環境保護運動をおこない、かつてエリートが政治的主導権を取りにいった60〜70年代とは異なる、SNS等を駆使し大衆的な多様な活動をおこなう（例：グレタ・トゥーンベリの活動）③new world socialisms：新自由主義経済が実験的におこなわれ、80年代から続く経済危機を抱えたラテンアメリカが見出す21世紀の社会主義（例：ベネズエラのウゴ・チャベス政権の功績）[5]。テーボーンは以上の三つの特徴を示しながら、次のような21世紀左派の評価をおこなう。

> 21世紀初頭の左翼はまた、新たに急進的になった世代が登場する場を提供し、「民主的社会主義」を西欧のレキシコンに取り戻した。多くの国々でイデオロギー的なパラメーターを広げ、進歩的な政治の基礎を築き、社会主義の意味や資本主義克服の展望についての議論を切り開いた（その議論をおこなうのはまた別の機会に譲るとして）。(Therborn 54)

21世紀左派の取り組みとは、新自由主義時代に疲弊し弱体化した20世紀左派に替わって、新自由主義時代に破壊された社会を民主主義的・社会主義的に立て直しながら新陳代謝を図る試み、として示されていると言えるだろう。

ところで、20世紀の左派もかつて社会主義の実現を志していたという点では21世紀の左派と同様であるわけだが、両者の違いはどのように定義づけられているのだろうか。20世紀左派と比較した21世紀左派の特徴をテーボーンは次の表のようにまとめている（Therborn 46)。

Table 2: *Kinds of Left Politics*

	20th-century left	*21st-century left*
Main addressee/base	The working class	The people
Main instrument	Organization, party	Network, movement
Way of functioning	Representative democracy	Media communication and participatory democracy
Radical qualification	Programme	Ruptural forms of protests/demands
Repertoire of protest	Demonstration, strike	Additions: claiming urban space, urban uprisings, road blockages, economic pressure, secondary school action

新自由主義時代に大敗した20世紀左派に替わる21世紀の左派は、労働者にのみ焦点があたる階級闘争ではなく一般民衆みんな（the people）が、SNSなどを介して緩やかに繋がりながら誰もが参加できる運動を起こす（network、movement、media communication、participatory democracy)。長期的計画に基づく抗議活動というよりも、とにかく現行の政治に対する破壊的な抗議（ruptural forms of protests/demands）をおこない、その抗議活動の形にはこれまでのデモやストライキに加えて都市を占拠する、という特徴が加わっている。そしてこうした運動が、欧米が握る覇権に対抗する21世紀左派の世界的な（南米、アフリカ、アジアの）動向として紹介されていく。彼の評価では、以上のような特徴を持つ21世紀の左派が、利益追求型の新自由主義とは異なる新しい社会（21世紀の社会主義）をみんなで作っていけるという少なくとも可能性は示した、ということになる。

しかしながら、彼が希望を見出す21世紀左派の新たなネットワークには懸念点や課題などはないのだろうか。たとえば、これまでアメリカを中心に（そしてそれに追随するヨーロッパを含め）動いていた経済が資本主義のグローバル化に伴い、間違いなくその重心が移動している、とテーボーンは述べる。また彼の見解の中では、次の引用にもあるような中国のテクノロジー・経済資本に対する脅威が示唆されている。

> 米国は依然として強大な資源（主に軍事力と資金）を有しており、欧州はますます忠実な代理人となっている。それに対して驚異的な技術経済的台頭を遂げるのが中国であるが、長期的にはアジア大陸全体として発展していくのがリスクが少ないように思える。……アジア圏外の左翼にとって、アジアの前進はまだ明確な意味を持たず、その軌跡は、社会闘争がアジアでどのように発展するかにかかっているが、西側のヨーロッパ中心主義、アメリカ中心主義、NATO融和主義に対する明確な警告となっている。(Therborn 65)

彼が示している課題は、そうした中国の脅威を意識しながらアジア全土で発展する必要がある、ということになるかもしれない。なぜなら、中国を中心とするアジアのネットワークの拡大によって、西洋中心、アメリカ中心主義を打破できる可能性があるが、それはアジア圏の今後の発展によって異なる結果になる、という可能性が示唆されているからである。

たとえば、アジアの左派は20世紀の遺産を乗り越えることができていない、日本に関して言えば左派の新陳代謝はおこなわれていない、という点をテーボーンは懸念している（Therborn 54-55)。それはつまり、中国やインドといった経済大国が新たな世界の地政学を構築する可能性があるなかで、たとえば日本の左派はどのような取り組みができるのか、という課題が提示されているのだと言えるかもしれない。そうした課題について考える際、新自由主義的グローバリズム／資本主義の犠牲者やアウトサイダーたちの連帯として代替的なネットワークを形成していくオルタナ右翼についてのリア・フェルドマンによる考察は有用かもしれない。

2.「トラッド右翼：『歴史の終わり』に形成されるユーラシア白人主義」

2023年2月に発行された『バウンダリー 2』第50号は「危機から破局へ：グローバル新右翼の系譜（Crisis to Catastrophe: Lineages of the Global New Right)」というタイトルのもと世界的に拡大している右派勢力やホワイト・ナショナリズムの発展をテーマに特集号を組んだ。リア・フェルドマンとアーミル・マフティによるこの特集の序論「はじめに：甦るファシズム（"Introduction: The Returns of Fascism")」によれば、この企画の構想は2016年にドナルド・トランプが米大統領選で勝利した数ヵ月後に立ち上がり、そして特集の序論は、トランプが大統領を解任された翌年の2022年に執筆された、とのことである（Feldman and Mufti 1)。既に冒頭で言及したが、2022年2月はロシアによるウクライナ侵攻が起こったタイミングでもある。かつて1920年代から1930年代にソ連で広がったユーラシア主義[6]が21世紀に形を変えて再び、ロシアから世界的に広まっていく現象を注視するフェルドマンはトランプ当選に代表される米国内の右傾化現象のみならず、より広範な世界との関係からその現象を相対的に見る契機を与えてくれる。

フェルドマンは、1960年代にフランスで生まれた新右翼とその後という歴史観（Feldman 70）と並行して、実はソビエト崩壊後に、反米／反グローバリズムで大衆を惹きつけながら裏にある白人至上主義と新自由主義的政治性を隠すネオ・ユーラシア主義が、現在の世界規模での新右翼的文化形成に一役買っていたという点を指摘するもので、イントロダクションを含む五つのセクションで構成されている。まず第一セクションの「感情政治：トラッド・ライフの権威主義的新陳代謝（Gut Politics: The Authoritarian Metabolism of Trad Life)」では、1970年代にアンダーグラウンドの芸術家や思想家たちと交流し、セックスやドラッグ、アルチュール・ランボーやマルティン・ハイデガーに傾倒し反共反体制だったアレクサンドル・ドゥーギンがソビエト崩壊後からは保守的な方向へと舵を切り、ボリス・エリツィンによる市場の自由化や大統領権限を強めた議会の掌握などによる1990年代ロシアの政治的・経済的不安定さに依りながら新たなロシアの連帯を構築していく背景が確認される。フェルドマンはドゥーギンのいくつかの著書『地政学の基礎（*Foundations of Geopolitics*）』(1997) や『第四の政治理論 (*Fourth Political Theory*)』(2012)、インタビューでの発言等から彼のネオ・ユーラシア主義の特徴（たとえば、リベラリズム、資本主義、ファシズムなどの失敗した政治体制に替わる、ロシア正教と白人ロシア民族からなる超国家的なユーラシアの民族性を重要視する新伝統主義）を立体的に浮かび上がらせていく。そして第二セクションの「トラッド右翼の感情と日常の暴力（Trad Right Feels and Ordinary Violence）」では、インターネット等メディアを介した消費文化で拡大していく伝統主義的右派の例が紹介される。そして、不安定な社会に生きる人々が抱える不安に訴えかけ、ポストモダン消費社会批判を用いながら資本主義の欲にまみれた世俗的な社会から離れた伝統的生活を回帰し、そこへ反応する人々を右派の連帯へと呼び込むトラッド右翼のレトリックが分析される。こうしたレトリックは、不安定な現代社会の状況を政治以前の問題として映し出す。ここではドゥーギンによって喧伝されるユーラシアという幻想でつながるロシアという概念を正当化、脱政治化するレトリックと同様の特徴が示される。そして第三セクションの「歴史の終わり（The End of History）」で、フェルドマンは当時のフランシス・フクヤマにはそう見えた「冷戦の終結＝紛争の終結」という構図を読み直す。フェルドマンの読み直した図式は次のようになるだろう：「冷戦の終結→米国新自由主義の一極支配→新たな右派によるファシズムの始まり」。米国中心のグローバルな新自由主義による支配に対してハンガリー、ドイツ、ロシア、トルコでは右派による民族主義回帰（白人性の強調と感情的な連帯で隠蔽される暴力性）が起こる。恐怖、憎悪、嫌悪といった感情・感覚あるいは情動へ訴えかけ、そして民族的なつながりや国境を越えた集団の連帯を促す右派のファシズム的レトリックは、その実グローバリズムの中心的な役割に依拠している。また自然回帰や感情を優先するロマン主義的態度も同様に、物質的な現代技術・情報テクノロジーへの依存によって成り立つものである。右派が利用する危機や災害への感情的な呼びかけは国家の失敗をグローバリズムやリベラリズムの問題に結び付けるが、これが実際にはグローバル資本主義批判ではなくその結果として際立てられる移民排斥や人種差別へと向かうことが指摘される。そして最後のセクションの「追記：ウクライナ（Postscript: Ukraine）」で、ロシアのウクライナ侵攻がこれまで見てきた右派の世界観をさらに強固なものにさせる事象であると説明される。かつての帝国ロシアを今再び作り上げようとするこの動きは欧州と米国の軍備強化につながり、それは結局のところ、この戦争が支持されていることを意味する、とフェルドマンは述べる。最後に、ドゥーギンの1997年の言葉（「ウクライナという国家には地政学的な意味はない……文化的な特別な重要性も普遍的な意義もなく、地理的な独自性も民族的な排他性もない（"Ukraine as a state has no geopolitical meaning . . no particular cultural import or universal significance, no geographic uniqueness, no ethnic exclusiveness"）」を引用し、超国家的な、多様な民族の有機的なつながりを強調するネオ・ユーラシア主義が隠蔽するその政治性・暴力性とウクライナ侵攻の関係をフェルドマンは改めて明確に示す。

フェルドマンは、こうしたネオ・ユーラシア主義思想の形成や伝播について これまでの研究が過小評価してきたことを問題視し、その思想形成や影響力を批判的に考察していくのである。この論文を先のテーボーンの論文と並べて読む際、気になる点が二つある。まず一つは、右派の主張の中で反アメリカ／反グローバリズムが声高に叫ばれ、伝統主義やグローバル資本主義の犠牲者としての連帯意識が喧伝されることによって、右派活動の新自由主義的システムへの依存、移民排斥主義、家父長的性質、軍国主義的、帝国主義的イデオロギーが隠蔽されていることである。そしてもう一つは、世界的かつ米国内での右派の拡大にロシア発のネオ・ユーラシア主義の影響があることである。つまり、表向きは対立するようなネオ・ユーラシア主義とグローバルな新自由主義的資本主義という構図は、テーボーンがまとめたところの21世紀左派の新しい社会主義×新自由主義的グローバル資本主義という構図と同様である。左派も右派も一見同じ批判対象を共有しているように見える点が、言い換えれば、新自由主義やグローバル資本主義の犠牲者・アウトサイダーを取り込むレトリックが使用されている点が注視される必要があるかもしれない、ということにここで気づかされるのである。フェルドマンの論文はその仕組みを批判的に考察する。

フェルドマンの論文の具体的な箇所を拾いながら右派拡大の特徴や仕組みを確認するならば、それは次の箇所に最もわかりやすく示されている。

> プーチンの帝国主義的レトリック、エルドアンのオスマン帝国史観回帰、オルバンのオーストリア・ハンガリー再興といった国家ルネッサンスは、米国の一極集中を覆すための協調的な取り組みに貢献した。トランプ大統領のWHO脱退と中国の一帯一路構想は、リベラルな国際秩序に代わる目に見える形で、このグローバルな新右翼の想像力に貢献した。これら組織としてのつながりは主に非公式なものにとどまっているが、資金調達ルートは、文化団体や宗教団体、Kickstarter やGoFundMe のようなクラウドソーシング・プラットフォーム、暗号通貨を通じて、さらには新右翼のライフスタイル・ブランディングを前面に押し出した非公式の消費者市場も含め、国境を越えて広がっている。(Feldman 71)

プーチン大統領がこれまで用いてきたロシア帝国として連なる領土の歴史観[7]やトルコのエルドアン大統領による世界的経済力、政治力を掴んだ西洋化以前のオスマン帝国への理想国家モデルの希求[8]、ハンガリーのオルバン首相によるオーストリア=ハンガリー帝国復興[9]などに見られる歴史の引用を用いた帝国復興の動き、そして米国のWHO脱退やユーラシア経済圏との連動性が強い中国の一帯一路構想等の動きはさらなる世界的な右傾化を示す。そしてフェルドマンは、それらが非公式な右派運動のつながりによって拡大していく仕組みに私たちの注意を促す。それは、反アメリカ、反グローバリズムを掲げる右派の運動はまさにアメリカのデジタル資本であるプラットフォームを介して新自由主義的経済活動そのものによって支えられている、という仕組みである。

ここではそのようなつながりを読み取ることのできる身近な例として、私たちが普段から目にするようなインターネット・ショッピングとブログ、そして音楽フェスティバルという消費文化の中でフェルドマンが言及しているものを取り上げておく[10]。フェルドマンはインターネット・ショッピングサイトEtsyストアやライフスタイルブログを通しても活動しているインフルエンサーに注目する。そのブログのサブタイトル「伝統的価値観の回復と保存」といった文言に、資本主義から離脱し伝統回帰していく、かつての家族のあり方を見直す、反資本主義的な姿勢が示されている（Stewart *Wife with a Purpose*）。そのブログのトップページを飾るヤギと一緒に田舎で生活している写真やその他フォトギャラリーには、脱世俗的イメージがうかがわれる。そして、キリスト教的価値観、連合国旗への哀歌、DIYのかぎ針編みショールのトレンド、トルストイのヴィンテージ伝記と並んでミッドセンチュリーのおもちゃやベビー服を特徴とするトラッド・アートやグッズをEtsyストアを介して販売しながら、同時に不安定な状況に対処するための人生アドバイスを消費者やフォロワーに対して提供しているこのインフルエンサーの活動が新伝統主義的思想の普及に貢献し、新右翼活動の支持基盤と資金源の両方を拡大する媒介となっている、という点をフェルドマンは指摘する。また、戦間期右翼と犠牲者の政治学に関する講義、そしてチベット–ウィグル–ハンガリー起源の民族的つながりを意識した語学教室などがおこなわれ、スピリチュアルなオーラフォトや、槍とこん棒の展示企画で彩られる音楽フェスティバルが、ハンガリーで開催され、右派の支持者を引き寄せていることも指摘されている。1956年のソ連によるブダペスト侵攻があったにもかかわらず、ハンガリーでドゥーギンの思想が受け入れられており、極右勢力であるハンガリー国民戦線が、ロシア—クレムリンの支援を受けている点にもフェルドマンは注意を促す（Feldman 87）。

フェルドマンが注視するドゥーギンの思想は、ユーラシアという枠組みから外れる合衆国の右派からさえも強い支持を得ている。人種的つながりではなく土地に根ざした先住民族性を強調するネオ・ユーラシア主義は、同様のレトリックで人種問題に触れることなく土地に根ざした白人至上主義を標榜したい合衆国の右派にはうってつけのものだったのかもしれない。そしてトラッド・ユース[11]のリーダーがロシアの資金と機関による支援をもとに右派のコミンテルン創設をおこなったこと、つまり合衆国内の右派の思想、そして右派の活動資金がロシアから輸入されている点をフェルドマンは指摘する。

> ネオ・ユーラシア主義の地理的修辞学は、人種に関する議論を回避するためにネイティヴィズムを強調する白人至上主義のビジョンを、米国の思想家に提供している。トラッド・ユースのリーダーであるマシュー・ハインバックは、ロシアの資金と組織的支援をもとに、新しいコミンテルン（伝統主義者インターナショナル）を創設するよう右派に呼びかけている。（Feldman 86）

これが意味するのは、テーボーンの論文で紹介されていた21世紀左派の特徴のひとつである「緩やかなつながり」のように、21世紀右派の動きのなかにも同様の「非公式なつながり」があり、そしてその「つながり」は、利用できるプラットフォームと資金がありさえすればどこでも拡大していけるような新自由主義的グローバル資本主義との連動性がある、という可能性である。

おわりに

本章では、社会・世界の分断に対応する「英文学」というよりは新たな（英語）文学・文化研究の可能性を、英国・米国・中国のパワー・リレーションのみならずロシア・東欧あるいはトルコを含むユーラシアの空間にもまなざしを向けながら、探ることを試みた。具体的には、テーボーンによる21世紀の左派の特徴のまとめ・評価をおこなった論文「ワールド・アンド・ザ・レフト」と、リア・フェルドマンによる21世紀の右派の特徴と影響力について考察した論文「トラッド右翼：『歴史の終わり』に形成されるユーラシア白人主義」を併置し立体的に比較することにより、21世紀の資本主義世界の歴史状況を、「英文学」以降のこれからの文学・文化研究の未来に向けて、浮かびあがらせようという試みである。左と右というかつては異なったイデオロギー勢力それぞれの現在を論じる二つの論文を並べて読んでみると、見えてきたのは新自由主義的グローバル資本主義によって富が集中する場所の周縁にいる犠牲者やアウトサイダーである一般民衆が、これまでとは何か異なる新しいつながりを形成していく際の手段や資源とイデオロギーのねじれた関係性であった。それは、新自由主義やグローバル資本主義の替わりとなる社会や世界のネットワーク立ち上げに必要となる効果的な手段や資源が新自由主義的グローバル資本主義によって提供されている、というねじれである。

Notes

※ 本論は、以下の二冊の書評として『ヴァージニア・ウルフ研究』40 (2023): 69-84.に掲載したものに加筆・修正したものである。Göran Therborn, “The World and the Left” (*New Left Review.* vol.137, Sep/Oct 2022, pp. 23–73) 、Leah Feldman, “Trad Rights: Making of Eurasian Whiteness at the ‘End of History’” (*boundary 2: An International Journal of Literature and Culture*, vol. 50, no. 1, 2023, pp.69–104. Duke UP, https://doi.org/10.1215/01903659-10192117.)

[1] 東西冷戦終結頃、フランシス・フクヤマ『歴史の終わり』（*The End of History and the Last Man*）（1989）で「リベラルデモクラシーの勝利」と、それに替わるイデオロギーは今後現れないという「イデオロギー闘争の終焉」の見解が示され議論を生んだ。2022年、フクヤマは『「歴史の終わり」の後で』（*After the End of History*）において、編者マチルド・ファステイングとのインタビューを通して世界的に広がる権威主義的傾向に対する民主

主義の価値を再考している。フェルドマンの論文の後半セクションでフクヤマへの応答がなされる。

［2］University of Cambridge. *Sociology Research*, People, Göran Therborn. https://research.sociology.cam.ac.uk/profile/professor-goran-therborn. Accessed. 7 Aug 2023.

［3］University of Chicago. *Division of the Humanities Comparative Literature, Faculty*, Leah Feldman. https://complit.uchicago.edu/faculty/Feldman. Accessed. 9 Aug 2023.

［4］このインディグナドス運動については、たとえば2012年5月15日のBBCの記事でおよそ次のように紹介されている。2011年5月15日にスペイン、マドリードの中央広場プエルタ・デル・ソルでキャンプをする数千人のスペイン人若者から始まった草の根運動である。ロンドン、セントポール寺院前やニューヨーク、セントラルパークでおこなわれた座り込みによる都市占拠運動にも影響を与えた、とされている。参加者はFacebook、TwitterなどSNSを通じて動員され、国内の緊縮財政や公共サービス削減に対して抗議をおこなった。*BBC*. "Spain's Indignados protest here to stay." 15 May 2012, https://www.bbc.com/news/world-europe-18070246. Accessed. 9 Aug 2023.

［5］ラテンアメリカについての評価では、新自由主義によってグローバル化を進めるthe World Economic Forumに対し、その代替ネットワークとして「もう一つの世界は可能だ」という旗のもとブラジルの市民社会組織の大きなかかわりによって発足･運営されることになった the World Social Forum（27）をはじめとして、ラテンアメリカの諸問題に対するさまざまな取り組みに焦点を当てながらそれらを地球規模で評価・位置づけをおこなう畑惠子・浦部浩之編『ラテンアメリカ―― 地球規模課題の実践』（2021）が参考になる。

［6］浜由樹子『ユーラシア主義とは何か』（2010）によれば、ユーラシア主義は19世紀以来ヨーロッパと対峙したロシアのなかで生じた「ロシアとは何か」という問いに対して、1920年代の亡命知識人たちの一部から発されたひとつの応答であったと説明されている。浜氏によれば、「そもそもユーラシア主義とは、「ロシアはヨーロッパか、アジアか」というこの二者択一的な問いに対し、それを「ヨーロッパでもアジアでもないユーラシアである」と定義した初めての思想であり、その本質を地域の民族的、文化的多様性

に求めた概念である」(9) としている。また、浜氏は羽根次郎氏との2019年の共著論文「地政学の(再)流行現象とロシアのネオ・ユーラシア主義」のなかで近年注目される地政学の流行・1930年代以来の復権という枠組みからソ連崩壊後の新たに国家の定義を行おうとするロシアが再び依拠することになる「ユーラシア」という概念――ネオ・ユーラシア主義――と地政学復権との関わりを考察している。そして主なネオ・ユーラシア主義者としてアレクサンドル・ドゥーギン (1962-)、アレクサンドル・パナーリン (1940 -2003)、そしてミハイル・チタレンコ (1934-2016) 等があげられている。

[7] たとえば2021年にプーチン大統領がおこなったスピーチの中では次のような歴史観が展開される。「この場所 (クリミアとセバストポリ) は、私たちの心、魂、そして信仰にとって不可欠なものだ。しかし、それだけではない。その後、17世紀、18世紀、19世紀に、これらの土地は法的所有者であるロシア帝国に完全に返還された。1853年から1856年にかけて外国の大軍がわが国を侵略したときも、1941年から1945年にかけてナチスの侵略を受けたときも、この土地のいたるところがロシアとソ連の兵士の血に染まった。もちろん、ここは私たちにとって、ロシアにとっての聖地である。(“This place [Crimea and Sevastopol] is vital to our heart, soul and faith. But there is more to it. Later, in the 17th, 18th and 19th centuries these lands fully returned to their lawful owner, the Russian Empire. When foreign hordes invaded our country in 1853–1856, and when it was attacked by Nazi invaders in 1941–1945, every part of this land was soaked in the blood of Russian and Soviet soldiers. Of course, this is a holy land for us, for Russia.”」(“Concert in honour of anniversary of Crimea’s reunification with Russia.” 18 Mar. 2021, 18:30, Moscow, http://en.kremlin.ru/events/president/news/copy/65174. Accessed. 9 Aug 2023.

[8] エルドアン大統領の500年を遡るオスマン帝国回帰については次のような記事がある。Alan Mikhail. “Why Recep Tayyip Erdogan’s Love Affair with the Ottoman Empire Should Worry The World.” *TIME*, 3 Sep. 2020, https://time.com/5885650/erdogans-ottoman-worry-world/. Accessed. 9 Aug 2023.

[9] 1920年トリアノン条約によりオーストリア=ハンガリー帝国が解体し、ハンガリーは領土の3分の2を失い、人口の5分の3 (ハンガリー系民族の3割がルーマニア、チェコスロバキア、ユーゴスラビアで少数民族として散り

散りになる。また、それまでハンガリー人と共存していた多くのルーマニア人、スロバキア人、セルビア人、クロアチア人、ルテニア人などの多文化コミュニティも奪われた。

［10］フェルドマンは右派がつながっていく文化的な場やそこで起こる事象として他に掲示板サイト等を介して広がったインターネット・ミームの例が挙げられていた。トランプ支持者や右派運動の象徴として使用されるようになった「カエルのペペ」、脳から脳へのウイルス感染によって人種差別的ジョークを広げるという「エボラちゃん」、そして架空のイデオロギーと国家領土を有するインターネット宗教「ケキズム」は「カエルのペペ」や「エボラちゃん」等もネタとして利用しながらインターネット上で増殖しているようである。（Feldman 90-91）

［11］Traditionalist Worker Partyの前身団体the Traditionalist Youth Networkのことを示していると思われる。トラッド・ライトの代名詞となるマシュー・ハイムバッハが2013年に設立した団体で、その使命は、「このグループの使命は、「伝統主義学派について学んでいる北米中の高校生や大学生の独立したグループに、資源と支援を提供すること 」だった。そして、Southern Poverty Law Centerのウェブサイト（https://www.splcenter.org/fighting-hate/extremist-files/group/traditionalist-worker-party）で、以下のように、紹介されている――The group's mission was "to provide resources and support to independent groups of high school and college students throughout North America who are learning about the Traditionalist School of thought."

Works Cited

Anderson, Perry. "Renewals." *New Left Review*, 1, Jan–Feb, (2000), pp. 5-24.

BBC. "Spain's Indignados protest here to stay." 15 May 2012, https://www.bbc.com/news/world-europe-18070246. Accessed. 9 Aug 2023.

Feldman, Leah. "Trad Rights: Making of Eurasian Whiteness at the 'End of History'" (*boundary 2: An International Journal of Literature and Culture*, vol. 50, no. 1, 2023, pp.69–104. Duke UP, https://doi.org/10.1215/01903659-10192117.)

Feldman, Leah and Aamir R. Mufti. "The Returns of Fascism." (*boundary 2: An*

International Journal of Literature and Culture, vol. 50, no. 1, 2023, pp. 1-12. Duke UP, https:/ doi.org/10.1215/01903659-10192081.)

Mikhail, Alan. "Why Recep Tayyip Erdogan's Love Affair with the Ottoman Empire Should Worry The World." *TIME*, 3 Sep. 2020, https://time.com/5885650/erdogans-ottoman-worry-world/. Accessed. 9 Aug 2023.

President of Russia. "Concert in honour of anniversary of Crimea's reunification with Russia." 18 Mar. 2021, 18:30, Moscow, http://en.kremlin.ru/events/president/news/copy/65174. Accessed. 9 Aug 2023.

Southern Poverty Law Center. *Traditionalist Worker Party*. https://www.splcenter.org/fighting-hate/extremist-files/group/traditionalist-worker-party. Accessed. 9 Aug 2023.

Stewart, Ayla. *Wife with a Purpose*. http://www.wifewithapurpose.com. Accessed. 9 Aug 2023.

Therborn, Göran. "The World and the Left" (*New Left Review*. vol.137, Sep/Oct 2022, pp. 23–73)

University of Cambridge. *Sociology Research*, People, Göran Therborn. https://research.sociology.cam.ac.uk/profile/professor-goran-therborn. Accessed. 7 Aug 2023.

University of Chicago. *Division of the Humanities Comparative Literature*, Faculty, Leah Feldman. https://complit.uchicago.edu/faculty/Feldman. Accessed. 7 Aug 2023.

畑惠子・浦部浩之編『ラテンアメリカ――地球規模課題の実践』新評論、2021年.

浜由樹子、羽根次郎「地政学の（再）流行現象とロシアのネオ・ユーラシア主義」*Russian Research Center Working Paper Series*、No. 81、2019年、pp. 1-16.

浜由樹子『ユーラシア主義とは何か』成文社、2010年.

フクヤマ、フランシス『歴史の終わり』新版上・下　渡部昇一訳、三笠書房、2020年.

――『「歴史の終わり」の後で』マチルデ・ファスティング編、中央公論新社、2022年.

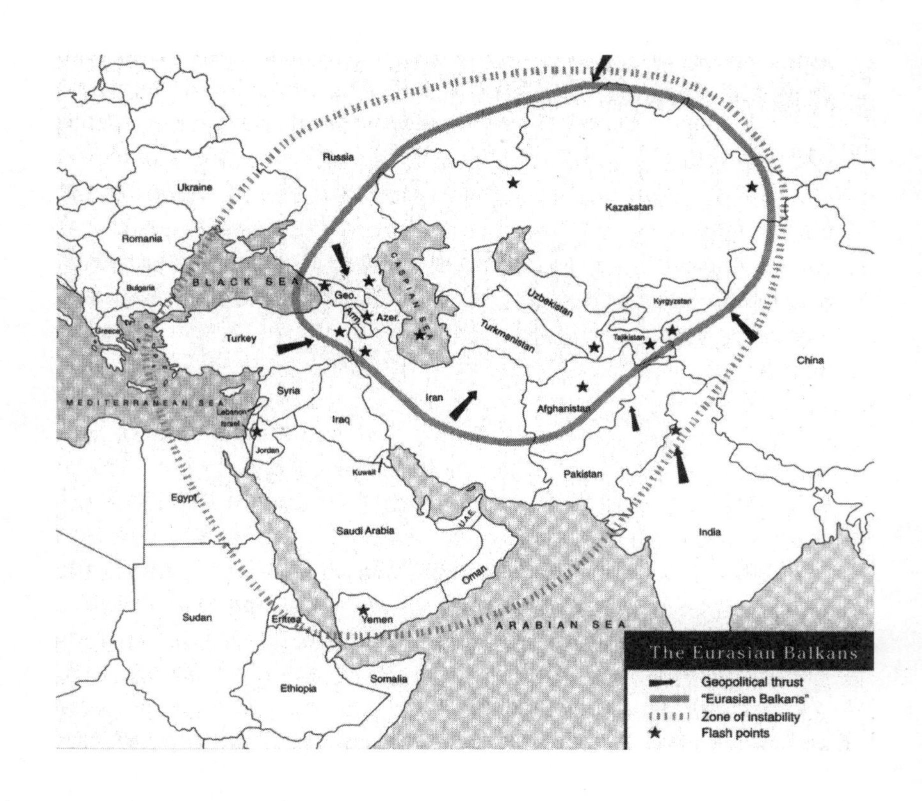

The Eurasian Balkans
Zbigniew Brzezinski. *The Grand Chessboard: American Primacy and Its Geostrategic Imperative*s. Basic Books, 1997. 124

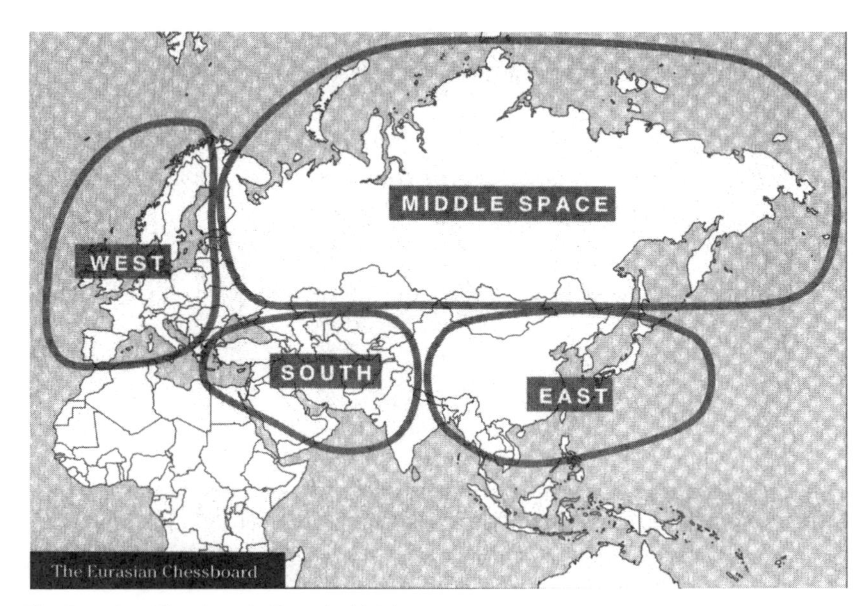

The Eurasian Chessboard　Brzezinski 34

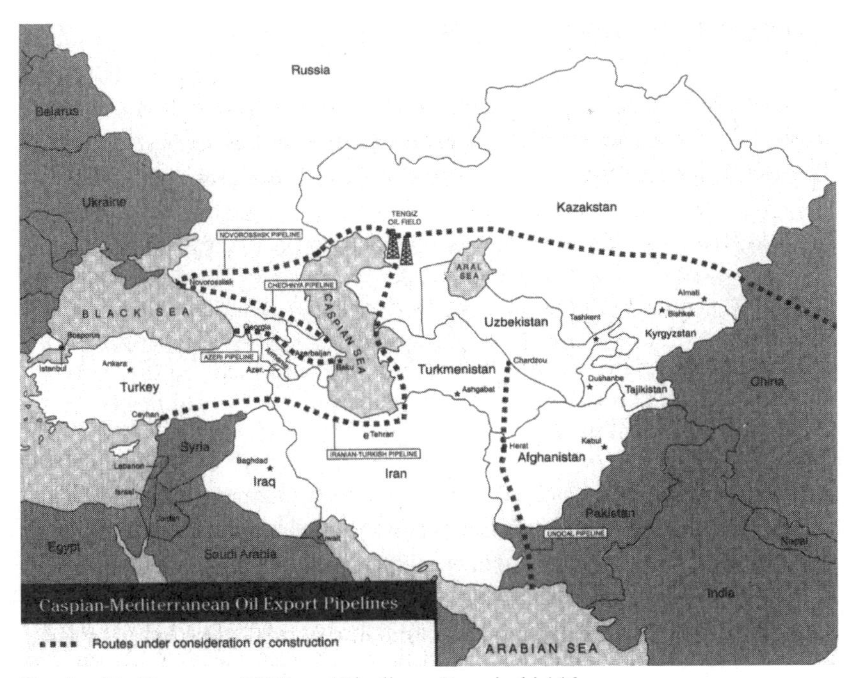

Caspian-Mediterranean Oil Export Pipelines　Brzezinski 146

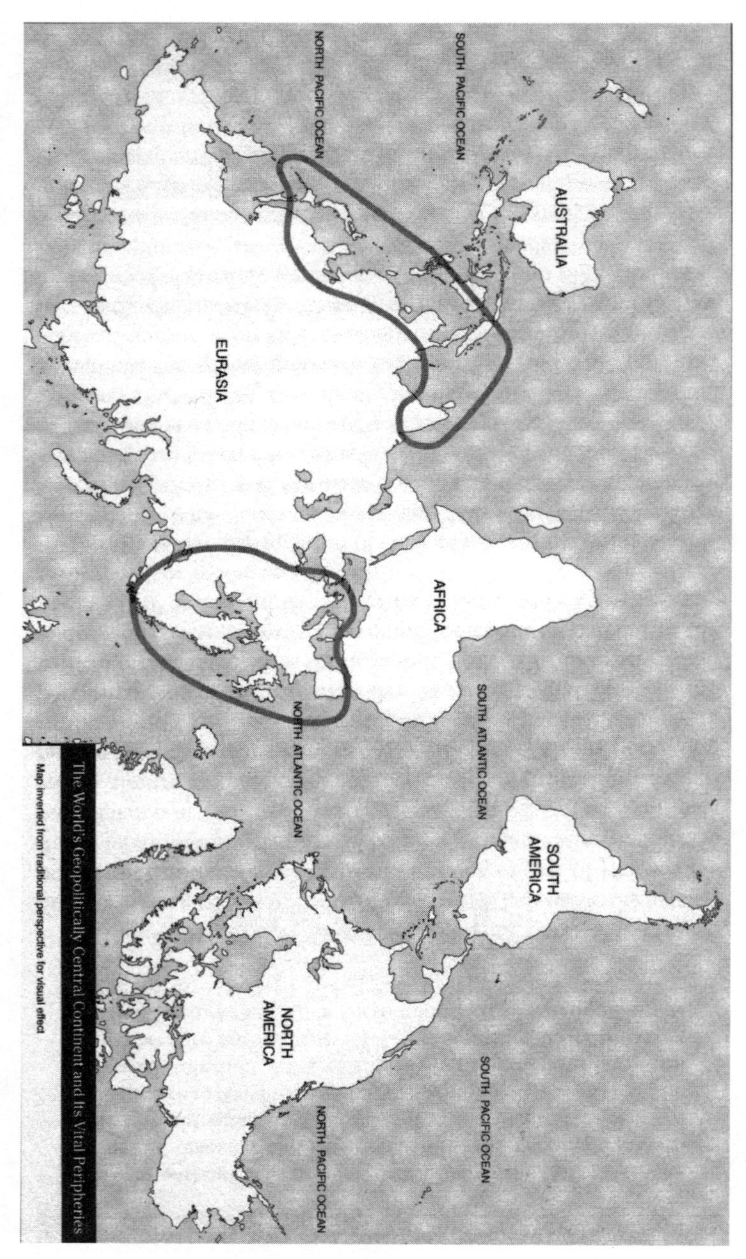

The World's Geopolitically Central Continent and Its Vital Peripheries
Brzezinski 32

第2章

『ビフォア・ザ・レイン』、バルカン問題、英米関係
——英国映像文化が表象する国際政治、あるいは、「短い20世紀」の地政学的表象

大谷 伴子

In Europe, the word "Balkans" conjures up images of ethnic conflicts and great-power regional rivalries. Eurasia, too, has its "Balkans," but the Eurasian Balkans are much larger, more populated, even more religiously and ethnically heterogeneous. They are located within that large geographic oblong that demarcates the central zone of global instability identified in chapter 2 and that embraces portions of southeastern Europe, Central Asia and parts of South Asia, the Persian Gulf area, and the Middle East. (Brezinski 123 下線筆者)

1. ユーラシア・バルカンの地政学以降にバルカン問題をあらためて取り上げる

20世紀の末、米国の外交政策・地政戦略を担っていたZ・ブレジンスキーは、21世紀のグレート・ゲームにおいてユーラシア・バルカンの重要性を主張した。ユーラシア・バルカンとはなにか。ユーラシア・バルカンは、旧来のバルカンが想起する民族対立・大国による覇権抗争よりもはるかに地域・人口が大規模で、世界で最も不安的な地域——東南ヨーロッパ・中央アジア・南アジアの一部・ペルシャ湾地域・中東——が属している空間であり、政情不安定で近隣の強国の介入を誘発する力の真空地

帯であるために周辺国に吸引作用が働く。それゆえ、ユーラシア・バルカンという呼称がふさわしい、とブレジンスキーは述べている（Brezinski 123-24）。このユーラシア・バルカンという複雑な力関係を有するユーラシア大陸をいかにコントロールするか、とりわけ、支配的で敵対的な勢力がこの空間において抬頭する事態を阻止するか、これが米国の世界覇権を維持・持続をもくろんだブレジンスキーの地政学あるいは地政戦略上の原則であった（Brzezinski xiv）。

もう少し念のため確認しておくなら、ブレジンスキーがマッピングする地政学では、現代のグローバルな資本主義社会において、過去の覇権争いにみられたような領土拡張は、もはや急務の問題では、ない。地政学上の問題は、地域からグローバルな規模へと移行・移動し、旧来のランド・パワーかシー・パワーということが問題ではなく、ユーラシア大陸全体で優勢を確保することが世界覇権の基盤の中心となるのだ。ユーラシアの外部勢力である米国がその優勢を保つことができるのは、軍事力を含むパワーを西ヨーロッパ・中近東・東アジアといったユーラシア大陸の三つの周辺部に直接配置していること、そして、そこからユーラシア大陸の後背地に位置する諸国に、強い影響力を行使することによってである（Brzezinski 37-39）。また、新たなユーラシアの政治地図において地政戦略上重要な参加者（players）としては、フランス・ドイツ・ロシア・中国・インドがあげられ、地政学上の要衝（pivots）としては——地理的に微妙・不安定な位置にあって参加者の重要な地帯へのアクセスや資源獲得の障害になったりまたは重要な国・地域を守る盾になったりするような——、ウクライナ・アゼルバイジャン・韓国・トルコ・イランがあげられている。しかしながら、ちょっと注目しておくべきことに、英国および日本などは、きわめて重要な国家とはいえ、参加者としての資格は備えていない、とされている（Brzezinski 41）。米国の世界覇権を維持・持続をもくろんだブレジンスキーの地政戦略上の喫緊の課題とそのための原則において、英国の存在や英米関係は、日本の場合と同様、重要な意味をもっていなかった、ということになってしまうのだが。

ブレジンスキーのユーラシアをめぐる地政学あるいは地政戦略を批判

的に吟味するペリー・アンダーソンによれば、その地政戦略は、ポーランド出身という出自に由来する執拗なロシア恐怖症（Russophobia）の産物、あるいは、ロシアのパワー復活の亡霊（the spectre of a possible restoration of Russian power）に取り憑かれたものである。そのために、ブレジンスキーの地政学は、ある時点では、ロシアは、同盟国とみなされた中国とともに米国が戦う対象、つまり、米中両国の共通の敵となる。他方、ロシアではなく中国の増大するパワーこそが米国にとっての脅威だとみる時には、中国を封じ込めなければならない対象と考え直すことになる。そしてそのために、ロシアは、中国を包囲するための重要な駒となるような、ヨーロッパと日本を結ぶ拡張西欧の特殊版、つまり、米国・ヨーロッパ・日本の同盟国とみなされる。この場合、ロシアは、東京からダブリンへと通ずるトランス・ユーラシア安全保障システムの駒となる。アンダーソンは、こうしたブレジンスキーの思考が、厳しい現実を見据えたもの（tough-minded realism）ではなく、楽観的な観念（rosy-eyed ideation）にすぎない、と批判的に分析している（Anderson 209）。

さらにまた、アンダーソンのブレジンスキー批判を典拠とするスーザン・ワトキンスによれば、ブレジンスキーの地政学においては、冷戦終結後のソ連解体とりわけウクライナ喪失に対するロシアのエリート層の報復を避けるために、ウクライナ・アゼルバイジャン・ウズベキスタンを包囲するようなバリアを築くことが構想された。そして、NATOとロシアとの境界線を拡張することにより、ロシアに対して、EUの従僕のような将来を受容させようという戦略が、クリントン政権のもと採用された、という。当時の国務長官オルブライトは、ブレジンスキーの弟子であったが、この戦略は米国の外交政策エリートの激しい反対にあったにもかかわらずだ。また、ワトキンスのブレジンスキー批判によれば、15年の時を経てブレジンスキーはその思考を変更して、ロシアは完全に西側に帰属するべきだ、と主張した。なぜなら、中国こそがより問題となる勢力だ、と遅まきながら考えを変えたからだ（Watkins 15-16）。このように、米国の覇権の維持・持続を目論むブレジンスキーのユーラシアをめぐる地政戦略は、21世紀現在、批判的に分析されている。

以上のように、ブレジンスキーによるユーラシア・バルカンの地政学以降の現在をふまえたうえで、本章の議論を始める前に以下の問いをたててみたい。コソボ紛争あるいはポスト冷戦後の旧ユーゴ解体の舞台となったヨーロッパのバルカンが英米のパワー・リレーションシップの重要な規定要因であったのは1990年代のことであり、そのバルカン問題はもはや重要な意味はないのか。それとも、1990年代の後半、ブレジンスキーはユーラシアの地政学的重要性についてとりわけユーラシア・バルカンという空間のもつ意味について『ブレジンスキーの世界はこう動く』(1997) で指摘したのだが、この指摘がなされた1997年、トニー・ブレア／ニュー・レイバーが政権奪取（2024年の労働党の地滑り的勝利は1997年のそれを髣髴とさせる？）した年でもあったことは、歴史的に、単なる偶然というよりはなにか表面的には触知されない意味を有しているのか。21世紀現在、本論集のプロジェクトであるユーラシアのイングリッシュ・スタディーズにおいて、あらためてバルカン問題を再び取り上げる意味はなにか。

ロシア恐怖症（Russophobia）に由来しかつまたその過剰なまでのユーラシア・バルカンの問題を、実のところ、旧来のバルカン問題の拡張ともいえる地政学的課題・案件への固執を特徴とするブレジンスキーの地政学的空間のマッピングは、汎ヨーロッパの観点からするならばとりわけリベラリズムを標榜した西ヨーロッパにとってある意味で示唆的な洞察であったとみなされたのかもしれないが、その洞察はユーラシア全体の実のところきわめて重要性が増加していた周辺（periphery）のひとつであったアジア・太平洋の空間を死角としてかかえていたのではなかったのか。端的に指摘しよう、ウクライナは、ユーラシア・バルカンのコアには含まれないにもかかわらず、なにゆえブレジンスキーの地政学・地政戦略において重要な意味をもっているのか？　旧来のバルカン地域とウクライナはどのように歴史的な時間・空間をまたいで結びつけられたらよいのか？　第二次世界大戦後の米ソ超二大国によるポストコロニアルな支配の抬頭にともない撤退を余儀なくされた英仏の帝国主義・植民地主義は、ポスト冷戦期のグローバル化のさまざまな契機において、再び、ユーラシアの東に位置するアジアの空間へあるいはまた「自由で開かれたインド・太平洋」のそれへ、新たな装いとスローガンをともない経済的かつ政治的・軍事的に回帰しつつあるのが21世紀の現在ではないのか。そうした現在の歴史状況をクリティカルに吟味するためにも、バルカン問題に関わる英米関係を、いま一度、確認しておくことは必要な作業ではないだろうか。ユーラシア・バルカンの地政学以降にバルカン問題をあらためて取り上げる意味は、ここにある。

2．ブレア三部作のなかの『スペシャル・リレーションシップ』と国際政治——英米関係それともバルカン問題？

ピーター・モーガンによるトニー・ブレア三部作の最終作『スペシャル・リレーションシップ（*The Special Relationship*）』（2010）は、英国首相ブレアと米国大統領ビル・クリントンとの間にきわめて強くまた親密に結ばれたかにみえる特異な絆に、あるいは、いわゆる英米の「特別な関係」に、焦点を当てたものであった。このフィルム・テクストにおけるブレアとクリントンの力関係の変遷は、英米両国間のそれを提示しているとみなすことができる。冒頭の場面でまず提示されるのは、ワシントンを訪れるブレアのイメージだ。グローバルな世界ではまったく認知されていない未だ労働党党首の座をめざすブレアの姿が表象するのは、グローバルな帝国アメリカに対して世界のローカルな田舎イギリスのイメージだろうか。ブレアをはじめとする労働党の若手政治家あるいはブレアの側近たちは労働党政権の実現をめざし次期総選挙に勝利する鍵を得ようとクリントン政権のブレーンらの講義を受講する。そこではミドル・クラスの票を獲得すること、教育政策、犯罪対策の重要性も提示されるが、最後に強調されるのは、ビル・クリントンが具現するようなポリティカル・スーパースターの必要性のようだ。そうしたイメージ戦略に感銘を受け、ブレアは、クリントンのヘアスタイルからファッションまでそのイメージを取り入れようとするのだ[1]。その後ブレア労働党政権が誕生するわけだが、就任間もない時期、北アイルランド問題をクリントンの支援を受け解決した後のブレア＝クリントンの関係はまるでハネムーンのように描かれている（妻のシェリーでさえ、ちょっと不安な表情を示すほど！）。

しかしながら、前半においてはクリントンに卑屈なまでに（？）無批判に追随（EU側のシラク大統領はほとんど無視しているに等しくとっても無礼？）していたかにみえたブレアが、共和党が多数派である上院との対立関係を差配できない米大統領の姿をみて、people's princeから「大統領」へと転身するきっかけとなるのが、バルカン問題だ。なかでも、歴史的には、ブレアの「倫理的な戦争」の基礎となる「ブレア・ドクトリン」としての「国際コミュニティのドクトリン」が生まれる契機となった（細谷）といわれるコソボ紛争が、その転身の重要な契機となっている。ユーゴスラヴィアのコソボ自治州では、解体以前から独立を求めるアルバニア人のコソボ解放軍とそれを阻止しようとするセルビア・モンテネグロとの対立、すなわち、アルバニア人とセルビア人が対立していた。

こうした政治的紛争のなかで、1999年1月、コソボ自治州南部のラチャク村で多数のアルバニア系住民の遺体がみつかる。欧州安全保障協力機構（OSCE）停戦合意検証団長ウィリアム・ウォーカー「被害者は虐殺されたようにみえる」とユーゴスラヴィア政府を批判したことを受けて、欧米各国およびそのメディアにおいてコソボにおける「人道的危機」という言説が流布するようになり、とりわけ、アルバニア人に対しておこなわれたミロシェビッチ大統領とその配下のセルビア治安警察による「民族浄化」が問題とされた。ブレアをはじめとする欧州諸国は、こうした人道的惨状に終止符を打つべく軍事力と外交政策の双方を用いて最善の策を模索していた。

NATO設立50周年を記念するサミットに参加するために、側近のアリステア・キャンベル報道官らとともに、大西洋を越えてワシントンに飛んだブレアは、その途上、シカゴ経済クラブでおこなわれる演説で「ブレア・ドクトリン」を発表するつもりでいた。ブレアの首席補佐官ジョナサン・パウエルが、旧知の友人でもあったロンドン大学キングス・カレッジの防衛政策専門家ローレンス・フリードマン教授に依頼し、首相官邸のインナー・サークルのなかで用意周到に準備したものだ。NATO首脳会談に先立つクリントンとの会談では、コソボ情勢における空爆のみでの作戦遂行の限界と地上兵力派兵の準備の必要性を説くブレアに対して、クリントンは米兵犠牲者が出ることによる国内政治的な困難をもたらすことへの懸念から軍事介入兵には消極的な態度を示していた。英米首脳会談においてコソボへの地上兵力派兵について英米の合意が成立しないジレンマを抱えるなか、シカゴ経済クラブでブレアがおこなう演説の場面は、歴史的に決定的な瞬間をしるしづけている。

> No one in the West who has seen what is happening in Kosovo can doubt that NATO's military action is justified….This is a just war, based not on any territorial ambitions but on values. We cannot let the evil of ethnic cleansing stand. We must not rest until it is reversed. We have learned twice before in this century that appeasement does not work…. (Blair)

「コソボで現在何が起こっているかを知れば、NATO軍の行動が正当化されることに西洋の誰も疑いをはさむはずがない……これは正しい戦争だ」(Blair) と訴えるブレアに対して、シカゴ経済界を代表する聴衆は、スタンディング・オヴェイションで応じた。さらに翌日の米国の新聞は、「ブレアを大統領に」というブレアを称える見出しで飾られる。ここに、ブレアとクリントンの力関係の転換がみられる、といってもいいかもしれない。

『スペシャル・リレーションシップ』は、この逆転を、NATO首脳会談の議場に向かい階段を上ってくるクリントンを上から見下ろすブレアの姿によって映像化している。この後、歴史的経過とともに、英米の関係性は再び転倒され共和党ブッシュ Jrに国際政治のリーダーシップをとってかわられることになるのだが、そして、この英米関係の代償としてイラク戦争とそのさまざまな紛争・テロの泥沼へと国民の大きな反対の声にもかかわらず突入していくことによりブッシュのプードルと揶揄され最も不人気な首相として辞任することになる。だが、このフィルム・テクストの脚本家モーガンは、そうしたブレア／ニュー・レイバーの外交政策の挫折をあらかじめ踏まえた視座から遡行して、グローバルなポリティカル・スーパースター、トニー・ブレアの誕生という栄光を、たんなるアイロニーというにはあまりに複雑な陰影に彩られて姿で描いているようだ、三部作のほかのテクスト『クィーン（*The Queen*）』（2006）や『ザ・ディール（*The Deal*）』（2003）と同じように。このように、冷戦後の資本主義世界に出現したコソボ紛争をはじめとするバルカン問題は、きわめて積極的に米国にアプローチし緊密な絆を結んだはずの英国が、その後の英米指導者の力関係が逆転するプロセスを通じて、米国との間の亀裂や抗争の可能性を提示する契機でもあった。そして、ブレア政権とアメリカ・クリントン政権との関係をきわめて特異なかたちで「特別」なものにしたのが、バルカン問題だったことを端的に映像文化においてあからさまに示したのが『スペシャル・リレーションシップ』というフィルム・テクストであったということになる。

本章では、1990年代の国際政治を表象する英国映像文化として『ビフォア・ザ・レイン（*Before the Rain*）』（1994）を取り上げて、そこで特に主題化されているバルカン問題を、英米の「特別な関係」によって解釈してみたい。言い換えれば、バルカン問題およびその文化的表象は、ポスト冷戦というグローバルな地殻変動にともなうさまざまな地政学的な関係によって捉えるべきことを提案することになるだろう。

3．『ビフォア・ザ・レイン』と民族紛争？

『ビフォア・ザ・レイン』は、マケドニア出身でアメリカの南イリノイ大学で映画・写真を専攻し、その後ミュージック・ビデオなどで活躍が認められ映画制作に進んだミルチョ・マンチェフスキが監督したもので、1994年ヴェネツィア国際映画祭において金獅子賞をはじめ数々の賞を受賞した映画である。冷戦終結後の1994年、新たな国際政治の紛争としてバルカン問題を取り上げることにより、センセーションを引き起こしたのがこのフィルム・テクストである。アメリカを中心とする西側資本主義諸国とソ連を中心とする東側社会主義諸国とのイデオロギー対立に代わって、この映像テクストの主題となるのは、近代西洋の文明と前近代で時間の歩みを止めた非西洋の野蛮と暴力との対比あるいは差異性の映像イメージによって提示された、東方正教徒のマケドニア人（Slavic Orthodox Macedonians）とイスラム教徒のアルバニア人（Moslem Albanians）の対立である。表面的には、マケドニアの一見のどかな山村でくすぶる両集団の対立・抗争が繰り返されるといったような、目には目をという復讐劇の連鎖が人種差別などの差異にもとづくステレオタイプによって描かれるいわゆる「戦争の悲劇」というのが、グローバルなつまりは英米を中心とする西洋世界の観客向けに仕立てられた美学的提示の様式であり、それに沿ったかたちで当時の受容や映画研究がなされた（Longinović 37-38）。

国際政治あるいは現代史の分野においても、クロアチア内戦、ボスニア・ヘルチェゴヴィナ紛争など欧米のメディアを通じて血なまぐさいニュースや映像が続々と届くなか、解体後の旧ユーゴスラヴィアというポスト・ナショナルな地域あるいは「非西洋的」な政治文化空間は、新たに統合されたEUの命運とも重層的に交錯しながら、さまざまな議論の的になっていた。そもそも、旧ユーゴスラヴィアはさまざまな文明・文化の「はざまの国」として存在したのであり、東ローマ帝国あるいはそれを継ぐビザンチン・東方正教文化圏、西方カトリック文化圏の母体である西ローマ帝国、そしてオスマントルコ帝国などのイスラム文化圏の三つの異なる文化空間の接点となる地域であった、といわれる。

ここから、近代においては、この地域のいわばバランス・オブ・パワーの重要な要として帝国列強による覇権抗争の場となり、また逆に、冷戦イデオロギーの消滅とポストモダン時代への突入とともに近代国民国家の枠組みが大きく揺らいだあとには、旧来の三つの帝国とその文明の衝突の舞台となったのが、ユーゴスラヴィアだった。さらにいうなら、民族意識や言語を異にするアルバニア人など多くの少数民族が居住していた旧ユーゴは、民族紛争が頻発する不安定地帯であった。とりわけ連邦制による多民族国家あるいは複合国家の機能が弱体化され存在しなくなってしまったとき、新たな独立国が政治的にも文化的にも単一性や均質性を追い求め「民族の悲劇」が生み出されてしまった。と同時に、そのように排除された異質性や多様性を保障する新たな思考や枠組みを作り出すことに、悲惨な内戦にいたる「決定論的」な歴史的歩みとは異なる可能性がリベラルなやり方で探られている（柴）[2]。ブレア政権の近代化や第三の道（社会的包摂の政策など）の光と影を、ロンドン（北アイルランドやアメリカと接続する）とバルカン地域との対比や交錯によって、不均衡に現出する展開・転回をともないながら、表象しているのが『ビフォア・ザ・レイン』だったのだろうか。

『ビフォア・ザ・レイン』を、映像テクストとして、読み直してみよう。その物語あるいは内容は、三つのエピソードから編制されているが、バルカン問題とりわけマケドニアにおける民族対立を、メディア表象あるいは映像文化との関係において、主題化しているのが、エピソード2および3である。舞台設定は、旧ユーゴから独立宣言したものの当時は内戦や紛争の拡がりがおよんでいなかったマケドニア共和国になっている。エピソード3において、故郷にひとり舞い戻ったロンドンの雑誌社専属のマケドニア人写真家アレクサンダー・キルコフ（アレックス）が直面するのは、マケドニアとアルバニアとの間の深刻な対立・抗争による一触即発の状態だった。アレックスがマケドニアに帰郷した真の理由は、自己の人間性を失うことになった道徳的な病にあった。すなわち、紛争下のボスニアでの撮影を進めるうちに、「私のカメラが人を殺した」すなわち写真家と被写体との間の見る／見られる関係性に孕まれた報道写真というメディアの暴力に突如として気づいてしまう (Longinović 39)。西ヨーロッパの帝国やその文化・文明との接触・交通・移動を通してその価値観やそのオリエンタリズム的視線を内面化してきたこの写真家アレックスは、ビザンチン帝国vsイスラム帝国との間の文明の衝突あるいはマケドニアvsアルバニアという民族的対立において、いずれの立場にも立てず、故郷の地にも安住することはできない。ここで注目すべきは、写真メディアの暴力は実のところボスニア紛争の暴力と分かち難く結びついているのであり、あとで本論のテクスト全体の解釈が示すように、アルバニアとボスニア紛争の問題が重要な意味をもっていることだ、アルバニアのたとえば軍需産業が関与したボスニア紛争は表面的なマケドニアとアルバニアとの間の民族対立と旧ユーゴの解体という点では重なり合うもののその民族主義の対立とは差異化されるからだ。

にもかかわらず、両民族間の癒しがたい憎悪や目には目をという前近代的な復讐の欲望は、彼が目にするバルカン地域の男性のステレオタイプとしての暴力行為によって提示される、16年ぶりに英国から帰郷したマケドニア人である彼を、「仲間」＝マケドニア人なのか、それとも、「よそ者」＝アルバニア人なのか、判断しかねた故国の若者から向けられた銃口、そして、仲間を殺したアルバニア人の娘を追跡し復讐を遂げようと銃を手にする男たち、といったイメージによって。こうした対立の悲惨な行く末をいやというほど目の当たりにして、道徳的・倫理的な無力感にさいなまれるだけのアレックスは、最後には、両民族のコミュニティから警戒されながらも、かつての恋人であるアルバニア人ハナの頼みを聞く。すなわち、マケドニア男殺しの疑いをかけられ囚われているハナの娘ザミラを、復讐ではなく法の裁きにゆだねるべきだと、逃がそうと試みる。ただし対立する両国の調停・和解をアレゴリカルにあらわす写真家のこの行為のために、アレックスは同国のマケドニア人男性の銃で撃たれてしまう。

エピソード2で語られるように、そもそもロンドンの雑誌社専属の写真家であったアレックスは、世界中の紛争地帯の暴力と惨状を撮影しその功績によってピューリツァ賞を受賞したのだが、先にみたように、報道写真メディア自体の暴力について心を病んでしまう。こうしてアレックスは、つづくエピソード3で準軍事的組織に殺されたボスニア戦争の捕虜をカメラに捉える写真家である自分も字義通りの殺戮に加担してしまったという現実に直面し、英国、ロンドンでのメディア文化におけるキャリアを捨て非西洋空間であるマケドニアに帰ってきたのだった。『ビフォア・ザ・レイン』のエンディングの場面で銃弾に倒れたアレックスのボディが示すのは、ピューリツァ賞受賞という近代化された西洋文明社会で獲得された個人的な成功も、資本主義以前の前近代のノスタルジアや平穏な永遠性に彩られた想像の共同体のライフスタイルの期待も、多民族国家を宿命的に決定づける歴史の前には、無力であることなのかもしれない。もしもこのように、「バルカンの悲劇」によって『ビフォア・ザ・レイン』を解釈するなら、アレックスは民族間の差異と境界線を横断するというタブーを犯したことへの見せしめとして銃殺の犠牲になった、そして、その犠牲の行為は民族・人種の文化的な差異や多様性を認知・承認するリベラリズムからなされた抵抗の身振りだった、ということになるかもしれない[3]。

故郷マケドニアに帰還して東方正教徒のマケドニア人とイスラム教徒のアルバニア人との民族紛争を直接目にする英国の写真家アレックスの個人的な倫理の物語として解釈してすます前に、以下のことを確認しておきたい。そもそも、チトー体制のユーゴスラヴィアが解体してしまい民族紛争と見えるものが噴出した原因はどこにもとめられるか。一方では、旧ソ連の消滅とともに東欧にも広がった旧共産圏の国民国家と共産主義というインターナショナルなイデオロギーが機能しなくなったことがあげられよう。すなわち、多様な諸民族を束ねて統率してきた国民国家が根本的な変容を迫られた隙間に噴出した民族主義のさまざまなせめぎ合い。また他方には、ロシア革命以降のバルカンの空間に真空地帯が出現することを地政学的戦略として嫌い緩衝国として人工的に多民族国家を力づくにより作り上げた覇権国としての大英帝国とその後継者である米国が、冷戦の終焉とともに不要・無用になったユーゴスラヴィアへの経済的・物質的支援を打ち切ったことがあろう。

このような確認をしたうえで、あらためて、『ビフォア・ザ・レイン』の舞台となる解体前の旧ユーゴスラヴィアをマケドニアとアルバニアをその部分として含むグローバルな資本主義世界の空間にもまなざしを向けながら、まずは基本的なポイントを、一応、確認しておこう。このテクストが産み出された90年代のポスト冷戦・旧ユーゴ解体という政治状況を経験した（旧ユーゴの）マケドニア出身の監督が提示するバルカンのイメージは、その背景にある英米の政治的状況（IRAのテロリズムなど）の現実の対立をずらして、マケドニアvsアルバニア、東方正教会vsイスラムにおける前近代的な野蛮さあるいは暴力そのものを西洋世界にとっては特異であるとも思える強度と形式で提示することにより、グローバルな資本主義世界に存在するはずの現実の対立・矛盾はそのまま直接的に描く手法は取っていない。このテクストが提示しているのは、たしかに、物語の背景としての民族紛争である、とはいえないようだ。ホブズボームが提示した「短い20世紀」の舞台において歴史的に登場する火薬庫としてのバルカンは、ポスト冷戦においても、グローバルな地政学的に重要な意味を持つ空間であった、とみなすべきではないのか。言い換えれば、ブレジンスキーが指摘したユーラシア・バルカンは、バルカンというさまざまなパワーや文化がせめぎ合う空間の波及・移動という観点からも、とらえ直してみることが重要なのではないか[4]。

4.『ビフォア・ザ・レイン』が表象する国際政治あるいは「短い20世紀」の地政学的関係——ポスト冷戦状況におけるグローバリゼーションと階級問題

『ビフォア・ザ・レイン』の内容だけでなく形式にも、読解の視線を向けてみよう。この映像テクストの構造全体は、アレックスの命運を描くエピソード2、3と彼よりさらに若い世代の少年・少女を描くエピソード1とが、時間的順序を前後反対にしたかたちで接合されることによって、編制されている。マケドニアの東方正教会で沈黙の修行をする若い修道僧とそこに逃げ込んできたアルバニア人少女の恋愛と悲劇を現代多文化主義文化版『ロミオとジュリエット』によって描くエピソード1は、アレックスの悲劇的最後の場面のその後の歴史を扱ってはいるが、たしかに、マケドニアの山村におけるアルバニア人とマケドニア人の民族間の対立・抗争が背景となっており、ほかのエピソードと同じ主題内容を共有している、ともいえる。しかしながら、このフィルム・テクストの摂理的パターン(providential pattern)という形式において、それぞれのキャラクターたちのエピソードを相互に交錯させるさまざまな命運は、メビウスの輪のように、時空間に存在するそれぞれの単線的な歩みや流れを横断しながら結び合わされ重層的に決定され全体的に構造化されることにより、思いもかけないやり方で通常の期待や決定を裏切るような反転や転倒を産み出している。[5]

『ビフォア・ザ・レイン』の構造的反転や転倒は、映画とは区別されるもうひとつ別のメディア表象、すなわち、映像メディアにおける自己言及的なイメージである写真によって明確に提示される。エピソード2には、通時的には最も後にくる歴史的現在を描いているエピソード1の最後の場面でマケドニアの大地に横たわるアルバニア人少女ザミラとその遺体を呆然とみつめるキリルの二人を映したモノクロの写真が、挿入されている。ザミラは自分をかばったために破門された若き修道僧キリルと逃亡しようとして実の兄に銃殺されてしまったのだが、思いがけない運命のめぐりあわせか、キリルの叔父はアレックスだったのであり、彼を頼って若い男女は難民のようにロンドンへの逃走を試みたのだったのだ。そして、ロンドンの出版社で世界の紛争地域にかかわる写真をチェックするイギリス人女性編集者アンのまなざしの先に映し出されるのが、スーツケースに腰掛け呆然とするキリルの姿だ。ロンドンを舞台とするエピソードに挿入されたバルカンの映像イメージの契機およびその意味は、このような単なる複数のエピソード間の相互連関や交錯関係にとどまらず、さらに、もっと重要な意味を担っている。なぜなら、エピソード1ではすでにこの世にいないはずのアレックスが産み出したかと思わせる写真映像が、エピソード1よりも前にあった歴史的現在を語るエピソード2に存在していることになるからだ。『ビフォア・ザ・レイン』の摂理的パターンという形式は、各エピソードの時空間を横断的に接合し分節化しなおすことにより、それぞれのキャラクターの命運とりわけ多民族国家の悲劇の犠牲者としてのアレックスの意味や「決定論」を歴史的に転倒するものである。そこに表象されるのは、近代国民国家やその文化とは根底において異なるものを企図したものであり、個人主義的範疇を超えた集合性のアレゴリーにほかならない。

ここであらためてバルカン問題を政治的あるいは文化的だけでなく、

経済的に後期資本主義のエコノミーによっても、歴史化してみる必要があるだろう。当時米国のリベラル系シンクタンク、ブルッキングス研究所所属の外交政策・国際政治学の専門家スーザン・L・ウッドウォードによれば、血なまぐさい紛争の爆発的な継起と反復的波及という「バルカンの悲劇」は、それ自体バルカン問題ではなく、むしろグローバリゼーションの結果にほかならない。この前近代的というよりはポストモダンな悲劇を理解するためには、まずは、冷戦期に、米国のマーシャル・プランとの関係性や東西いずれの陣営とも一定の距離を維持することができた国際政治上の位置があり、ユーゴスラヴィアが自主管理と非同盟を特徴とする独自の社会主義が可能であったこと、逆に冷戦後においては、そのような戦略的な特権を失ったユーゴスラヴィアは、米国および西ヨーロッパからの金融・経済上の資本を引き付ける力を失うどころか教条的なネオリベラリズム的政策の餌食となって均衡財政や負債に苦しむことになる（Woodward）。言い換えれば、1990年代の旧ユーゴ地域では、インフレーション抑制の金融政策と社会主義的福祉政策のサーヴィスを大幅に削減する社会政策のため、いわゆる経済格差こそが問題だったのだ。

バルカンという現代のグローバル資本主義世界の他者空間に一挙に噴出していたのは、これまでのものとは違う新しいかたちで拡大する富者vs貧者の階級問題だったのであり、民族対立やその文化的表象であるステレオタイプと差別といった問題も、文化的な差異や多様性とかマイノリティ・グループのアイデンティティ主義といった観点からだけでなく、冷戦後の金融資本とその移動を原動力とした国際政治あるいは地政学的関係の変動と新たな世界分業体制にともなうグローバルな階級再編の視座から捉えられるべきだったのだ。公的セクターに職を得ていた中産階級の収入が減少するとともにその階級的消失がみられ、グローバルな金融資本を運用する銀行・多国籍企業またはナショナルな特権的政治権力とのネットワークに入ることができたごく少数のスーパー・リッチ階級、スーパークラスとは正反対に、アンダークラスと呼ばれる若年層や非熟練労働者を深刻な失業と高いインフレーションが襲いかかることになった。こうしてみるなら、摂理的パターンという形式をもとにする『ビフォア・ザ・レイン』の構造全体も、単一性の原理によって「決定論的」な歴史的悲劇に陥らざるを得ない民族対立あるいは多様性にもとづく新たな連邦国家のいずれでもなく、冷戦後のグローバリゼーションやネオリベラリズムがもたらした階級問題によって解釈される必要があったのではないか。[6]

『ビフォア・ザ・レイン』を後期資本主義とグローバルな階級の再編制によって解釈することは、冷戦後のグローバルな地政学的関係とそれに対応した英国ブレア政権期の国家の機能について、あらためて問うことを要請するだろう。そして、その時注目することになるのがこの映像テクストにおける北アイルランド紛争だ。言い換えれば、エピソード2における西洋近代の象徴としてのロンドンのイメージを、もう一度、トランスナショナルあるいはトランスアトランティックな関係性によって解釈しなおすことを意味する。

ロンドンの雑誌社に働くイギリス人編集者アンが中心ともいえるこのエピソード2において前景化されるのは、イギリス人夫とマケドニア人の恋人の間で、そしてキャリアと恋愛との間で揺れ続けるイギリス人キャリア・ウーマンの葛藤ということのようだが——「TVブロンド」とも呼ばれた女性キャスターとならんで、女性雑誌編集者は、ネオリベラリズムならびにポスト・フォーディズムの資本主義世界において頭脳労働によってフレキシブルな主体の代理代表的イメージだったのかもしれない——、そうしたポスト・フェミニズム時代の少女／女性の物語とは全く関係のないような別の事件＝出来事つまり非西洋・バルカンという文化空間におけるものとはいささか異質ともいえる暴力の表象が重要な機能を果たしている。アンが恋人アレックスから故郷マケドニアに帰るから一緒に行こうと誘われた日、懸案になっていたイギリス人夫ニックとの離婚を成立させようと夫と食事をしたレストランで発砲事件が、何の前触れもなく何の意味の説明もなく、噴出する場面がそれだ。

この事件で夫を失うキャリア・ウーマン、アンの物語は中断しエピソード2は途絶しエピソード3にスイッチされていくのだが、あきらかに北アイルランド独立運動とそれにともなう爆破テロのイメージに結び付けられたこの発砲事件は——発砲の直前、犯人の男とウェイターとの小競り合いが引き起こした小さな騒ぎについて謝罪する支配人に男はアルスター出身かとニックが尋ねる場面がある——、『ビフォア・ザ・レイン』というフィルム・テクストをそれが公開・上映された1994年を超えて21世紀の現代世界において解釈するわれわれにとって、どのようにその時空間を横断したり反転させたりしながら歴史化することができるだろうか。ブレア政権の国内の安全保障政策という歴史的コンテクストと、そしてまた同時に、本章冒頭で取り上げたブレア三部作のひとつで主題化された英米関係を表象する『スペシャル・リレーションシップ』というサブテクストと、どのように交錯・接続されるだろうか。

1998年ベルファストに到着したブレアはIRAとの交渉・取引を通じて北アイルランド和平合意に至り、翌99年の北アイルランド自治政府発足を前に、北アイルランド紛争は一応終結した、とされる。英国リベラリズムの立場に立つ政治史の専門家ピーター・クラークの歴史記述によれば、北アイルランドをめぐる紛争やテロの問題の解決において米国の調停とりわけ切り札としてのクリントンの介入が役に立ったという。「国際法を維持する必要があると訴えながら、1998年の暮れにイギリスだけがアメリカのイラク爆撃に加わったのである。しかしそういった行動が、倫理的外交政策を進めるものだったかどうかは疑わしい。そうした行動のタイミングは非常に明瞭に、クリントンが性的問題のスキャンダルの真っ只中で弾劾を逃れようとするのを助けるものであった。是が非でも友を必要としていた時であり、クリントンはブレアの支持に疑いもなく感動し、(とりわけアイルランドについて) 返礼する用意があった」(Clarke 435)[7]。

コソボ紛争への対応においてブレアが発揮してみせたリーダーシップとその「倫理的な戦争」が冷戦後のグローバル化する政治経済世界の歴史において画期的な契機となったことは間違いないが、そうした対ヨーロッパ政策・バルカン問題への対応と同時になされた英米両国の間で相互に結ばれた「特別な関係」すなわちイラク介入へのブレアの賛成・支持とそのお返しとしてのクリントンのアイルランド問題解決のための仲介という国際政治上におけるリベラルな友愛関係も重要な意味をもっていた、これが大英帝国崩壊後のポストインペリアルな英国とその文化の状況にほかならないということか。『ビフォア・ザ・レイン』において特に主題化されているバルカン問題は、まずは英米の「特別な関係」によって解釈されるべきである、という本章の主張が対象とするのもそのような歴史状況である。1990年代の国際政治を表象する英国映像文化におけるこのようなバルカン問題およびその文化的表象は、ポスト冷戦というグローバルな地殻変動にともなうさまざまな地政学的な関係によって捉えるべきだったのではあるが、ただし、その裸形の資本主義とその暴力的にダイナミックな運動のプロセスは、米国との間にトランスアトランティックに絆が結ばれる英国の映像文化と政策のポリティカル・エコノミーに注目することによってこそ、マッピングされ認知することができるのではなかったろうか。

以上の結論をふまえて、最後に、バルカンあるいはユーゴスラヴィアが現代の資本主義世界全体の認識見取り図において持つ意味について簡単に確認して議論を閉じたい。英国の歴史家ホブズボームが20世紀を総括する『20世紀の歴史』において、第一次世界大戦から1991年のソ連解体すなわち冷戦終結までの時代を「短い20世紀」と称したが(Hobsbawm)、この時代はまさに旧ユーゴスラヴィアのボスニア・ヘルツェゴヴィナ共和国の首都サラエヴォで始まりサラエヴォで終わるのである。サラエヴォが象徴的に示すバルカンは、まさに、20世紀の歴史を凝縮した空間だ、といえるだろう。だが、21世紀の今われわれにもとめられていることは、グローバル化以降あるいはグローバル化の終焉という観点から、ユーラシア・バルカンの地政学以降にバルカン問題に関わる英米関係を、いま一度、確認し直すことにより、資本主義世界における覇権の移行・移動の問題をとらえ直すことではないか、英国から米国そしてそれ以降、つまり、アフター西洋をユーラシアの空間の全体性において。

Notes

[1] 1997年総選挙の圧勝の重要なひとつの要因としてしばしば取り上げられるのが労働党の親EU戦略であり、その点も挿入されてはいる――メイジャー首相とはちがって「私はヨーロッパ人である」とEU会議で発言することで仏シラク大統領の支援を勝ち取るのといったかたちで――。しかし総選挙勝利以前にはEUとの関係を重視する身振りを示していても、総選挙以後は英米の「特別な関係」をあからさまに重視している描き方になっていることは、その後のバルカン問題への布石と考えると興味深いかもしれない。

ブレアがことさらにクリントンのイメージを取り入れようとする点については、以下のブレジンスキーの議論も参照のこと。

> The style of many foreign democratic politicians also increasingly emulates the American. Not only did John F. Kennedy find eager imitators abroad, but even more recent (and less glorified) American political leaders have become the object of careful study and political imitation. Politicians from cultures as disparate as the Japanese and the British (for example, the Japanese prime minister of the mid-1990s, Ryutaro Hashimoto, and the British prime minister, Tony Blair—and note the "Tony," imitative of "Jimmy" Carter, "Bill" Clinton, or "Bob" Dole) find it perfectly appropriate to copy Bill Clinton's homey mannerisms, populist common touch, and public relations techniques. (Brezinski 26 下線筆者)

ブレアがコピーしたのは、クリントンの気のおけない物言い、みんなに寄り添うようなポピュリスト風の振舞い、そして、メディア戦略を十分意識したPRだった、と上記に引用したブレジンスキーは言及している。

[2] 文化の多様性あるいは多文化主義への志向は、ひょっとしたら、『ビフォア・ザ・レイン』にフィーチャーされた音楽にその具体例のひとつを見ることができるかもしれない。サウンドトラックを担当しているのが、現代マケドニアの音楽グループ、アナスターシアで、もともとは劇場演劇やバレエのための作曲をしていたようだが、この映画では伝統的なマケドニアの民

族楽器（kaval, tapan, gajda, psalter, and tarabukaなど）が奏でるリズムや音色と現代のエレクトリック・サウンドスケープやビザンチン聖歌の文化とを異種混淆的に融合してみせることにより1990年代の時代性を具現する画期的な存在となった。そして忘れてはいけないことは、彼らのサウンドトラックが、『ビフォア・ザ・レイン』の配給（アメリカでの映画配給は子会社グラマシー）にもかかわっているポリグラムによってなされていることだ。『ビフォア・ザ・レイン』で使用される音楽文化は、グローバルに進行する商品化に取り込まれてしまっている音楽あるいはワールド・ミュージックのイメージではなく、むしろ暴力そのものの歴史性を、解釈することが重要であり、ただし、その暴力はいうまでもなく宿命的な決定論にいろどられて民族紛争の暴力などではなく、旧第二世界とその社会主義に挿入され浸透していくネオリベラリズムの暴力にほかならなかった。

また、サラエヴォのバンドIndexiによる楽曲“Sanjam/Dreaming”とチトーとマスキュリニティの関係についてLonginovićがおこなった分析も参照のこと（Longinović 39）。

[3] このテクストに示される境界線は、民族間のそれだけではないようだ。マケドニア人、アルバニア人いずれのコミュニティにおいても性差の境界線が強調されて描かれているようだ。そこに提示される女性のイメージは、ロンドンでキャリア・ウーマンとして活躍するアンとは対照的だ。幼馴染で恋人（初恋？）でもあったアルバニア人ハナの頼みを聞いて彼女の娘ザミラを助けようとしたアレックスは、民族間の境界線を越えただけでなく、復讐や暴力への欲望で結びついた男性同士のホモソーシャルな絆を否定し異性愛を肯定したとみなされマケドニア男性社会から排除された、という解釈も可能かもしれない。

[4] たとえば、アルメニアとアゼルバイジャンの対立がすでに21世紀になって幾度も注目されていたこと、カスピ海周辺、バクー油田の利権をめぐるグローバルな抗争等々、こうした問題を、これからのイングリッシュ・スタディーズはふまえなければならないのではないか。

[5] グローバル化する映像文化あるいは商業的ハリウッド・スタイルに対抗する政治的なナショナリズム文化すなわちナショナル・シネマの可能性を探った議論のなかで、米国『パルプ・フィクション（*Pulp Fiction*）』、メキシコ『アモーレス・ペロス（*Amores perros*）』、ブラジル『シティ・オブ・ゴッド（*City*

of God)』やSFのタイム・トラベルものなどとともに、バルカン映画における摂理的パターン（providential pattern）——*Cabaret Balkan*、*Wounds*そして*Before the Rain*が言及されている——のもつ解釈的価値・意味を示唆したものとしてJameson 254-55を参照のこと。

[6] スーパークラスとアンダークラスとの間の階級格差が拡大しながら進行しつつあるグローバルな階級の再編制という図式において、マケドニアから英国のロンドンに移動して報道写真家の職を獲得しピューリツァ賞も受賞したアレックスが帰属する階級は、ひょっとしたら、グローバルな中流化する移民（middling migrant）によって規定することができるかもしれない。ただし、グローバリゼーションという歴史状況において、そうした中流化する階級の問題は、ほかのさまざまな種類の移民、特に、難民の存在とともに、注意深く考察することが必要だろう。

[7] IRAと米国のアイルランド移民コミュニティとの結びつきを描いた映画には、たとえば、『デビル』がある。

Works Cited

Anderson, Perry. *American Foreign Policy and Its Thinkers*. Verso, 2015.

Blair, Tony. "Tony Blair's Speech before the Chicago Economic Club on 22nd April, 1999." Web. 27 August 2012.

Brzezinski, Zbigniew. *The Grand Chessboard: American Primacy and Its Geostrategic Imperatives*. Basic Books, 1997.

Clarke, Peter. *Hope and Glory: Britain 1900-2000*. Penguin, 2004

Hobsbawm, Eric. *Age of Extremes: The Short Twentieth Century 1914-1991*. Michael Joseph, 1994.

Jameson, Fredric. "Thoughts on Balkan Cinema." *Subtitles: On the Foreignness of Film*. Ed. Atom Egoyan and Ian Balfour. MIT P, 2004.

Longinović, Tomislav Z. "Playing the Western Eye: Balkan Masculinity and Post-Yugoslav War Cinema." *East European Cinemas. Ed Amikó Imre*. Routledge, 2005. 35-47.

Neely, Bill. "Serbs Rewrite History of Racak Massacre." *The Independent* 23 Jan. 1999. Web. 29 August 2012.

Walker, William. "Press Conference after Massacre in Kosovo, January 26, 1999."

Web. 28 August 2012.
Watkins, Susan. “Five Wars in One: The Battle for Ukraine.” *New Left Review* 137 (2022): 5-20.
Woodward, Susan L. *Balkan Tragedy: Chaos and Dissolution after the Cold War.* Brookings Institution, 1995.
柴宜弘『ユーゴスラヴィア現代史』岩波書店、1996.
細谷雄一『倫理的な戦争――トニー・ブレアの栄光と挫折』慶應義塾大学出版会、2009.

第3章

シティズンシップの英文学と『シークレット・エージェント』を再考する
――ユーラシアのイングリッシュ・スタディーズのために

大田 信良

1．シティズンシップの英文学？

近年、あるいは、21世紀にはいってより顕著に、1990年代以来のグローバル・シティズンシップ教育にも連動するかのように、シティズンシップの英文学ともいうべきものが英文学の研究に出現しているように思われる。そこでは、21世紀の資本主義世界、ネオリベラリズムそしてグローバル化という歴史状況から旧来はナショナルに理解されてきた英文学を捉え直すことが、法・政治のレヴェルで矛盾を孕み現在なおも解消したとはいえないシティズンシップと人権を含む諸権利の問題を20世紀英国の文学・文化レヴェルにおいて考察することが、主要な関心となっているようだ。たとえば、Allan Hepburn 編*Around 1945: Literature, Citizenship, Rights*（2016）は、20世紀英国の小説においてシティズンシップや人権等がどのように歴史的変化に対応しながら表象されてきたか、12人の執筆者による論考をまとめている。第二次世界大戦終了後出された世界人権宣言その他の政治的活動や法的言説・制度にみられたものは、シティズンシップ、ナショナル・アイデンティティ、帰属そして人権などについての新たな考え方であり、もちろんそれは広島・長崎が経験した原子爆弾投下とも関連している。たしかに、人間はすべて、法の前では、その権利と尊厳において平等だという表明がなされた、とはいえ、各国民国家の政治状況や緊急事態に応じてその素晴らしい考え・理念が実際には現実のものとはならないのは度々あることで、さまざまな権利が法的・

政治的にそしてまたヒューマニティにもとづいた生という意味で「人間的に」承認されないという現実もある。こうした状況において、文学的・文化的に、英国の小説家たちはそれぞれどのようにシティズンの権利と義務を想像し表象したのか、こうした問いへの応答としてシティズンシップの英文学が現在の研究・教育制度のなかで生産・流通しているようだ。メイン・タイトル*Around 1945*にもあるように、第二次世界大戦前後を起点にこの論集は組み立てられているとはいえ、この論集のカヴァーする範囲は20世紀後半以降にもおよんでおりその問題提起は21世紀の現在へも差し向けられている。今日にいたるまで、シティズンシップと人権の問題は存続しつづけているのであり、それは現在の国際政治や各国の社会問題がメディアに取り上げられるときのキーワードとなっている主権をもった独立国家、難民、人道主義、強制退去、国家への帰属といったことに目を向ければ明らかだろう。この論集を編集したHepburnも“Introduction”の冒頭で述べているように、すべてのシティズンは諸権利を有している、だが、すべてのピープルがシティズンであるというわけではない（Hepburn 3）。第二次世界大戦後に、すべての国民すなわちピープルがグローバル・シティズンとして権利を承認されたわけではないし[1]、21世紀になったいまもそれはある意味大きく変わらないのは、グローバル・シティズン教育の必要が叫ばれていることに逆にあらわされているのかもしれない。各国民国家に応じて、同じシティズンとしての権利や人権が実際に存在する個々人に同じようにあたえられるわけではない。それぞれの法制によって各国民国家はシティズンと非シティズンの権利を各個人と国家との関係性に応じて付加したり減じたりしている。理念としては、シティズンシップや人権は、20世紀以前とは違って、君主・国王の主権や特別な市民の特権から切り離されて、普遍的なものになったはず、つまり、それらはすべての個人に個別的にではなく適応されるはずのものだったのではあるが（Hepburn 3）。

またもうひとつ注意しておいていいのは、第二次世界大戦以降だけではなく、第一次世界大戦以前の20世紀の資本主義世界すなわち大衆化とピープルの時代においても、英文学たとえばジョゼフ・コンラッドのような作家はその小説『シークレット・エージェント（*The Secret Agent*）』においてシティズンシップの問題を実は主題化していたとみなすこともできることだ。Hepburnは、1945年頃から過去に遡行した20世紀初め、シティズンとして権利を承認されて社会に包摂されるどころか、むしろ、それと対立項をなし排除される人間（the human）——本論のタームでいえばピープルの範疇に入る存在——を取り上げて測定・価値評価したのが『シークレット・エージェント』なのだと述べている。

Hepburnによれば、本論集でこの小説を取り上げたJanice Hoの分析は、すでに20世紀後半に議論されている人間存在「ホモ・サケル」（Giorgio Agamben）を先取りしたものとみなし、英国社会における外国人（aliens）のスティタスに注目したものとなっている。英国の警察だけでなく（ロシア人と思われるものの明示されない）某国大使館のもとでも長年雇われ働くシークレット・エージェントにしてかつまたグリニッジ子午線を標的にダイナマイト爆破事件を起こすことを企てる「アナーキスト」の男アドルフ・ヴァーロック[2]——21世紀ならテロリストと呼ばれるような——とその家族が、一見穏やかなようなしかし怪しげな小売業をロンドンのソーホーというコスモポリタンな空間で営みながら日常生活を送る家庭生活とともに、描かれているのであってみれば、たしかに、モデル・シティズンの活動や成長を描いた物語とはけしていうことはできない。テロ行為を企てるシークレット・エージェントの男や優生学・犯罪学・社会ダーウィン主義の科学的言説・制度によって「不適者（the unfit）」として周縁化されるシティズン（?）に対してきっぱりと否定的なスタンスをとるコンラッドの小説において、これらのいわばアウトサイダー（outsiders）・国内亡命者（internal exiles）たちの権利は、明確に英国シティズンとは認められないその法的に曖昧なスティタスによって棄損されている。法・政治的な歴史を確認しておくなら、1905年外国人制限法（the Aliens Act 1905）の制定・施行により、英国に存在する外国人居住者（resident non-nationals）の諸権利は、公認の特権（liberties）というよりはむしろ制約（constraints）によって規定されていた。この法律により移民は制限されたし、望ましくないとみなされたピープルすなわち困窮者・貧困者

(paupers)や犯罪者(criminals)を強制退去させる仕組みもつくられた(Hepburn 11-12)。こうしたネガティヴな測定があらわに主題化されたストーリーをまずはふまえて、シティズンシップの問題をそのディレンマや矛盾を指摘しながら丁寧かつ誠実にリベラルな立場から解釈することができる、本論の観点からするなら、このようにHoの論考をとらえることができる。

以下本論では、論集所収のHoによる『シークレット・エージェント』論を批判的に検討することにより、シティズンシップの英文学のラディカルな転倒の作業を開始する。そのために、Hoの読解・解釈を簡潔に確認したうえで、『シークレット・エージェント』のサブテクストとして『フォートナイトリー・レビュー(*The Fortnightly Review*)』誌(1905)に掲載されたコンラッドの政治的エッセイ「専制政治と戦争」を取り上げて母国ポーランドをある意味見捨てた英国小説家のトランスナショナルなアクティヴィズムをポーランド問題と結びつけて論じたRobert Hampsonの論文の主張とそのさらなる読み換えの可能性を提示する。本論が注目したいのは、19世紀英露のグレート・ゲームの舞台となったユーラシアの地政学ならびに文化の空間であり、20世紀第一次世界大戦前後を境にドイツと日本が国際政治に主要プレィヤーとして登場・参加することで生じた資本主義世界特にユーラシアのパワー・リレーションの変容・再編ということになるだろう。言い換えれば、本論における『シークレット・エージェント』ならびに英文学のナショナルな「偉大な伝統」を編制したコンラッド、これら二つの再解釈の試みが企図するのは、英米あるいはヨーロッパをセンターにして発信されたシティズンシップや人権をもとにしたグローバル人材育成にむかうのとは異なる移動と再配置をおこなうことであり、最終的に、それはユーラシアのイングリッシュ・スタディーズという新たな研究・教育プロジェクトの可能性を探ることにつながるものである。

2. シティズンシップの英文学による『シークレット・エージェント』解釈を確認する

シティズンシップの英文学によるHoの『シークレット・エージェント』読解は、身体障害者（a disabled body）——小説が書かれた時代の医学的タームでいえば「白痴（idiot）」[3]——を中心的に主題化した小説テクストと解したうえで、法・政治的理論によって規定されたシティズン（the citizen）と非シティズンとして諸権利が棄損された人間（the human）との区別を、新たに文学的・文化的に表象している、と論じた。

> In *The Secret Agent*, anthropological norms of the human—structured by a historical discourse of eugenics that drew distinctions between the fit and the unfit, the degenerate and the healthy, the normal and the abnormal—do indeed constrict and shape the scope of the citizenship; yet the world of the novel simultaneously constructs a discursive space in which such distinctions may be resisted and challenged.（Ho 127 下線筆者）

そうした主題化がなされている『シークレット・エージェント』における生物としての人間身体とシティズンシップにかかわる政治的なるものとの間の多様な関係が描かれているのだが、この読解が注目するのは、人間は抽象的に非政治的な生物的種の存在とか生政治において主権者の絶えざるコントロールと暴力のターゲットとかというよりは、政治的主体かつまたエージェントとして機能し得る具体的な物質性を有して存在する身体として再定義されている、このことだ（Ho 108）。

> Not only can the aesthetic sphere document other ways of reading the disabled body that expand and offer alternative conceptions of the human, but, as Conrad also shows, the singularity of the human body is itself the necessary ground from which we can rethink our ideas of the citizen.（Ho 127 下線筆者）

つまり、『シークレット・エージェント』における身体障害者の表象は、抽象的理念としては人権等が付与されたシティズンと具体的な身体をもった存在としては攻撃されやすく傷つきやすい弱者である人間との二項対立とその価値評価を突き崩しつつ、シティズンとしてのスティタスをそうした弱者あるいは大衆化時代のピープルに広範に拡張することを訴えようとしている、というのがHoの主張である。

20世紀の英文学とりわけ代表的な小説をあらためて振り返り、シティズン・市民と分裂することになった芸術家をそのまま相も変わらず前提とするわけでもなければ、芸術家の成長物語・教養小説に比して周縁化された市民の成長物語のなかからサクセス・ストーリーを掘り起こして再評価しようとするわけでもない。むしろ、成功した成長を実現するどころか弱者として攻撃され社会から周縁化され排除されさえするピープルとその物語を、なんとか21世紀のリベラルなシティズンシップの再概念化によって、救い上げようという試みが、いわばインクルージョンの先取りが、コンラッドのテロリスト小説あるいはアナーキストの家族・ホームの物語の解釈において、なされている、まずはこの点を、われわれは確認しておいてよい。この意味で、ハンナ・アーレントの人権概念やジョルジョ・アガンベンの主権と法・政治的権利を奪われた剝き出しの生物的な生との関係についての議論をふまえながら、そしてまた、『シークレット・エージェント』と19世紀末から20世紀初めの優生学や（人種）退化の言説との関わりを確認しながら、彼女の解釈が実践しようとしているのは、拡張版シティズンシップの英文学である、とみなすことができるだろう[4]。

アナーキスト小説だと思って読むとかなり奇妙だということもできるのだが、『シークレット・エージェント』が物語るのは、スティーヴィーが、シークレット・エージェントにして爆破事件を起こす義兄ヴァーロックの政治活動に巻き込まれて、犠牲者となる、つまり、あやまって爆発したダイナマイトのせいで身体が断片化され死にいたるというストーリーである。それは、すなわち、「白痴」として人権をいわば剝奪された非シティズンの英国社会からの排除。外国人法が問題にしたのは、たしかに国外のヨーロッパ大陸由来のアナーキズムでありまたロシア帝国の幾多のポグロムを逃れて流入してきた東ヨーロッパのユダヤ人たちであり、彼らに対する国内の不安の増大がその根底にあったのはたしかである。スティーヴィーのような「白痴」は、だとするなら、外国人法以降の亡命者・難民の群れが別の生物的身体をまとった存在だとみなすこともできるかもしれない（Ho 111-12）。ちなみに、『シークレット・エージェント』が出版された1907年は、フランシス・ゴールトンにより英国優生学教育協会（the Eugenics Education Society）が設立された年でもあった。Hoが指摘するように、そもそも事件にスティーヴィーを関わらせたのは、精神に障害をもった人間が犯した犯罪行為についてその法的責任を問うことはできない、刑務所ではなく精神病院に送られるだけだ、といったような、優生学という科学・医学にもとづいた前提であった——“the lad was half-witted, irresponsible. Any court would have seen that at once. Only fit for the asylum. And that was the worst that would’ve happened to him if--”（155）。あるいは、スティーヴィーは、医学的に定義された「白痴」・精神薄弱者と厳密にはいえず、ある程度の能力はなくはないのだが学校教育では特別クラスを必要とするとみなされる存在かもしれない。

> …he〔Stevie〕was difficult to dispose of, that boy. He was delicate and, in a frail way, good-looking too, except for the vacant droop of his lower lip. Under our excellent system of compulsory education he had learned to read and write, notwithstanding the unfavourable aspect of the lower lip. But as errand-boy he did not turn out a great success. He forgot his messages….（7 下線筆者）

虚弱であり下唇がだらしなく垂れさがってしまうといった退化の身体的特徴を有する彼は、適者・健常者と不適者・退化の境界線上に位置づけられる、たとえば、the “feeble-minded”というカテゴリーを導入することで処理されるのかもしれない。このようなシティズンを規定する二項の差異の微妙な境界線に位置する「白痴」のスティーヴィーは、福祉国家への道を歩み始めた20世紀初頭、あるいは、自由放任主義とは異なるそうした国家による市場や人びとの生への介入の一部である1870年の義務教育法（the Education Act）によって、逆説的に浮上してきた、社会問題であった。[5] Hoによれば、だが、剝き出しの生物的な生に対する国家主権による暴力という法・政治的レヴェルの言説をコンラッドの小説はなぞりながら単に複製・再生産しているだけのようにみえて、この小説は、実は、それとは異なるだけでなく対抗さえするような物語としても読むことができる。『シークレット・エージェント』というテクストは、精神障害をもった身体がその潜在性において孕んでいる権利やシティズンシップを（再）表象している、あるいはまた、新たな国家・社会のヴィジョンを再想像している。

Hoの読解が注目するのは、スティーヴィーの不気味な分身、すなわち、プロフェッサーと呼ばれるキャラクターの物語である。[6] 実際、スティーヴィーと同じく、プロフェッサーもまた退化の烙印をおされたイメージによって記述されている。

> His flat, large ears departed widely from the sides of his skull, which looked frail enough for Ossipon to crush between thumb and forefinger… The lamentable inferiority of the whole physique was made ludicrous by the supremely self-confident bearing of the individual. (46)

革命プロパガンダごっこをして戯れているなまぬるい社会主義者・アナーキストたちなどとは異なる、「真のプロパガンダ実践者（the true propagandist）」（52）である彼の過激な革命主義が目的とするのは、古い道徳の崩壊を受けていまだ残存する「遵法に対する迷信めいた信仰を打破すること（To break up the superstition and worship of legality）」（54）だが、それがさらにめざすものはなにか。彼が必要とするのは、未来の社会にプランを思い描き現状から導かれる経済システムの夢想に浸って進む道を見失うことではない。それは、生の概念を新たに構想するためにすべてをきれいさっぱり一掃しスタートし直す欲望として提示されている。

> …you revolutionists will never understand that. You plan the future, you lose yourselves in reveries of economical systems derived from what is; whereas what's wanted is a clean sweep and a clear start for a new conception of life. That sort of future will take care of itself if you will only make room for it. Therefore I would shovel my stuff in heaps at the corners of the streets if I had enough for that; and as I haven't, I do my best by perfecting a really dependable detonator. (55)

いうまでもなく、こうした欲望を実現するために真に信頼できる起爆装置の使用が重要な価値をもつことになるのだし、そのためには自分の生命を賭すことになんの躊躇も感じない、いわば、彼の基盤となる下部構造は死に存している。あらゆる種類の制約を気にすることなくまた攻撃されることもないプロフェッサーは、生を基盤にしているアナーキストたちそしてさらに英国の警察機構を構成するヒート警部たちに対して優位性を獲得することになる。こうして、Hoによれば、自己の明確で知的に意識化された意図もなく偶然の結果として自爆テロリストとして社会・世界から排除される一方で、その不気味な分身として「白痴」が十分効果的になしえなかったことを代わりに成し遂げる役割をになう存在ともいえるプロフェッサーは、きわめて意図的かつ決然とした自爆テロリストなのだ、とされる(Ho 116-17)。

たしかに、プロフェッサーと綽名されるこの自爆テロリストは、ヒート警部からは否定的に「狂っている(lunatic)」(72)、つまり、精神薄弱者としてスティーヴィーと結びつけられる。この場合、外国人法における法的取り扱いや分類にもあるように、「白痴」スティーヴィーとその分身プロフェッサーという精神薄弱者は、社会的に周縁化されるまたは排除されるべき存在として相互互換性をもっているとみなされる。「強健・強靭な生命力を備えた警部の目には、明らかに生きていくのに不適な(not fit to live)この小男の肉体の貧弱さ(the physical wretchedness of that being）はなんとも不気味（ominous）に映り」、「生への欲望に強くとらえられた警部」にとって、不幸にもみじめな姿に生まれついたようにみえるプロフェッサーの死のことを考えると、吐き気の波に襲われてしまう（70）。

しかしまた、『シークレット・エージェント』はテロリズムを繰り返し「白痴」性のフィギュアによって表象していて、某大使館の一等書記官の部下でヴァーロックに指示・命令を下した参事官ヴラディミルによって、爆弾による天文学あるいは純粋数学への攻撃は、人間性に対する最大限の尊重を凶暴な愚行・低能による行為を組み合わせたもの——Such an outrage combines the greatest possible regard for humanity with the most alarming display of ferocious imbecility（26 下線筆者）——と考えている。プロフェッサーの狂気・精神異常は、スティーヴィーの「白痴」のミラー・イメージということになるのだろうが、この二人の間の関係性はまさに身体障害者の否定的価値を転倒させるためにこそコンラッドが描いたのだ、なぜならプロフェッサーは国家の主権者とその生権力の単なる犠牲者などではなくむしろ社会システム全体に対する脅威であるから、というのがHoの主張である。

以上のように、彼女の解釈にしたがうなら、身体障害は、この小説テクストにおいて、政治的活動・行為の潜在力として再表象されているのであって、弱く傷つきやすい生物的生というわけではない。実際、『シークレット・エージェント』のエンディングのシーンで、身体障害を有して生を奪われ排除される「白痴」スティーヴィー（やウィニー）とは違って、その分身のアナーキスト・物欲や物質的繁栄とは無縁の意図的自爆テロリストは、相変わらずサヴァイヴし続けている、もし万が一にも警察や法の権力によって拘束・コントロールされるようなら自分自身と周りのすべての人びとを木っ端みじんに爆破させる用意をしてロンドンのさまざまなストリートを爆弾——力とその思想の表現である破滅と破壊のイメージ——を隠しもって歩きまわりながら（227）。だとするなら、自爆テロリストの異なる諸表象は、シティズンと非シティズン・ピープルの間の関係性をかなり過激に書き換えているという読みがわれわれ読者に要請されている、ということになるのかもしれない。

3. 19世紀英露のグレート・ゲームの変容とパワー・リレーションの再編——シティズンシップの英文学による『シークレット・エージェント』解釈を地政学的読解によって再考？

すでに前のセクションで述べたように、『シークレット・エージェント』が出版されたのは、フランシス・ゴールトンにより英国優生学教育協会が設立された年だったのだが、1907年は、また、英露協商が結ばれた年でもあった。一般的には、ヨーロッパそしてそれに続いて覇権を握った米国をセンターとする20世紀・帝国主義の歴史は第一次世界大戦を重要な契機として語られることが多い、そして、その大戦は、ドイツ・オーストリア・イタリアの三国同盟との対立において形成された英国・フランス・ロシアの三国協商によって引き起こしたものだ、とされる。だが、三国協商自体は、1894年に正式に成立した露仏同盟、1904年の英仏協商、そして最終的には、1907年の英露協商によって成立したものであった。[7]

このセクションでは、シティズンシップの英文学による『シークレット・エージェント』解釈を地政学的読解によっても再考・再解釈することに向けて、19世紀英露のグレート・ゲームがどのように変容し英露協商にいたる過程をたどったのか、と同時に、20世紀の総力戦による世界戦争の時代に新・旧の列強各国を中心としたパワー・リレーションはいかにしてさまざまな組み換えや盛衰が進行し再編されていったのか、その見取り図をコンラッドの小説その他のテクストと関連するいくつかのポイントを中心に描いてみたい。

英露協商、すなわち、二国の帝国主義の支配地域分割協定により、中央アジア地域に存在したイラン・アフガニスタン・チベットにおける対立を解消し、その勢力圏を調整したのはなぜだったか。周知のように、ヴィルヘルム2世のドイツが、世界拡張政策つまり3B政策という中東進出を推し進めたのを受け、英国がロシアと提携してその阻止を狙ったからだけではない。中東ばかりか東アジアにおいても対立を続けていた英国とロシアが、日露戦争でのロシアの敗北を契機として連携・協働し、それぞれの帝国主義による世界分割を調整したこともその重要な理由であった。敗北後のロシアは、1907年の日露協商により日本とも提携することに政策転換する一方で、極東進出の代わりとしてバルカン地域を標的とすることになった。ということはつまり、英露協商とは、ユーラシアを舞台に、西端のヨーロッパ・バルカンと東端の東アジア・日本を含む極東に広がり中東ならびに中央アジアをも含む地政学的空間におけるさまざまなパワー・リレーションの転換・組み換え・再配置にかかわるものとしてとらえるべきものだということになるだろう。

こうした20世紀初頭における転換・組み換えにおいてそれに先行する歴史的状況があったこと、これも周知のことである、19世紀に英露の間で繰り広げられたグレート・ゲームあるいは東方問題とよばれるものだ。念のために確認しておくなら、グレート・ゲームとは、中央アジアの覇権をめぐる大英帝国とロシア帝国の敵対関係・戦略的抗争のことであり、実際に出来した紛争・戦争というよりは両国の情報戦をチェスの比喩的表象・イメージであらわしたものとされる。そして、その主たる攻防は、アフガニスタン争奪をめぐるもので、両者は一進一退の経緯をたどったといわれる。

もっとも、グレート・ゲームにおいて英国は敗北したのだと主張するエドワード・イングラムのような帝国史家もいたりする。彼にとって、グレート・ゲームは国際関係にかかわるものというよりは、あくまで英国史の一局面としてとらえられている。言い換えれば、グレート・ゲームは、大英帝国が過去におこなったことにもっぱらかかわるのであり、ロシア人や中国人の活動・行為は問題とされない。それは、英国中心のもので、国外の活動にかかわるものだとしてもナショナルな歴史が記述される。歴史のグローバルなとらえ直しを掲げながら、英国・ヨーロッパ中心というよりはロシア帝国によりそったやり方でグレート・ゲームをとらえる宇山智彦「近代帝国間体系のなかのロシア――ユーラシア国際秩序の変革に果たした役割」のような論考も存在する。近代化を経験した帝国ロシアがもつ世界史的意義や帝国ロシアとヨーロッパ国際関係との比較、そしてとりわけ、ユーラシア国際秩序とりわけアジアとバルカンへ変革者として関与したロシアの役割[8]、が論じられる。ここでは、宇山によるグレート・ゲームの再定義について確認しておきたい。「総じてグレートゲームの時期にロシアが中央アジアで大きく領土を拡大したのに対し、イギリスは影響力の拡大もままならなかった。これはロシアの地政学的勝利と解釈することも可能だが、もともとイギリスの中央アジア・内陸アジアへの関心は英領インドの周りに緩衝地帯を作るという防衛的なものであり、他方ロシアには、開放的な地形と遊牧民の移動性により防衛困難なカザフ草原よりも南下して国境を作る必要があったという事情から考えれば…、概ね当然の結果になったとも言える」(宇山 228)。通常いわれる意味においては、グレート・ゲームは、「グローバルな規模で具体的に大きな変化をもたらした現象ではない」(宇山 228) と前置きしたうえで、次のような再定義を提示する。

> しかし筆者としては、対抗相手にイギリスだけでなく他の諸帝国を含め、また舞台を中央アジアからユーラシア全体に広げて、ユーラシアにおけるロシアと他の諸帝国の勢力争いとしてグレートゲームを再定義することを提唱したい。(宇山 228-29 下線筆者)

この再定義によれば、ロシアと英国を含むほかの諸帝国が対象とされることになり、その勢力争いの舞台となるユーラシアの空間を構成するのは、東アジアからイラン・オスマン帝国・バルカンにいたる諸地域ということになる。このように考えるなら、「グレートゲームはさまざまな地域間の連動をともなう非常にダイナミックな現象であり、世界に大きな影響を残したと言える」(宇山 229)、と宇山は主張する。そしてまたここで再確認しておくべきことは、ユーラシアを舞台に諸帝国とりわけ英露の対立によって語られてきたグレート・ゲームが、いったんは終結したのが1907年の英露協商協定であったとされてきていることである。

ここでコンラッドの小説テクストに立ち返り、あらためてもういちど思い出しておいた方がいいことがある。アドルフ・ヴァーロックという「アナーキスト」が実際におこなった政治活動の企ては、彼を雇っているドイツというよりはロシアを暗に指し示すような某国大使館の命令によるもので、その目的は「治療（cure）」（19）のイメージによって表象されるものだ。この命令は、「喉音の強い中央アジア特有の発音（guttural Central Asian tones）」（27）でしゃべる参事官ヴラディミルによるものであった。具体的には、それは、英国へ亡命した社会主義者やアナーキストの取り締まりに甘くなまぬるい対応しかしないリベラルな英国政府に警告をあたえるために、英国の警察の警戒心を刺激するような爆破テロを起こすこと、そして、それによって母国に対する反政府運動の取り締まりを英国政府とその某国との間で、ある意味連携・協力して、おこなうことだった。ヴァーロックに期待されたのは、国家主権・その生権力が封じ込め・排除を目的として戦略的に煽動つまりはプロパガンダをおこなうこと、"an agent provocateur"（19）すなわち秘密工作員として「治療」の職務をこなすことであった。

とはいえ、ヴァーロックは単に某国大使館のアナーキストにして"an agent provocateur"であるだけでなく、「英国警察のシークレット・エージェント（a secret agent of police）」（42）でもある。ヴァーロックには誰にも口外していない秘密の交友関係があり、その交友のおかげで警察の事情に通じながら警察のことは気にしないでいられるのであった——"Mr Verloc had unconfessed relations which made him familiar with yet careless of the police"（40）。ロンドンのコスモポリタンな地域ソーホーで、避妊具を含む医薬品やセクシーなダンサーたちの写真、その他いかがわしげな書名の本・新聞などを商う生活なのだが、その一風変わった小売店の商売だけでは、アナーキストとしての政治活動の目くらましにはなっても、生計を立てるのに不十分だった。そして、その職務は「予防（prevention）」（19）だ。事件を煽動するのではなく、警察のシークレット・エージェント・秘密の情報屋たるヴァーロックは事件を未然に防いだことが何度もあった（19）。このアナーキストの生におけるミッションとは、奇妙なことに、社会機構を保護することであって、それを完璧にすることではないし、ましてやそれを批判することですらなかった——“his mission in life being the protection of the social mechanism, not its perfectionment or even its criticism” (11)。英国を拠点とするアナーキスト集団のメンバーであるヴァーロックは、某国と英国の二重スパイつまりダブル・エージェントとしてみなさなければならないのではないか。

こうして、ロシアと思われる某国の「治療」と英国の「予防」と2つの異なるやり方があるにしろ、英露両国は、トランスナショナルに移動し政治活動をおこなうアナーキストや社会主義者あるいはテロリストのコントロールという点で共通の目的を有しているということがいえるのではないか。そのコントロールは、英国・ロシア両国の法・外交・警察機構間で実行される明白にそれぞれ意図され協議されたものではないのかもしれない。しかしながら、その偶有性を有したフレキシブルな連携プレイによって、国家転覆的な政治活動を予防的・治療的に封じ込めるまたは排除する機能をもっていることに注目しよう。爆弾そのものは、英露両国の権力機構によって製造・用意されたものではなく、ロンドンのストリートを移動し続けるプロフェッサーによってヴァーロックに手渡されたものだということになっている。だが彼が実践するテロ行為は、いまだ存在しない新たな世界の創造にむけて国家転覆と資本主義世界の破壊につながるグローバル化していく政治活動を英露の意図せざる協働・連携プレイによってコントロールすることを目的にしている、そして、注意すべきことは、両国の間を媒介し連携・協力関係を構築する機能をになっているのがヴァーロックというダブル・エージェントにほかならないということである。

グローバリゼーションの進行・拡張にともなう文学・文化研究とグローバル・シティズン教育またはシティズンシップの議論は、20世紀に国際政治の舞台に登場した日本とドイツ（ひょっとしたら米国も）とりわけ後者の勃興・抬頭とその帝国主義に対応するために、いずれ三国協商につながるような、資本主義世界特にユーラシアのパワー・リレーションの変容・再編という地政学的空間においてとらえ直すことが必要ではないだろうか。端的にいうなら、『シークレット・エージェント』というテクストは、ヴァーロックを中心にしてグローバルなユーラシアの存在に結び付けてとらえる1907年の英露協商によって、まずは、解釈すべきではないか。言い換えれば、Hoが提示したシティズンシップの英文学とは別に、まずは、この小説のタイトル・フィギュアであるヴァーロックの意味を、英国国内の社会においてと同時にまた国外に拡張してトランスナショナルな国際関係において、すなわち、さまざまな境界を横断するグローバルな政治・文化空間において、考えるべきではなかっただろうか？

以上ここまでシティズンシップの英文学としての『シークレット・エージェント』を英露協商によって再考することを提案したうえで、次に、本セクションの以下の箇所では、もともとはといえば英文学のナショナルな「偉大な伝統」を編制したコンラッドを、アナーキスト小説だけでなくそのサブテクストをなす政治的エッセイにも注目することにより、ユーラシアのイングリッシュ・スタディーズの研究プロジェクトに置き直す可能性をすこしばかり探ってみたい。

ここでサブテクストとして取り上げるのは、『シークレット・エージェント』出版の1907年に先立つこと2年、1905年に『フォートナイトリー・レビュー』誌に掲載されたコンラッドの「専制政治と戦争」である。ロシア帝国の支配下にあったポーランド出身ながら亡命者・移民（旧来の英文学研究・モダニズム論においてはエグザイルやエミグレという範疇で語られた）として英国の偉大な小説家となったコンラッドのエッセイは、ポーランド問題すなわちポーランドという国家の自由と自立を20世紀資本主義世界とりわけヨーロッパの国際政治においてどのように夢みたらよいのかといった問題を、ロシア帝国のツァーリズム言い換えれば英国・西ヨーロッパのリベラル・デモクラシーと対立する「専制主義（autocracy）」の衰退・崩壊とそれを直接的にもたらした東アジアの端で起こった戦争について言及・議論しながら考察している。ここでいう「戦争（war）」とは、いうまでもなく、グローバルなエフェクトをもたらすことになる日露戦争である。ユーラシアにおける19世紀の英露グレート・ゲームを、英国・ヨーロッパをセンターに中央アジア・アフガニスタンにおいてだけでなく、また、英国のライヴァルたるロシアの関与・貢献にも目を配るだけでもなく、日本を含む東アジア・極東の空間においてもとらえ直したらどうなるのか。極東を舞台に出来した日露戦争のグローバルな意味を、モダニティまたは近代化・大衆化に続いて展開・転回したグローバル化という観点から解釈してみたらどうなるのか。

コンラッドの「専制政治と戦争」とのインターテクスチュアルな関係において『シークレット・エージェント』をとらえた論考はコンラッド研究においてもなされており、たとえば、Robert Hampsonの論文は、ポーランド問題をコンラッドのトランスナショナルなアクティヴィズムと結びつけて論じている。これまでのコンラッド研究では、『シークレット・エージェント』出版前後のコンラッドの関心がアナーキズムにあったと論じられているが、亡命者・移民あるいはひとつの故郷・ホームにのみ帰属するのとは異なるホームレスという存在が国境を越えた政治活動を実践することへの関心によってこそ――コンラッドにとってのホームはポーランド・英国・フランスの国家横断的な空間・居場所にかかわる――、この小説は見直されなければならない、というのがHampsonの論点だ。[9]

> It is a commonplace in Conrad studies to note Conrad's interest in 'anarchists' in this period, an interest that produced *The Secret Agent*, and two of the stories in *A Set of Six*: 'An Anarchist' and 'The informer'. For the purposes of this essay, I want to suggest that this could be revisioned as an interest in transnational activism – by which I mean the political activities of the exile, the émigré or the migrant – what the Irish nationalist Lynd calls 'the homeless person' and what we might think of as the person who has more than one home. In Conrad's case, those 'homes', I will suggest, would be Poland, Britain and France. French was his second language; France was the country of his youth – and of his extended honeymoon; and he entertained ideas of moving to France in the later years of his life. Transnational activism is to be distinguished from internationalism – a distinction Conrad implicitly makes in 'A Crime of Partition', when he criticises 'the internationalists' (NLL, 121). Where

> internationalism represents a commitment to world revolution, based on a supra-national class or (more recently) religious affiliation, transnational activism refers to the negotiation of the 'complex loyalty' of living in one country, while also identifying with another as one's place of origin – or, indeed, of living in more than one country. (Hampson 33-34 下線筆者)

唯一固有のホームとその固定的な帰属による規定を超えたトランスナショナルなアクティヴィズムは、帰属する居場所に対する忠誠心については複雑な態度を保ったまま交渉をする点において、国家を超えた階級的・宗教的所属・連帯等にもとづく世界革命へのコミットメントを旗印に掲げるインターナショナリズムつまりは共産主義（?）とは区別されなければならない。その政治的立場は、要するに、リベラリズムということか。

Hampsonが亡命者・移民としてのコンラッドのトランスナショナルなアクティヴィズムを論じるときに、Zdzisław Najderの研究を引用しながら、このエミグレにして世界最初のグローバルな作家（?）と交友関係を結んだとされるある人物とその活動を指し示している。

> An important figure in Conrad's turn to transnational activism is Józef Retinger, whom Conrad describes in 'The Crime of Partition', as '*A young Pole coming to me from Paris', who had 'gone begging for a word on Poland to many influential people*' (NLL, 126). Nadjer provides a fuller picture. Retinger was the son of a Cracow lawyer, who had been educated in Paris. He came to London in the spring of 1912 with what Najder describes as 'the self-appointed mission of awakening sympathy for the cause of Poland's independence' (Nadjer, 440). He sought to win British and French support for Polish independence under a constitutional monarch – and probably hoped to involve Conrad in this campaign. However, he was not successful in this first encounter. He was introduced to Conrad in November 1912. In a letter to Arnold Bennett (17 November 1912) about

> this visit, Conrad describes Retinger's errand as 'a most hopeless one' (CL5, 135). The editors of the *Collected Letters* describe Retinger as a representative of the Polish National Council, but Nadjer is more sceptical: he notes that the Council was not formed until after the outbreak of World War 1, and he presents Retinger as engaged in 'independent political action' (Najder, 440). (Hampson 34 下線筆者)

英露協商そしてさらには三国協商が形成される過程において、すなわち、英国とロシアとの間の協商あるいは連携が進行するなか、18世紀後半以降にロシア・プロシア・オーストリアによって幾度か分割されてきたポーランドが、ユゼフ・レティンゲルの「ポーランド国民評議会（the Polish National Council)」(Hampson 34）を通じた活動によって自立し独立することには「ほとんど希望はない（a most hopeless one)」(Hampson 34）とみなされる一方で、レティンゲルおよびコンラッドのトランスナショナルなアクティヴィティは「独立にかかわる政治活動（independent political action)」(Hampson 34）にかかわったのだ、とHampsonはNajderを引用しながら論じている。そしてHampsonによれば、ポーランド独立の可能性は、ナポレオン戦争終結後の神聖同盟がなおも残存しロシアとドイツの中央ヨーロッパにおける支配が続く状態に取って代わる新たな「ヨーロッパの協約（the Concord of Europe)」の歴史的実現に賭けられていたのだし、そのヨーロッパこそが20世紀資本主義世界に存在するはずの祖国ポーランドについてコンラッドが欲望し抱いた政治的ヴィジョンだったのだ(Hampson 27-32)、20世紀を通じて模索され冷戦終結後に実現したEUを先取りするかのような。

レティンゲルについては、テレンス・ラティガン『炎の滑走路』という劇テクストの結末で、英米関係を後景に退かせる祝祭的に表象される奇跡的な帰還を果たしたポーランド人伯爵と英国空軍との友愛関係を論じた大谷伴子『秘密のラティガン――戦後英国演劇のなかのトランス・メディア空間』も、すでに論じている。

> 1941年2月、亡命中のポーランドの指導者であるシコルスキ将軍と彼のアドバイザーであるユゼフ・レティンゲルは、戦後のヨーロッパにおける経済協力について大陸ヨーロッパ諸国の政府メンバーと討議を開始した。1941年末にかけて、この2人のポーランド人によって立ち上げられた大陸ヨーロッパ諸国の外務大臣で構成される常設組織とその定期的な会合から、戦後の欧州統合に対して重要な成果をもたらすことになる2つのプロジェクトが生まれる。すなわち、ベルギー、オランダ、ルクセンブルク間での関税同盟の結成に向けた計画、そして、「欧州経済協力連盟（European League for Economic Cooperation, ELEC）」の創設に向けた提案。「経済協力連盟」はレティンゲルが主導した会合の重要な成果であり、彼自身がこの連盟の書記長に就任した（van der Pijl 119-20）。第1次大戦前には英国でジョウゼフ・コンラッドの近しい知人となり第2次大戦後には共産党政府から追放されたレティンゲルがその創設に力を注いだ統合ヨーロッパは、新たにグローバル化された資本主義とリベラリズムの経済・政治体制の拡張の歩みに肯定的に対応して形成されながらも米国の覇権と必ずしも完全に一致するものではないものであったにしろ、ソ連の共産主義あるいはさまざまな「全体主義」イデオロギーの否定という点で、それぞれの利害の一致をみるものであった。（大谷94下線筆者）

第二次世界大戦中ならびにその戦後におけるアメリカの新たなリベラリズムとその英米を中心としたトランスアトランティックな形成の歴史的過程において、東ヨーロッパの地政学的空間とポーランド人の動きは、見逃すことのできない重要な契機をなしている、というのが大谷の議論のポイントだ。第一次世界大戦以前のコンラッドの政治的エッセイとレティンゲルとの交友・連携に由来するそのトランスナショナルな政治活動の歴史的かつまた地政学的意味も、ミッドセンチュリーや冷戦期、さらには冷戦終結後のグローバリゼーションやネオリベラリズムそして超国家的地域統合としてのEU、そして、そのリアクションとしての社会・

世界の分断といった観点から、注意深くとらえ直す必要があるのではないか。

ここでわれわれはHampsonによる「専制政治と戦争」と『シークレット・エージェント』を対象としたコンラッド解釈のさらなる読み換えの可能性を提示するために、彼の結論に抗いながらその議論の流れを遡行しなければならない。中央ヨーロッパにおけるロシア帝国「専制主義」の死と東アジア・極東における「戦争」すなわち日露戦争について、コンラッドのエッセイ「専制政治と戦争」は次のように議論している。Hampsonも指摘しているように、この戦争が正確には終わっていない時点で、「日本の務めはなされた、ミッションはコンプリートされた、そして、ロシア・パワーの亡霊は地下に埋められ葬られた」(5) という教訓をコンラッドは引き出している。

> For a hundred years the ghost of Russian might overshadowing with its fantastic bulk the councils of central and western Europe sat upon the gravestone of autocracy, cutting off from air, from light, from all knowledge of themselves and of the world, the buried millions of Russian people. (3 下線筆者)

これまで100年もの間、中央および西ヨーロッパ評議会に暗い影を落としてきたロシア・パワーの亡霊は、大国・列強による国際政治あるいはパワー・リレーションの舞台となる地上からは切り離されて、専制主義の墓石にその居場所を定めることになった。ヨーロッパのパワーの支配力が不十分なこと、なかでも、ロシア帝国を構成する人びとの「精神ならびに軍事・行政システムの劣等性」を、日露戦争は白日の下に晒したのだ (3)。うすうす自ら意識している人種的差異にもとづく偏見のせいでヨーロッパの白人たちがこの教訓をそのまま矮小化せずに受け取ることはおそらくないだろう (4)。とはいえ、日本との戦争の敗北によって明らかになりつつあるロシア帝国の衰退・崩壊は、コンラッドにとっては、ロシアの専制主義の終わりと死であると同時にその復活の最初の蠢きとみなされる（5）。別の言い方をするなら、日露戦争つまりユーラシアの東側の東アジアの満州という空間でもなされた戦争は、ランド・パワーまたは帝国ロシアという大陸国家における「絶対主義の終焉」（8）を印しづけるものであった。

コンラッドは、また、ユーラシアの西側の西洋・東洋の境界線に位置する中央ヨーロッパにおいて、次々と分割・縮小を経験したポーランドの悲しくも残念な歴史を、ロシア・パワーだけでなく、ロシアのヘルプと黙認・共謀によって達成されたドイツ帝国との関係によって、すなわち、独露二つの帝国の共通した罪によって、とらえている（9）。Hampsonも言及するように、コンラッドのマッピングは、ドイツとロシアに分割されたポーランドの境界地域をロシアの存在自体ともいえる深淵のカウンターパート、ポーランドの希望や尊厳や自由等々すべて飲み込んでしまう底なしの深淵の比喩形象によってなされる（12; Hampson 30）。

> She[Russia] is not a *Néant*; she is and has been simply the negation of everything worth living for. She is not an empty void, she is a yawning chasm open between East and West; a bottomless abyss that has swallowed up every hope of mercy, every aspiration towards personal dignity, towards freedom…（12 下線筆者）

独立・自立を夢みるポーランドにとって、ドイツ帝国の存在はロシアと重なり合い二重写しとして立ち現れる、すなわち、コンラッドにとってのポーランド問題のさまざまな問いはロシアの邪悪なカウンセラーとしてのドイツとその帝国がポーランドに強いる最も抑圧的な政策と切り離して考えることはできない——Germany has been the evil counsellor of Russia on all the questions of her Polish problem. Always urging the adoption of the most repressive measures（9）。専制主義の帝国ロシアのスプリット・イメージあるいは分身としてのドイツは、ポーランドを対象にした分割や抑圧によって、まずは設定されていた、ということだ。

そしていうまでもないことだが、中央ヨーロッパにおけるそうした分割や抑圧の終わりの可能性、新生ポーランドの復活と独立・自由の獲得の希望が、東アジアの日露戦争による日本の勝利によって一瞬夢みられたわけだが、第一次世界大戦以降の紛争・戦争を準備した1907年の英露協商にはじまるパワー・リレーションの再編とりわけ英露の連携・協働関係はそうした可能性や希望の前に立ちふさがることになったし、だからこそ、コンラッドはレティンゲルとの交友関係によって新たなヨーロッパの夢とポーランドの未来を、粘り強く、想像したのではないか、英国の政治伝統の系譜でもあるリベラリズムのパワーによって。ここまでHampsonの解釈をある意味敵対的に遡行しながら確認してきたが、次の作業としては、その解釈の読み換えの可能性を提示しなければならない、そしてそのためには、日露戦争の歴史的解釈の問題に、一度、立ち止まる必要がある。

別のいいかたをするなら、われわれはいま一度、「長い20世紀」のはじめの最初の総力戦ともみなしうる日露戦争について、そのグローバルな意味を19世紀末からの歴史的過程とりわけグレート・ゲームの変容において問い直してもいいのかもしれない[10]。それは、一般的には、第一次世界大戦以降の世界戦争の配置と舞台を準備した、ともいわれたりするのだが、ユーラシアの空間に注目してまとめ直してみよう。一方で、ユーラシアの西端、西ヨーロッパにおいては、1891年からの露仏同盟によってロシアはドイツ・オーストリア=ハンガリーとの提携をやめてフランスの同盟国になったこと、この事件が大きな変化のはじまりといわれる。ロシアは、フランスから、金融面においては投資・援助を、軍事・政治面においてはバルカン地域におけるオーストリアへの軍事的牽制を、期待した。露仏同盟がもたらした変化とは、1866年普墺戦争、1871年普仏戦争により近代国民国家を産出したビスマルク体制——ビスマルクによるフランスの孤立化を目標とした外交政策とドイツ参謀本部による鉄道網を存分に活用した情報・ロジスティックス戦略——は、ビスマルクが皇帝ヴィルヘルム2世と対立して退陣したことにより終わりをむかえ、独露の再保障条約の解消ということもできる。他方、ユーラシアの東端、東アジア・極東においては、1868年に明治維新を経験し近代化をはじめたとされる日本が日露戦争において勝利したという事件がユーラシアのパワー・リレーションの組み換え・配置をダイナミックに変化させた、といえるのではないか。日本はすでに1902年に英国と日英同盟を結んでいたわけだが、1904年のロシアとの戦争開戦後には英仏協商が、戦後の1907年には英露協商が締結された。つまり、極東において英国帝国主義と同盟を結んだ日本がロシアと戦った戦争を契機にして、三国同盟に対抗する三国協商が形成される重要な部分をなした、ということだ。

『シークレット・エージェント』をヴァーロックのフィギュアと1907年の英露協商によって解釈することに加えて、コンラッドの政治的エッセイ「専制政治と戦争」(1905) に提示された第一次世界大戦とは別に最初の総力戦ともいわれる日露戦争のグローバルな意味を問い直すことを提案したい。この提案によって思考・想像することが可能になるのは、たとえば、以下のような問いだ、すなわち、英露協商に亀裂を生じさせる潜在性は、ひょっとして、どこに歴史的には存在していたのか、そしてまた、さらにまったく新しい世界ならびに世界大戦の時代を切り開く可能性ユーラシアの地政学的空間のどこに刻印されていたのだろうか。

4. ユーラシアのイングリッシュ・スタディーズのために

本論は、シティズンシップの英文学とは別に、まずは、単に某国大使館のアナーキストにして"an agent provocateur"であるだけでなく英国警察のシークレット・エージェントでもあるヴァーロックを、1907年の英露協商によって再解釈すべきではないか、と論じた。同年に設立された英国優生学教育協会に注目し「白痴」のスティーヴィーを中心に解釈したHoの研究を批判的にふまえつつも、この小説のタイトル・フィギュアであるヴァーロックを、英国国内の社会においてと同時にまた国外に拡張してトランスナショナルな国際関係において、すなわち、さまざまな境界を横断するグローバルな政治・文化空間において、とらえ直す作業を開始した。ここで試みられたシティズンシップの英文学のラディカルな転倒の作業は、『シークレット・エージェント』のサブテクストとしてのコンラッドの政治的エッセイ「専制政治と戦争（“Autocracy and War”）」(1905）を取り上げてコンラッドのトランスナショナルなアクティヴィズムをポーランド問題と結びつけて論じたHampsonの論文の主張をさらに読み換える可能性を提示することでもあった。その読み換えにおいて本論が注目したのは、19世紀英露のグレート・ゲームの舞台となったユーラシアの地政学ならびに文化の空間であり、20世紀第一次世界大戦前後を境にドイツと日本が国際政治に主要プレィヤーとして登場・参加することで生じた資本主義世界特にユーラシアのパワー・リレーションの変容・再編の歴史的過程であった。以上のような『シークレット・エージェント』ならびにコンラッドの再解釈は、英米あるいはヨーロッパをセンターにして発信されたシティズンシップや人権をもとにしたグローバル人材育成にむかうのとは異なる移動と再配置をおこなうことであり、最終的に、それはユーラシアのイングリッシュ・スタディーズという新たな研究・教育プロジェクトの可能性を探ることにつながるものである。

最後にひと言付け加えるなら、ユーラシアのイングリッシュ・スタディーズを構想・制作するためのひとつの契機として、日露戦争をグローバルに見直すこと、つまり、そのユーラシア大陸の東端・東アジアで展開された20世紀初めの戦いを資本主義世界の地政学的空間に位置づけ直すことを提案する。この提案は、別の言い方をするなら、日露戦争を、第一次世界大戦とは別に、総力戦としてとらえ直しそれ以降のさまざまな戦争・紛争との関係をとらえてみることである。そして、それにより、英国を中心とする西ヨーロッパとロシア・ソ連またはヨーロッパとアジア、さらには、西洋・オクシデントと東洋・オリエント、白色人種と有色人種といった対立関係を新たに21世紀の現在から再配置してみることになるだろう。

Notes

[1] 1945年敗戦国ドイツのボンの外部に設置された「難民キャンプ（a displaced-persons' camp)」を訪れた英国の詩人・批評家Stephen Spenderは、日本に対する戦争がなおも続行中であるなか、米ソ冷戦あるいは次におこるであろうロシアと西側諸国との熱い戦争のことを頭におきながら、既存のヨーロッパのシティズンシップの再発明つまり「新しくトランスナショナルなシティズンシップ（a new, transnational citizenship)」を構築する夢を語っていた。ソ連の共産主義との文化冷戦の代表的戦士・イデオローグであったこの文学者は、罰則や諸権利の喪失なしにヨーロッパ大陸を移動する移民の存在を可能にするようなシティズンシップと再建されたヨーロッパを考えていたのだが、そうしたいわばパスポートなしの移民が現実になるのは、ヨーロッパ域内ですら、その後数10年もかかることになった(Hepburn 20-22)。そうした権利を承認・保障された自由な移動・居住・生は、グローバルな世界空間では、いまだに、実現しそうにはない。たとえば、1990年代以降のEUの東方拡大と今世紀に入っておこったロシアによるクリミア侵攻を、その他世界各国でのますます増大し頻発するかにもみえる（大規模の戦争というよりは）数々の紛争とともに、思い浮かべればいい。そしてまた、現在のメディアにおいては、asylum seekersは亡命希望者というよりは難民申請者という意味に主として結びついて流通しているようにみえるし、文化は権利申請者とシティズンとの間のディレンマをあいかわらずなんとか言説・表象によって分節化し続けているように思われる。

[2] ただし、怠惰によって特徴づけられるこの「アナーキスト」の企ては、実のところ、自らの自発的なものではなく、彼を雇っている大使館の一等書記官ブルムト枢密顧問官、より直接には参事官ヴラディミルによる命令によるもので、その目的はといえば、英国の警察の警戒心を刺激するようななにか決定的な事件を起こすこと、そして、それによって英国へ亡命した社会主義者やアナーキストの母国に対する反政府運動の取り締まりを英国政府に強く迫ることにあった。ヴァーロックに期待されたのは、いわば政府・党・警察といった国家権力が封じ込め・排除を目的としてわざと煽動をおこなう秘密工作員つまり"an agent provocateur"（19）の職務であった。

[3] Ho論文における、いま現在となっては廃語となっているいくつかのターム、たとえば、「精神薄弱者」を意味した“imbeciles”や“mental defectives”は、本論でも使用する。とりわけ、「白痴」は、鉤括弧付きにする。1980年代後半の英文学研究とりわけ新歴史主義的研究でも、すでにこうしたタームは取り上げられ分析・解釈に使用もされており、それら自体で新しい研究ではない。ただし、当時、同時に「リベラル優生学」といったタームも研究内外で登場しており、その歴史的コンテクストとして、新たな生命倫理に関する哲学や製薬企業・生命科学とどのように連動していたのか、また、英文学と医学の言説の分野横断的な文化研究はどのような関りがあったのか、ここでは論じることはできないが、一度は確認しておく必要があるのかもしれない。Hoの研究にみられるように、人権やシティズンシップの問題と結びつけられてこうしたタームが議論の俎上にのっているのが、現在なのかもしれない。

[4] 本論のリーディングや研究が企図するものとは異なるが、Hoの解釈は、また、18世紀英国の市民社会の理念であった道徳感情論・センチメンタリズムを、20世紀初頭のアイロニーの時代に歴史的に位置づけたうえで、21世紀の現在に新たなシティズン概念すなわち“the subject of sentimental feeling whose bodily perception of social injustice is itself a potential force of politics”(Ho 109)として復活･再生させることをもくろんでいる、ともいえる。スティーヴィーは、姉ウィニーのセンチメンタルな感情が向けられる対象であるだけではない、そして、その精神薄弱者として印しづけられ退化の一形式に分類される身体自体が、政治的シティズンシップの可能性・潜在性を有している、というのがHoの議論だ（Ho 118-26)。

[5] 1905年外国人制限法（the 1905 Aliens Act）と同時期の1904年に設置された精神薄弱者のケアとコントロールに関する王立委員会（Royal Commission on the Care and Control of the Feeble-Minded)、そして1913年の精神薄弱者法(the Mental Deficiency Act）が法的に施行され制度化されていく過程で、彼のような人間は、英国社会にとって「有用（useful)」ではない、「とんでもなく無用（uncommonly useless)」であって、法的に問題のある亡命者・移民のような外国人同様、余計な存在と科学的に測定され判断されるようになった（135)、ということか。

[6]「白痴」によって否定的に測定・評価されるスティーヴィーというキャラ

クターのイメージは、夫殺しという殺人行為をおこなうウィニーというより強力な否定性を付与される存在によっても、また、再生産され増幅されている（Ho 113-14)。

> Alexander Ossipon, anarchist, nicknamed the Doctor…gazed scientifically at that woman, the sister of a degenerate, a degenerate herself—of a murdering type. He gazed at her, and invoked Lombroso, as an Italian peasant recommends himself to his favourite saint. He gazed scientifically. He gazed at her cheeks, at her nose, at her eyes, at her ears…. Bad! … Fatal! Mrs Verloc's pale lips parting, slightly relaxed under his passionately attentive gaze…a murdering type….（217下線筆者）

この点、テクスト全体の解釈においてそのことがもつ意味をどうとらえるかは別として、また本論はその意味を探求することを目的とはしないが、言及しておこう。

『シークレット・エージェント』におけるアナーキズムの表象は、「科学(science)」と「芸術（art)」の対立、言い換えれば、旧来の英文学史の図式でいえば自然主義と唯美主義の対立・差異の一形態を、以下の引用にあるように、措定しているようだ。

> You anarchists should make it clear that you are perfectly determined to make a clean sweep of the whole social creation. But how to get that appallingly absurd notion into the heads of the middle classes so that there should be no mistake? … Of course, there is art. A bomb in the National Gallery would make some noise. But it would not be serious enough. Art has never been their fetish…. Artists—art critics and such like—people of no account. Nobody minds what they say. But there is learning—science. Any imbecile that has got an income believes in that. He does not know why, but he believes it matters somehow. It is the sacrosanct fetish….They [All the damned professors] believe that in some mysterious way science is at the source of their material prosperity. They do. And the absurd ferocity of such a demonstration will affect them more profoundly than the mangling of a

whole street—or theatre—full of their own kind. (24-25下線筆者)

この対立から、テロの標的すなわち爆破の対象が、ナショナル・ギャラリーか、それとも、グリニッジ天文台——より正確には、グリニッジ子午線——かという問いも、設定されている。ただし、シティズンと非シティズン・ピープルとの二項対立を脱構築する一方で、科学と芸術の対立・差異をコンラッドの小説言語が統合・乗り超えを実践しているのだと主張するのとは異なるやり方を探ることを本論の解釈は企図している。

[7] 英国の立場から考察された日露戦争勃発によるヨーロッパ大国間関係の再編、とりわけ、フランスに対する英国外交が抱え込むことになった日英同盟と英仏協商の板挟みとそれへの英国の苦しい対応については、たとえば、谷をみよ。また、中山は、露仏同盟の変容をファイナンスの観点から分析し、英仏協商についても論じている。

[8] 宇山によれば、ロシアがユーラシア国際秩序において果たした役割は、まずは、ヨーロッパ大国間関係のひとつの柱として同盟・対抗関係の形成・組み換えをおこなったことである。だがそのほかにも、不平等なものであれ条約に基づく近代西洋的国際秩序を広め国際法そのものの発展にも貢献した、諸地域で国境を画定させ、属地的・面的な支配領域の確立をうながした、隣接諸国の主権や宗主権を掘り崩しながら結果的に国民国家体制の成立を助けた、等々が列挙される。これらの役割の多くは、西欧列強たとえば英国の役割と共通するものでもあるが、ではその違いはなにか。英国など西欧列強は、主として「海伝いにアジア方面へ進出し、インドのように植民地とした地域以外では内陸部まで恒常的にと関与するのが難しかった」のに対し、ロシアは、「陸地で接するバルカン、西アジア、中央アジア、北東アジアに恒常的に関与し、深い変化をもたらした」とされる(宇山 231)。ここにみられるのは、地政学のタームでいうならば、シー・パワーとしての英国とランド・パワーとしてのロシアの差異ということになるだろうか。

[9]『シークレット・エージェント』が出版されたばかりの頃のロンドンがエグザイルとなったアナーキスト集団がその政治活動をおこなう拠点となっていたことは、Hampsonも言及している。

> I want…to note that Conrad had just published *A Secret Agent*, in which London is represented as the base for political activism on the part of a small group of exiled anarchists, and that he was currently engaged in writing *Under Western Eyes*, in which Geneva similarly functions as a base for external political activism by a group of exiled Russian revolutionaries. This second group is involved in more than just 'propaganda of the word'.（Hampson 33下線筆者）

ただし、Hampsonによれば、ほぼ同時期に出版された*Under Western Eyes*（1911）ではスイスのジュネーヴがトランスナショナルな政治活動の拠点となっており、その活動をになうエグザイルはロシアの革命家たちである。ということはつまり、別の見方をするなら、彼らは、トランスナショナルなアクティヴィズムをおこなうリベラリストとは異なる集団ということになるだろうか。そしてさらに、この革命は、総力戦の一部をなす情報戦あるいは「言葉を使用したプロパガンダ以上のもの（more than just 'propaganda of the word'）」としてコンラッドは表象している、ということになる。

［10］実際の英露の対立つまり情報戦というよりは軍事的衝突を含む抗争は、ユーラシアの空間の東端すなわち極東地域においてより激しく争われた、といわれる。さらに「長い20世紀」の歴史的過程を考えるうえで注目すべきは、中央アジアにおける英露の対立に連動する極東のパワー・リレーションまたは国際政治には、第二次世界大戦後の米ソ冷戦以前にすでに、大英帝国・ロシア帝国（のちのソ連邦）だけではなく、日本・米国そして中国その他多数の周辺諸国がプレーヤーとして加わっていることだ。その意味で、極東・東アジアにおける諸国間の抗争はグレート・ゲームの盛衰あるいは変容と切り離してとらえることはできないのではないだろうか。

Works Cited

Conrad, Joseph. "Autocracy and War." *The Fortnightly Review* 78.463(1905): 1-21.

---. *The Secret Agent: A Simple Tale*. Ed. John Lyon. 1907. Oxford UP, 2008.

Hampson, Robert. "Conrad, the 'Polish Problem' and Transnational Activism." *Conradiana* 46.1-2(2014): 21-38.

Hepburn, Allan. “Introduction.” *Around 1945: Literature, Citizenship, Rights*. Ed. Allan Hepburn. McGill-Queen’s UP, 2016.3-25.

Ho, Janice. “The Human and the Citizen in Joseph Conrad’s *The Secret Agent*.” *Around 1945: Literature, Citizenship, Rights*. Ed. Allan Hepburn. McGill-Queen’s UP, 2016.107-28.

Ingram, Edward. *In Defence of British India: Great Britain in the Middle East, 1775–1842*. Routledge, 1984.

宇山智彦「近代帝国間体系のなかのロシア――ユーラシア国際秩序の変革に果たした役割」『グローバル化の世界史』秋田茂編、ミネルヴァ書房, 2019. 211-40.

大谷伴子『秘密のラティガン――戦後英国演劇のなかのトランス・メディア空間』春風社、2015.

谷一巳「日露戦争をめぐるイギリス外交、1904-1905年――ヨーロッパ大国間関係の再編」『法学政治学論究』115（2017）：211-44.

中山裕史「露仏同盟の変容過程：1891-1907：日露戦争の衝撃」『経済研究』25（2012-3）：7-29.

第Ⅱ部

Essays on English Studies of Eurasia

ユーラシアの
イングリッシュ・スタディーズのための試論

第4章

ネロの逆襲、あるいは、逆襲のパトラッシュ
――『フランダースの犬』と資本主義の向こう側

髙田 英和

はじめの、はじめに

Emmanuel Toddの*Lineages of Modernity*には、次のような一節がある。

> In the Middle Ages, Europe was indeed very different from the rest of the world, because it lagged far behind the rest of Eurasia in its family and political development. The Middle East, India and China had long since reached the stage of the patrilineal communitarian family and political constructions with a maximum degree of authoritarianism. Mediaeval Europe abounded not only in undifferentiated nuclear-family types, but also in village or noble assemblies. Cities flourished there, particularly in Italy and Flanders, and formed the poles of crystallization of representative, highly oligarchic institutions [...]. (Todd 193)

ここには、われわれが通常理解しイメージしていることとは異なる事実が記されているようである。的確に言えば、中世の時代、ユーラシア（大陸）において、ヨーロッパの区域は、中東やインドそして中国といったアジアの地域の国々に遅れをとっていたということである。ここで興味深いのは、そのようなヨーロッパにおいても、イタリアとフランダースの都市は、非常に栄えていたという点となる。

イタリアの繁栄に関しては、たとえばArrighiの議論を引くまでもなく、中世の時代は（ある意味）イタリアの時代であったことは周知の事柄であ

るだろうし、それは置いといたとしても、一般的にもルネサンスの時代であったということから連想し紐づけて華やかな時代のイメージというのはパッと頭に浮かぶことだろう[1]。一方、フランダースについては、どうであろうか。中学高校の教科書レベルの理解と認識であれば、ベルギーの地域であることは勿論、19世紀の初め辺りにフランス革命の余波を受けて独立運動が起こったことや、それとの関わりで列強（フランスやドイツなど）の緩衝地として独立し機能させようとイギリスが企図していたということ、あるいは、日本が近代化に向けて歩みを進めている頃に、澁澤榮一がこの地を訪れていることなどを知っている人は多いのではないかと推測はできよう。

そこで、以下では、この「フランダース」という記号・キーワードを手始めにして、近代／近代化／近代性というものについて考えてみたい。具体的には、*A Dog of Flanders*（『フランダースの犬』）という文学テクストを通して「資本主義」の問題に関して考察していくことにする。

はじめに

Ouidaの*A Dog of Flanders*においてネロが愛犬のパトラッシュに“Let us lie down and die together”（59）と語りかけ自ら「死」を選択することは重要である[2]。両親を失い、お祖父さんとパトラッシュと掘っ建て小屋に住み、日々牛乳運び（運搬）をしながら、ほそぼそと暮らすネロには、他の選択肢はなかったのだろうか。ネロの死に関して、たとえばPollockの論考（“Ouida’s Rhetoric of Empathy”）は、ネロの死の意味は*A Dog of Flanders*とその読者との一体感すなわち読者のネロへの共感にあると指摘してはいる。だが、その共感を得るのに、そもそもなぜネロの死でなければならないのだろうか。現にネロがパトラッシュを伴って死を選択しているからには、彼が最終的に死を選ばざるをえないというその根源的な意味も含めて論じられる必要があるだろう。

本論文の目的は、ネロの死の意義を探ることにある。言い換えれば、ネロの死の表象は彼の成長物語の（不）可能性と密接な関係にあることを本論文では考察する。その際のキーワードは「金」（money）である。もしネロに金があるかまたは金が転がり込むかのどちらかであったとすれば、彼は死なずに済んだかもしれない。だが、ネロが金を所持することは彼にとっては既に叶わぬ「夢」であったのだろう。では、それはなぜなのか。その理由の一つとして考えられるのは、*A Dog of Flanders* 以前の物語、たとえば Dickens の *Great Expectations* や Charlotte Brontë の *Jane Eyre*、それらの主人公たちは、日々の暮らしがどうであれ、とにかく毎日を過ごすことで、それまでの生活からどうにか抜け出すことができていたのが、*A Dog of Flanders* の時代においては、それが不可能になった、ということである。金とその力で問題を解決することがこの時点において無理になっていたのである。言い換えると、これは、文学ジャンルとしての「教養小説」の内容が変わったという問題でもあり、男性の主人公であれば、少年から紳士へという成長の流れまたは成長曲線が崩れたということになるだろう。要するに、ここで重要なのは、子どもから大人へという成長、成熟の問題には、常に金の問題が絡んでいるという点にある。

教養小説を「リアリズム」と捉えるならば、その終焉の時期は、19 世紀末であるだろうし、代表的な作品で言えば、Hardy の *Jude the Obscure* になろう。ジュードが、ネロと同じように、志半ばで他界するのは、この時代の、はじまりとおわりを内包する教養小説、つまりリアリズムという物語の形式と文体において、主人公の成長の過程を描き書くことができなくなったということと関連している。そして、これ以降、教養小説は「芸術家小説」へ、リアリズムは「モダニズム」へとなっていく。作品はと言うと、Lawrence の *Sons and Lovers* や Joyce の *A Portrait of the Artist as a Young Man* になる。ポールおよびスティーブンは、悶々と日々の生活を送っているが、死という結末には至らず、生き続ける。この点は、ネロならびにジュードの生き方とは異なる点である。

上記の教養小説の流れを踏まえたうえでの *A Dog of Flanders* の重要な点は、教養小説の変化、変容という点にある。より正確に言い換えれば、*A Dog of Flanders* を境に、教養小説は、終わりの兆しを見せ始め、（金と不可分の関係にある）「（人）生」（life）と「成長」を主題とした物話から、

（金と縁のない）主人公の「死」をメインにしたものへと変わった、ということになる。この教養小説の変化、変容に関しては、Darwin の *On the Origin of Species* による、「神」（キリスト教）の失墜という問題も大いに関係している。先ほども述べた、ピップやジェインのように、一生懸命に生きていれば、最後には救われる（金が得られる）という、神の加護のもとでの生という物語の枠すなわち「メタナラティヴ」が、ネロの時世のときには、既に機能しない、できない情況になっていたのだろう。ネロの（反）成長の問題はまた、ネロとお祖父さんがそれぞれに考える、ネロの将来像、その違いにも表れている。ネロは将来絵描きすなわち芸術家になりたいと考えているのに対して（24-25）、お祖父さんはネロは将来農家になった方が良いと思っている（24）。この二人のあいだにある、ネロの将来に対する考え方の相違は、端的にいえば、近代社会における、人間らしさ・人間的なるものの「生」と「芸術」（art）の分離という問題の一部、一例であり、それが、世代間の思考の相違・ギャップというかたちで、ここでは、表れていることになる。

ネロの生／成長に対する疎外感、その要因は、次の三点にまとめることができよう。①資本家と中産階級の台頭による人間の生活における「金」という力の絶対視、②ダーウィンの進化論による「人間は神の子」という思想の揺らぎ、③世代間での「正しい」人間像のずれ。詰まるところ、「金」の神格化と「神」の世俗化、そして、人間らしさ・人間的なるものの「生／芸術」の分離という点が肝要となろう。

以下では、貧しきネロを中心に、「近代」の時代における人・人びとの（人）生にとっての「マネー（金）」の重要性に焦点をしぼって、この物語を見ていくことにする。その前に、まずはざっと、ネロとパトラッシュそしてお祖父さん、これら三者のすがたを確認しておきたい。ネロとパトラッシュには親が不在である（1）。祖父は元兵隊で障がいを抱えている（3）。祖父とネロの出会いはそれぞれ 80 歳と 2 歳のときになる（3）。パトラッシュは黄色さを特徴としている（4）。ネロは 6 歳で労働をしている（13-14）。このように、ネロは、親が居なく、見た目の黄色いパトラッシュと、80 歳を過ぎた元兵隊で身体に障がいを抱えているヨハンのお祖父さんと、暮らしていて、6 歳から働いている。それでは、以下、三つのセクションに分けて、*A Dog of Flanders* の意義について、述べていく。

1.「マネー（金）」の神格化

Pollock の論文が言っているのは、要するに、「神」の不在の「世界」において『フランダースの犬』のネロとパトラッシュが最終的に「死」に至る点を悲惨な／哀れな／ miserable と読者は思い感じないことは到底有り得ない、ということであり、と同時に、そのことは、つまり、「人間」が「人間的」であることの証・左証である、ということになるだろう。そして、これこそが、この Ouida のテクストに施されたレトリック、修辞の技法であるのだと、この論文は述べていよう。

> [F]or her [Ouida], cruelty is the same, whether directed toward economically disenfranchised, unprotected women, the elderly, orphans, or dogs—and she observes that it is most often directed at those beings who are most defenseless against the creations of human reason. In her fiction, cruelty toward domesticated animals also always results in disaster for the humans associated with them, in plots suggesting that humans and nonhuman animals are bound up together in one living community—a community that cannot ultimately survive the mechanistic economic, social, and intellectual structures of modernity. (Pollock 137)

言い換えると、Pollock の論考は、要は、「情動」という点に重きを置いていて、結局のところ、人／人びとの生活における土台・基盤としての「マネー（金）」の重要性は疑っていない、というよりも、そのことを隠蔽してしまっている、ということであり、それこそが問題であると、本論文／わたしはとらえている。もう少し言うと、「近代化」については疑義を呈してはいるように見えるが、「マネー（金）」の必要性、それ自体は不問のままということになっているし、と同時に、「啓蒙主義・思想」を批判している素振りを示しながらも、「理性」に対する「感性（感情・感覚）」という関係性を（再）強化してしまっている、否、「理性」の（再）重視に至っているということになる。

本論文／わたしにとって、近（現）代における「理性」の重視は「人間性（humanity）」を高めるということで、それは要は「腹黒く」なるということだし、その「理性」に対する「感性（感情・感覚）」の優位は結局のところ「理性」と「感性」の関係性の強化、否、「理性」の重視になっているし、で、「情動」は「ヒューマニズム」の温存としてしか理解できないし。

あるいは、ネロの生き方に、たとえば「ケア」の問題、特にチャイルド・ケアラー／ヤング・ケアラーの問題が表象されているとか、繰り返すけど、「アフェクト」や「アダプテーション」をキーワードにしてこのテクストを (re)reading するとか、または「分離」と「統合・融合」の問題が表れているとか、言うのも良いけど、それだけではなく、やるなら／指摘するなら、なぜ、それが問題となるのかをその根本的な原因を探らないと、で、それを批判的に考察しないとダメだろうと[3]。より正確に言えば、それは、これらの問題が引き起こる「世界」自体が問題であり、そのような「世界」を可能としている、現象あるいは物事や人の考え方、すなわち、本論文に寄り添って言うのであれば、「マネー（金）」の神格化、この問題であり、これこそを拒否・否定することが重要であるということになるだろう。（たとえば、あたしたちが過日おこなった、「ブライト・ヤング・ピープル」で「リベラリズム」を疑う、というように。）

少しまとめると、『フランダースの犬』におけるネロ（とパトラッシュ）の生き方あるいは作品自体には、たとえば、①情動、②アダプターション、③分離と統合・融合、といった問題があり、ゆえに、それとの関連で読解・解釈するというのではなくて、わたし的には、これらの問題がそもそもどうして・なぜ問題になるのかということの方が問題で、これを可能にしている基礎・基盤になっているものは何なのかを考えないといけないのではないのかと捉えている。これら（アダプターション、情動、分離と統合・融合）の問題を挙げることによって、何をしようとしているのか。これこそが

「文学／文化」の研究だというのであれば、それはそれで「正しい」のだろうけれど。

繰り返し強調するけど、それらよりも何よりも重要であるのは、これらが重要視されている「土台・ベース」を疑うことであるはずだろう。そして、そのこのような「土台・ベース」となっている「世界」を、ネロとパトラッシュは、疑っている。

> Death had been more pitiful to them [Nello and Patrasche] than longer life would have been. It had taken the one in the loyalty of love, and the other in the innocence of faith, from a world which for love has no recompense and for faith no fulfilment. (63)

この点、言うなれば、この「世界」からの逃避／卒業という点にこそ、この『フランダースの犬』の重要さがある、と本論文／わたしは見ている。ただ、逆に言えば、ここで一例として挙げたPollockの論文は（それ以外のもそうなんだけど）今もなお「英文学」の研究における「マネー（金）」の不可視化・不在化が根強く息づいているということ、これを教えてくれるという点では、非常に有益な論稿であることは間違いないであろう。

2.「人間性」とは何か、および、「成長」の不可能性

『フランダースの犬』における「人間性」のダメさに関しては、次に挙げる五つの場面が重要であるだろう。①コゼツの旦那が家業に「保険」を掛けている点（43）、②物語の最後に登場する「芸術家」らしき人物がネロの死を嘆く点（62-63）、そして同様に、③ネロの死によって自省・反省するコゼツ（62）、それを言うなら、④コゼツ家の火事の事件後にコゼツに迎合する田舎の人びと（43-44）、および、⑤物語のはじめの場面での道端で死にかけているパトラッシュの姿を見て見ぬふりをしたりそれさえも気づかない田舎から街へ向かう人びと（9）、これら五点になる。

これら五つの場面に登場する人物たちは、このテクストにおいては、子

どもと老人との間に位置する「大人」の人物として表象されているとすると、この物語には実のところ「きちんと」した大人の不在、すなわち、わたしの言葉で言うなら、「人間性」を高めるということの無意味さ・腹黒さが示されているのだろう。それは、たとえば、以下に端的に記されていよう。

> But the young pale face, turned upward to the light of the great Rubens with a smile upon its mouth, answered them all, “It is too late.” (63)

ネロの「もう、遅いよ」という言葉は、なかなかのインパクトがあろう。もっと言うと、このような大人たちの「理性」的な振る舞いこそがネロとパトラッシュを見捨てていることと繋がっていて、それは、ある意味、コインの裏表の関係性のようになっているということが非常に重要であるだろう。

また、ネロの成長の不可能性は、植民地の不在、すなわち、植民地主義の終焉（の始まり･萌芽）とも密接に関係している。それを言えば､パトラッシュの「黄色さ」と何処となく黒いのも、これと連動していて、そこには植民地の影がつきまとっている（図１）。

NELLO AND PATRASCHE.　To face p. 14.

（図１）“Nello and Patrasche” from Ouida, *A Dog of Flanders*, 1872, [between 14-15].

ネロが成長できないのは、『フランダースの犬』における“transcendentalness”（超越的なこと）の不可能性、つまり、たとえば『ジェイン・エア』のように「遺産」のような飛び道具が使えない事態に時代が突入したという点を挙げることができる。要するに、植民地主義の終焉、逆に言えば、帝国主義の出現になる。言い換えると、努力してもまたは苦難に耐えたとしても報われなくなったのだと、「何だよ、結局、マネー（金）かよ」という雰囲気が醸成されたのだと、言っても良いだろう。それゆえに、ネロは生き永らえることができなかった／できないのある。

ネロが救われるのには、たとえばその後の「スカラーシップ・ボーイ（奨学金少年）」のような「制度」が必要だったのかもしれない。（ただし、それはこの時代では不可能なことであったのだが。）それと、いや、それよりも重要なのは、ネロのようにはいかない即ちネロの場合のような絵描きの「才能」が無い子どもは、この「制度」にも引っかからないという点にあるだろう。（そのような子どもたちはどうすれば良いというのか。たとえばトマス・ハーディの『ジュード』における「リトル・ファーザー・タイム」のような子どもは。）

言うなれば、ネロ（とパトラッシュ）の生き方は、文化資本（cultural-capital）の産物であり、社会資本（social-capital）のそれではない、ということになるだろう。言い換えれば、親が金が無く学が無い、その子どもは金と学が無い、ということであり、逆に言えば、親が金が有り学が有る、その子どもは金が有り学が有る、が、それは、その子どもが優れているのでは決してなくて、その親が（たまたま）優れている／いた、ということである。（とは言っても、その親も決して優れてはいないんだけど。）これについては、以下に、端的に示されていよう。

> The winner of the drawing-prize was to be proclaimed at noon […]. […]
>
> [I]t was not his own! A slow, sonorous voice was proclaiming aloud that victory had been adjudged to Stephen Kiesslinger, born in the burgh of Antwerp, son of a wharfinger in that town.

[…] “It is all over, dear Patrasche,” he murmured—“all over!” (50)

ネロが受賞できなく落選し、当選した者が「家系」の良い「金持ち」の親御さんの子ども即ち良家の子女だという点は、非常に重要である。極言すると、要は「階級」が問題であり、その上に「人間性」の問題が存在している、否、より正確に言えば、「人間性」なるものによって「階級」の問題を隠蔽しているということになっているのだろう。

3．この「世界」からの卒業

ネロのような純粋で純真のイノセントな子どもが「死」を選び、「腹黒い」大人たちは生き残るという、このような世界からの卒業をしたのが、ネロとパトラッシュの意義である。理性と人間性に重きを置くことを良しとする、この世界、すなわち、「資本主義」の世界、それをネロとパトラッシュは捨てた、より正確に言えば、価値の無いものと捉えた、ということになる。もう少し言い付け加えると、ネロが生きているこの「世界」の人びとは、ある意味死んでいて、そう、「ゾンビ」であり、それゆえに、ネロはこの「世界」からの卒業を決意したのだと言えよう。このような「世界」で生き続ける価値など何処にも無いのだからと。

この物語の A “Dog” of Flanders は A “Boy” of Flanders だということであり、言い換えると、パトラッシュとネロは同じ扱いをされているということであり、少年が犬のように或いは人間が動物のように見られていることになるだろう。これはまた、ネロにとっての唯一の親身な存在がパトラッシュだということにもなるし。特にお祖父さんが亡くなった以降においては。

にもかかわらず、ネロの存在が特異なのは、それでもなお、自身の描いた絵が一等を取ると思い、欲望・希求する点にこそある。

Nello had a hope […] of sending this great drawing to compete for a prize of two hundred francs a year […]. (38)

言い換えれば、ネロは、今の時代の言葉で記せば、「ワンチャン（ワン･チャンス）」を狙っているということになる。お祖父さんが亡くなり、その葬儀代と、それゆえに滞納した家賃を、「賞」を取ることによって、それに付随する「賞金」によって、「マネー（金）」の力によって、解消・回収できると、ネロは強く思っているということになる[4]。ネロの「イノセンス」は「腹黒さ」という面とコインの裏表の関係にあるということで、（基本的にはダメなんだけどでも）この点は非常に重要でもあるだろう。

とはいえ、そのようなネロでも、いや、このようなネロだからこそ、パトラッシュと共に、マネー（金）の神格化すなわちキャピタリズム、その「外部」を目指しているという点において、本論文／わたしは、この *A Dog of Flanders* というテクストを評価したい。これは、今回のわたしの試みでもある。（とすると、Pollock の論稿が言っているのも、そのタイトルに “Ouida’s Rhetoric of Empathy” とあるように、ひょっとしてあながち間違いではないのかもしれない。でも、ダメなんだけど。）

ネロの最終的な行動は、言うなれば、その「死」で以って、「近代」の社会からの離脱をするということと繋がっている。逆に言うと、「死」で以ってしか、その「近代」社会の批判・否定を示すことが出来なかったという点は、このテクストの限界でもあるのだろう。言うなれば、ネロの生き方は、「近代化」による感情の構造という問題つまりは「モダニティ」の問題として、その「死」の意味と意義をとらえなければならないだろう。と言うのも、このネロがパトラッシュと共に表象する問題は「近代」以降の問題であり、それはすがた・かたちを変えながら、われわれの生きる 21 世紀の今現在へと続いているのであるのだから[5]。

おわりに

ネロの “Let us lie down and die together” という発言は、この物語が提示する特に「マネー（金）」の問題その最終的な解決策と相まって、その結末におけるパトラッシュを伴うネロの死というものに至っている[6]。別の言い方をすれば、ネロがパトラッシュと一緒に死ぬことで明らかになるのは、彼らは切っても切れない存在の関係であること、と同時に、「ネロ＝芸術、パトラッシュ＝生」という関係性、その重要性と（不）可視化でもある。ネロがどこでも常にパトラッシュと行動・生活を共にするのは、分離と統合の問題が深く絡んでいる。そして、そのネロが真に望むのは、この「生」と「芸術」の分離と統合がそもそも問題にならない、そのような社会の存在である。ゆえに、ネロは、その社会を求めて、自ら死を選択せざるをえなかったのだ。この世はそのような社会ではないと。ネロがこの問題の解答の提示を自身の死と引き換えにしておこなった意義は、次のように言っても良いだろう:死ぬことは神のもとに帰ることであり、そこは、近代化前の――金が重要視されない／世俗的でない／全てが調和された――社会である[7]。それゆえ、ネロはルーベンスの絵画に終始惹かれ続けたのである。「地上」に降ろされた「神」と「天界」に昇る（戻る）「神」の姿・形に。

そして、ネロにとって、二つに分裂した人間性の（再）統合という問題つまり分離した「生」と「芸術」の問題の解決が現実的に非常に難しいことは、祖父が亡くなることで示されてもいる。二つに分離した「芸術」と「生」の（再）統合の可能性は、現実の社会ではないに等しい。すなわち「祖父＝生、ネロ＝芸術」という構図でもある。要するに、ネロは「モダン」（modern）で「リベラル」（liberal）、お祖父さんは「現実派」（realistic）で「保守派」(conservative) という違いが、二人には生じている。それは、「はじめに」でも述べたように、①祖父は、地に足のついた地道な仕事こそがネロにとって良いことだと頑に思っている点、②ネロは、絵描きへの憧れと日々の生活のギャップを解消するために、祖父の言う地味な仕事ではなく、ある意味それとは対極の芸術家という仕事を志している点、この二点からもわかるであろう[8]。ネロの凄いところは、ネロが果敢にも人間（近代人）にとっての「マネー（金）」の重要視という難問に挑み続けることにこそある。だが、その最終的な解決策が物語の結末におけるパトラッシュを伴うネロの死ということにはなるのだけれど、ネロがこの解答の提示を自らの死と引き換えにしておこなったということの意義を見過ごしてはならないと、わたしは強く捉えている。ネロとパトラッシュの「死」は、資本主義の世界、その否定・拒否を、示している[9]。

おわりの、おわりに

フランダースは、過去、ユーラシアはヨーロッパの中で、一番と言っても良い程に栄え繁栄していた場所あるいは逸早く都市化が起こった地域の一つであった。このことは冒頭のToddの本で記されていることからもわかるだろう。そのような（過去がある）地で、ネロとパトラッシュが、近代の産物とでもいう資本主義に対して否定的であり、最終的に（自身の心身と引き換えに）拒否をしたということは、わたしには非常に意義深いものがある。と言うのも、都市や国家が独立し、個人が自立・自律し、近代化することの意義は何処にあるのか、このことについて、ユーラシアの西端から、ネロとパトラッシュは教えてくれるのだから。

最後に、このネロとパトラッシュの物語の、日本での受容について、少し記しておきたい。Ouidaの*A Dog of Flanders*は、多くの翻訳、日本語訳が出ていることは、たとえばテレビアニメが放映されていたことなどからしても、それ程驚きはしないだろう[10]。ただ、わたしが注目するのは、松村達雄という英文学者によって、この物語が（1976年に）訳されたという点にある。と言うのは、この松村が齋藤勇を讃えた論文集（1956年）に寄稿しているからである。そして、その寄稿論文はE・M・フォースターに関するものであり、その終わりの部分において、松村自身が言うに、この論文はライオネル・トリリングの本に依拠して書かれたものであるとの旨が記されている。この寄稿論文は、のちに、その他の論文と一緒に本という形で（1992年に）出版されることとなるが、その「あとがき」を、小野寺健が、書いている（ちなみに、小野寺が最後に関わっていた仕事の一つはD・H・Lawrenceの*Sons and Lovers*の新訳となるらしい）。ここでわたしにとって興味深いのは、この齋藤・松村・小野寺という日本の英文学研究の流れ或いは系譜になる。この人たちは、ネロとパトラッシュとは、おそらく全くの正反対の立ち位置・立場に居て、且つ、ネロとは違う生き方をしている。にもかかわらず、松村は何故にこの物語を訳したのか。松村が晩年は玉川大学に所属していたことを鑑みれば、児童文学としてのネロの物語に関わった（或いは関わらざるをえなかった）のだろうと慮り、そのように理解出来なくはなかろう。これらの点を含めて（特に戦後の）日本の英文学研究とその制度化について関心のある人が、本論文のようにOuidaの *A Dog of Flanders* を批判的に（再）考察してみる意義と価値は十二分にあるはずで、且つ、それはきっと良いし正しいことであるだろう。

Notes

※ 本稿は日本英文学会第95回大会における研究発表「"Let us lie down and die together"——*A Dog of Flanders*と成長物語の（不）可能性」の原稿に修正・加筆を施したものになる。

[1] アリギについては、一点だけ言っておきたい。アリギの議論は、要は、宗教・キリスト教の「プロテスタントとカトリック」および人種・民族の「ゲルマン系（特にアングロサクソン）とラテン系」という歴史の流れとその関係性、言い換えると、後者から前者への歴史上の優位を述べていて、で、歴史的に、前者の優位を示すのに、その始祖にオランダを据え、次いでイギリス、そしてアメリカということになっていて、なので、ラテン系のスペインとフランスはこのラインには載らない／載せないし、で、これは、と同時に、且つ、逆照射的に、カトリック でラテン系のイタリアだけが、最初で最後の、世界の覇権を握った国、国家である／あったことを言うことになり、この点こそが非常に重要となる。あるいは、スペインとフランスを不可視化、不在化して、俎上には載せないことで、逆説的に、イタリアをはじめとする／した、カトリック とラテン系の重要性を示しているでも、良いけど。

[2] ページ数はOuidaのテクスト（*A Dog of Flanders and Other Stories*. 1872. Chatto and Windus, 1925）を記載している。

[3] この点に関しては、たとえばJordanとKing編著の本を挙げておく。

[4] 祖父は死の間際はどうやら寝たきりの状態だったようである："He [Jehan Daas] had long been half dead, incapable of any movement except a feeble gesture, and powerless for anything beyond a gentle word" (46-47)。ついでに、祖父が元兵士で障がい（足の不自由）を持つことからは、祖父は、時代的にも、ベルギーの独立運動にかかわり、そこで負傷したのだと推測できよう。国のために行動した結果が、身体に傷を負い且つ貧しい生活を余儀なくされるというのが、近代化というものであることを、祖父の生き方は示している。それと、この時期は、牛乳（集乳）の仕事も、近代化の波が押し寄せていたらしい："[T]here was a buyer from Antwerp who had taken to drive his mule in of a day for the milk of the various dairies [...]" (45)。

[5]「マネー（金）」を中心とする生活様式に関しては、以下のようなポスターが当時（1880年代）のベルギーで流通していたようである（図2）。

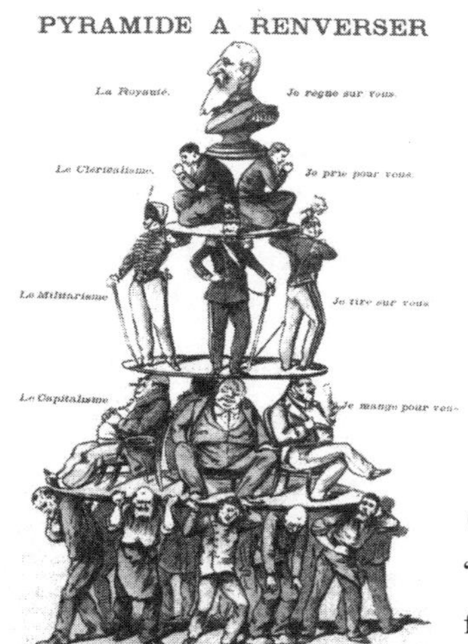

（図 2）
"The Capitalist Pyramid"
from Triantafillou, 108.

ちなみに、一番上に居座っているのは国王のレオポルド二世になる。おそらく、ネロとパトラッシュは一番下の階層に属することになるのだろう。

[6] ネロの決意の発言の場面は、このようになる："The lad raised himself with a low cry and clasped him close. 'Let us lie down and die together,' he [Nello] murmured. 'Men have no need of us, and we are all alone'" (59)。ネロはおそ

らく15才でこの世を去ることとなる。ちなみに、ネロは眉目秀麗だったみたいである："Baas Cogez [...] said to his wife that night. '[H]e [Nello] is fifteen now, [...] and the boy is comely of face and form'" (28)。それと、ネロの死、その場面は次のようになっている："On the morrow, by the chancel of the cathedral, the people of Antwerp found them [Nello and Patrasche] both. They were both dead" (62)。

[7] ネロとパトラッシュは、生前でも死後でも、常に共に生き死んだことになる："All their lives they [Nello and Patrasche] had been together, and in the deaths they were not divided" (63-64)。

[8] この生／成長の疎外の問題は、同様に、たとえばキャロルの『不思議の国のアリス』の主人公アリスにも当てはまる。この時期に「児童文学の黄金時代」が到来し、特に「ファンタジー」が現れたことは、現実社会の混沌化と不透明感によるものであろう。アリスもまた、「金」の神格化と「神」の世俗化に対して不信感を抱き、それらに嫌気がさし、アンダーグラウンドに潜ったことになる。また、ネロの生／成長の（不）可能性の問題は、たとえば、①スティーブンソンの『ジギル博士とハイド氏』において描かれている、人間性が、「肉体」（body）と「精神」（mind）に、および、「感情／感覚」（feeling）と「思考」（thought）に、分裂してしまう問題、そして同様に、②ワイルドの『ドリアン・グレイの肖像』におけるドリアンの「生」と「芸術（美と若さ）」の分離の問題、とも密接に関連している。この時期、人間は、それまでのように、首尾一貫した者ではなくなったということになる。これらの問題は、帰するところ、17世紀の後期以降による「近代化」すなわち「近代性」（modernity）の問題であると本論文は捉えているため、「近代」を通した問題であり、ネロも、ジギルとハイドやドリアンと同じように、人間性の分離、分裂という問題に、終始、取り込まれていた／取り組んでいたことになるであろう。因みに、英文学の「偉大な伝統」とその系譜の重要性を述べた、Leavisもまた同様に、この問題について常に考えていたし、彼による一連の批評活動は、この点を踏まえたうえで、おこなわれていたにちがいない。

[9]『フランダースの犬』を書いた作者のウィーダに関しては、たとえばG・K・チェスタトンが（彼の言い方はあれだが）ウィーダは二流の女性作家の地位にいると評している。この点からは、ウィーダは、当時、それなりに評

価されていたことがわかるだろう。少し長くはなるが、チェスタトンの評を以下に示しておく。

> [I]t is impossible to leave that considerable female force in fiction which has so largely made the very nature of the modern novel, without mentioning two names which almost brought that second rank up to the first rank. They were at utterly opposite poles. The one succeeded by being a much mellower and more Christian George Eliot; the other succeeded by being a much more mad and unchristian Emily Brontë. But Mrs. Oliphant and the author calling herself "Ouida" both forced themselves well within the frontier of fine literature. (Chesterton 116-17)

ちなみに、『パンチ』からも、この時期の社会におけるウィーダの周知度を窺い知ることができよう（図3)。

(図 3)
"Ouida, the Smoking Lady"
from *Punch*, 83.

[10] アニメーションの『フランダースの犬』は1975年に一年を通して放送されていた。ついでに、このアニメ版については、宮崎駿が次のように述べていることは興味深いだろう。

「ハイジ」で使いきったんです、あのテーマは••••••と思っているんです。[…] 結局、その路線が定着しちゃって、つぎが「フランダースの犬」でしょ——これも視聴率的には成功したんですが、ぼくはゴミみたいな作品だと思うんですけどね。(「宮崎駿 自作を語る」128)

Works Cited

Arrighi, Giovannia. *The Long Twentieth Century: Money, Power, and the Origins of Our Times*. London: Verso, 1994.

Chesterton, G. K. *The Victorian Age in Literature*, Thornton Butterworth, 1913.

Jordan, Kingston, and Andrew King, editors. *Ouida and Victorian Popular Culture*. Ashgate, 2013.

Ouida. *A Dog of Flanders and Other Stories*. Chapman and Hall, 1872.

---. *A Dog of Flanders and Other Stories*. 1872. Chatto and Windus, 1925.

Pollock, Mary Sanders. "Ouida's Rhetoric of Empathy: A Case Study in Victorian Anti-Vivisection Narrative." *Figuring Animals: Essays on Animal Images in Art, Literature, Philosophy, and Popular Culture*, edited by Mary Sanders Pollock and Catherine Rainwater, Palgrave Macmillan, 2005, pp. 135-159.

Punch, vol. LXXXI, 1881.

Todd, Emmanuel. *Lineages of Modernity: A History of Humanity form the Stone Age to Homo Americanus*. Trans. Andrew Brown, Polity, 2019.

Triantafillou, Eric. "The Pyramid's Reign." *Signal: A Journal of International Political Graphics and Culture*, no. 5, 2016, pp. 95-125.

ウィーダ『フランダースの犬』松村達雄訳、玉川大学出版部、1976年.

齋藤勇博士古稀記念実行委員会『英文学研究——齋藤勇博士古稀祝賀論文集』研究社、1956年.

松村達雄『E・M・フォースター その他』研究社出版、1992年.

「宮崎駿 自作を語る」『映画「風の谷のナウシカ」ガイドブック』アニメージュ増刊、徳間書店、1984年、pp. 111-130.

第5章

ユーラシアから見る『歳月』と『失われた地平線』のチベット
——新しい文明と理想郷という緩衝地帯

四戸 慶介

はじめに

この章では、ユーラシアのイングリッシュ・スタディーズを探るために、中央アジアのなかでも特にチベットと関わるイギリスの小説を再読する。まずはじめに、チベットについて、非常に小さくではあるが印象的な言及をしているヴァージニア・ウルフの『歳月（*The Years*）』（1937年）を導入で扱う。そこに表象される西洋のチベット像の確認を皮切りに、『歳月』とは対照的にチベットを主な舞台としてシャングリ・ラという理想郷を世に出したジェイムズ・ヒルトンの『失われた地平線（*Lost Horizon*）』（1933）を再読する。崩壊していく世界の中にありながら捜し求められる新しい文明としてチベットを1930年代に描くこれらの作品の所作を、第一次世界大戦前のグレート・ゲームから第二次世界大戦、そして冷戦を経た新冷戦下の今まで、という期間の中で、どのようにとらえていくことができるのか、考えてみたい。戦争や暴力が渦巻く西洋文明とは異なる文明として表されるチベット像を、列強がそれぞれの地政学的思惑を落とし込む緩衝地帯としてのチベットとしてとらえ直してみると、そこにイギリスから中国（場合によっては太平洋も含んだ日本、アメリカ）までの一続きの動きあるいは歴史的過程が見えるかもしれない。

1. ヴィクトリアン・スピンスターが見る新しい文明としてのチベット

チベットを見ておきたいエレナ

ヴァージニア・ウルフの1937年の小説『歳月』は、1880年から1930年代の現代までの、イギリス中産階級のある一家、パージター家の三世代にわたる人びとの姿を描いた年代記小説である。その最終章「現代」では、パージター家の人々が集結するパーティが描かれる。「現代」は1931年から33年の間であると推察され（Snaith lxxii, 505）、パージター家の第二世代を代表する70歳を少し越えたエレナが、第三世代を代表する30代のペギーとともにそのパーティに向かう。医者としての職業を手にして活躍する領域を広げたペギーはここで、一世代前の叔母が一体どのような人物なのか捉えようと質問を重ねていく。すると、かつて一族の第一世代にあたるエレナの母ローズ・パージターの看病や、父エイベル・パージターを看取り実家を売りに出すまでのあいだ私的領域に閉じ込められていた長女エレナが、今では、ギリシャ、イタリア、スペインと、世界を旅して周り、自由を謳歌しているエピソードが引き出されていく。エレナは英国植民地の最重要地点であったインド旅行を終え、見た目はさながらジプシーのようである。そして彼女は、残された人生の中で見ておきたいものとして、「異なる文明」としてのチベットをあげるのである。

> 「ああ、インド。インドなんてこの頃じゃ何でもありはしない」エリナは言った。「旅行もずい分楽になったわ。切符を買うだけ、船に乗り込むだけでいいのだもの …… でもね、死ぬ前に見ておきたいと思うのは」彼女は言いつづけた、「もっと別の何かなの ……」［中略］「…… 別の種類の文明。たとえばチベットよ。何とかいう名の男の書いた本を読んでいたの —— さあ、何という名前だったろう？」（417）

『歳月』が出版された1937年は、ドイツ空軍によるゲルニカ爆撃がおこなわれ、盧溝橋事件の後、日中戦争が始まり、蔣介石とスターリンが中ソ不可侵条約を締結する。一方で日独伊防共協定が締結され、中国国民党政府は重慶に遷都し、ムッソリーニのイタリアは国際連盟を脱退し、そして日本軍は南京を占領する。一般的にドイツ軍のポーランド侵攻ではじまるとされている第二次世界大戦の1939年を目前に、殺伐とした状況が西にも東にも確認できる中、1880年代から第一次世界大戦を経てそれぞれの人生を生きてきたおよそ50年のパージター家の人びとの姿を描くこの小説は出版された。第一次世界大戦の記憶や傷跡を銃後の人びとの生活に見直すこの作品には、この「現代」の悲惨な状況の中で生きなければならない登場人物の失望感が描きこまれる。仕事の疲れを引きずりながら、ペギーは考える。

> でも、何で「幸福」になり得よう？　彼女は自問した。悲惨に満ちた世界に住みながら？　すべての町角のすべての貼紙には死と書いてある。いや、もっと悪いことが —— 暴虐が、非道が、苦悩が、文明の堕落が、自由の終焉が。(483)

『歳月』は、そのようにペギーの憂う「現代」に至る50年の間、たとえば家父長的社会の制約を受けてきたパージター家の人々の生を描いているのである。そしてこの「現代」に、新たな生の可能性をどこかに捜し求める人物や、仕事の疲れに輪をかけて襲ってくる失望感と無力感に耐える人物が共存しているのである。

ところで、1937年に出版されたこの小説が最終章「現代」を1931-33年と設定しているのであれば、エレナが読んでいると思しきチベット関連の書籍について、ジェームズ・ヒルトンの『失われた地平線』を連想したくなる。というのも、『失われた地平線』は1933年に出版され、その後出版された『チップス先生さようなら（*Goodbye, Mr. Chips*）』が広く受け入れられると、『失われた地平線』も注目を浴びるようになり、1934年のホーソーンデン賞[1]の受賞を経て、1937年のフランク・キャプラ[2]による映画化を通してさらに大衆に広まった、チベットを舞台とする認知度の高い作品だからである。エレナがヒルトンを読んでいるかどうかの検証は困難であるが、『歳月』の「現代」に設定されている時期は、大戦に向けヨーロッパから東アジアにかけて連動しているような動きが見られ、チベットを舞台に理想郷「シャングリ・ラ」の名を世界に広めたヒルトンの帝国ロマンス風作品が消費されていた頃である、ということは少なくとも確認できる。1932年、日本は中国に侵攻し、上海を占領した。同年、ドイツはジュネーブ軍縮会議から脱退し、英国ファシスト連合が結成された。1933年1月、ヒトラーがドイツ首相に就任し、ユダヤ人迫害、市民的自由の停止、報道の自由の廃止が急速に進んだ。さらに1933年、日本は国際連盟からの脱退を決定し、スペインでは無政府主義者が蜂起し、ドイツも連盟から脱退した。ナチズム、ファシズム、アナーキズムが台頭し、文明的価値観が崩壊しつつあることが実感される30年代である。そうした時代背景を持つウルフの小説『歳月』において、インドを見てきたエレナの眼がチベットに向かうのは、文字通り、自分たちが生きてきたものとは何か異なる文明を見たいからなのだろうか。

インドの次はなぜチベットか

チベットは、北のロシア、東の中国、南のインド、そして西のアフガニスタンに囲まれている。そのため、たとえばロシアがその領土を拡大しようと動き出すと、インドを基点にアジアで活動するイギリスもその動きに反応せざるを得なくなる。そのような動きはさらにアフガニスタンでのイギリスの動きにも影響を与えるし、中国もロシア、イギリスの動きに対応しなくてはならない。ロシア、イギリス、そして中国の影響を、上から下から横から受けながら、その中で存続を図ってきたのがチベットである。

ヴィクトリア女王がインド皇帝の座に就き、英国がインドの支配を確固たるものにしようとしている頃、ロシアは5万平方キロ／年のスピードで膨張しており、19世紀末には、ロシアの国境線は英領インドの国境線までわずか数百キロ、場所によっては30キロ程度のところまで迫っていた（ホップカーク『ザ・グレート・ゲーム』13)。ロシアの南下政策に対して、インドを基盤としたアジアにおける覇権を維持したいイギリスの対応は「前進政策」であり、アフガニスタンと中央アジアを緩衝国とすべく進出していく方針をとる。『歳月』のエレナ・パージターの父エイベル・パージター大佐がインドで任務に就いていたのは、おそらくインドの傭兵ジパーヒーらの反乱が起こった1857年頃であり(おそらくその時に負ったであろう大佐の怪我への言及がある)、エレナにとってのインドは、そのようにして守られるべく父親が勤めてきた場所でもある。家族の世話から解放され、かつて父親の働いていたインドを見てきたエレナが次に見てみたいというチベットは、インドを支配した英国が対ロシア南下政策として進出を試みた緩衝国のひとつである。インドを制覇した旅の次の目的地をチベットに設定するエレナの眼差しはさながら、19世紀中頃から20世紀前半における英国の中央アジアへの眼差しと重なるようでもある。自由を謳歌するエレナの旅は、言い換えれば、ユーラシア大陸における英国覇権の広がりの一部を、ようやく手にした自由時間を使って辿る観光旅行とも言えるかもしれない。

ようやく自由を手にしたエレナの旅が、かつての大英帝国の中央アジアでの拡張の軌跡に支えられている以外でもうひとつ、なぜインドの次にチベットが重要になってくるのかという理由を付け足すとすれば、グレート・ゲームが一応終結したとされる英露協商以来、あまり注目されてこなかった中央アジアにおけるチベットの地政学的重要性が、1930年代のヨーロッパと東アジアで連動して起こるつばぜり合い(たとえば東アジアにおける大日本帝国の拡張に伴うイギリス、ロシアの動きなど)を通して再び目に見える形で立ち現れたことによるだろう。

次のセクションでは、グレート・ゲームが終焉を迎えようとしている時期から1930年代の間に、フィクションというメディアを通して現れてくるチベットの認知のされ方を簡単に確認していく。

2. シャングリ・ラ(理想郷)としてのチベット

フィクションで共有される未知のチベット——世紀末からラサ陥落まで

ユーラシア大陸の極西の島国であるイギリスでは、インドほど頻繁ではないがしばしば西欧の世界とは一線を画す世界の存在を示すかのようにチベットのイメージが引っ張り出される。イギリスの人々にとってインドが異文化としての東洋イメージを代表していたとすれば、チベットはまだ見ぬ未知の世界のイメージを代表していただろう。イギリス、ロシアを筆頭に、ヨーロッパ各国、中国、日本、そして太平洋をまたぐアメリカなどが中央アジアの覇権を巡って19世紀から20世紀にかけて駆け引きしてきたグレート・ゲームの抗争地点のひとつに、チベットは含まれる。未知の世界を明らかにしようと探検家、登山家、宗教家、神秘主義者、スパイ等々をこぞって送り込んだ。このグレート・ゲームを背景に、フィクションというメディアを通して、未知の世界チベットのイメージを広める役割を果たしたのは、たとえばノーベル文学賞を受賞したラドヤード・キプリングの『キム（*Kim*）』（1901）やアーサー・コナン・ドイルの『シャーロック・ホームズの帰還（*The Return of Sherlock Holmes*）』（1905）などが挙げられる。

19世紀の大英帝国の支配の中で植民地主義イデオロギーを強化する帝国主義的言説が、エドワード・サイードの『文化と帝国主義』で指摘され、植民地文学の代表作とされた『キム』は、インド在住アイルランド人の子として生まれたのち、孤児となった少年キムが、聖なる河の源流を探してインドを歩くチベットのラマ僧の弟子として解脱の旅に同行する物語である。同時に、ラマ僧との旅と並行し、キムがイギリスとロシアの諜報戦に参加し、英国諜報員として教育されていく物語も進行する。舞台をインドとして、その後景にイギリス対ロシアの構図が配置されている物語ではあるが、いくつかの中央アジアに関する著書を執筆してきたピーター・ホップカークなどはグレート・ゲームの最中イギリスによって養成された「パンディット（サンスクリット語で「賢者」）」と呼ばれる諜報員のひとりで、測量を通してチベットの地形を地図に起こしていたサラット・チャンドラ・ダース（Sarat Chandra Das [1849-1917]）をモデルにした登場人物が配置されていることについて触れており、この作品をグレート・ゲームにおけるチベットを巡る諜報戦の一連の枠組みのなかでとらえている。また、先に述べたサイードのような植民地主義批評がある一方で、植民地インドで白人支配階級として、あるいは英国の諜報員として成長するのではなく、チベット僧に従い教育を施されることで成長していく少年の姿が描かれている点を評価していく批評もある（石濱 17）。そのようにチベット僧との交流を経ることで、インドの白人支配階級でも英国諜報員でもない「ラマ僧によって導かれる白人」の成長物語と位置付けていく読解は、チベット表象との関わりでこの作品を再解釈したものである。

ラマ僧と交流をする、という行為は、フィクションの登場人物たちにとって、一種の付加価値になっているようである。宿敵モリアーティ教授との対決のあと姿を消したシャーロック・ホームズは、再び読者の前に登場するまでの間のうち、「二年の間チベットを旅行し、ラサを訪れてラマの長と楽しい日々を過ごした」ことを明らかにして、失踪後の空白の時間を説明しているようでありながら、説明していない。イギリスがラサ入城をした翌年の1905年に『シャーロック・ホームズの帰還』で示されるのはどちらかといえば、ホームズの超人らしさである。物語の設定ではホームズは1890年に姿を消し、1893年に再び現れるので、イギリス人にとってラサはいまだ未知の都市である。その時ホームズは既に、あの未知の世界に到達していたのだ、という超人的エピソードが、未知なるチベットやラマ僧との交流のイメージによって強調されている。

未知の世界として人々の膨らむ想像を受け止める幅を持っていたチベットも、20世紀の頭にはその内情が明らかにされ始める。1904年のラサ陥落後、パーシヴァル・ランドンの『ラサ』（1905）や、エドマンド・キャンドラーの『ヴェールを脱いだラサ』（1905）、そしてL・A・ウォデル中佐の『ラサとその神秘』（1905）、パウエル・ミリントン（マーク・シンジ少佐）の『ついにラサへ』（1905）といった、これまで未知の世界だったラサの状況を伝える書籍が矢継ぎ早に出版される。ラサ入城後の度重なる出版状況について、ホップカークは次のように述べている。

> これだけ大量の情報が流れたあとでは、ラサはもはや世界で最も謎に包まれた都とは言えなかった。探検家と旅行家にとって、チベッ

トの都をめざすレースは終わったのである。いまやインド軍では、猫も杓子もラサに行ったことがあるような有様だった。しかし、ラサが世界中の好奇心旺盛な人々にその秘密を残らずさらけ出したとしても、この神秘の国チベットには、まだ全ヨーロッパの半分ほどもある、探検し、測量すべき広大な領土が広がっていた。そこには世界最高峰を含め、征服すべき巨大な山々があり、新種の植物や、おそらくは知られざる動物も発見されることだろう。オカルトや超常現象に興味のある人々にとっては、空中歩行その他の驚くべき芸等をやってのける人間がいるというチベットは、まるで神秘の宝庫だった。そして、これでも不満だという向きには、例の金鉱が用意されていた。（ホップカーク『チベットの潜入者たち』236）

これまで未知の世界として流通していたチベットのイメージは、ラサの状況が明らかにされたこの時点でいったん、意外とたいしたことのなかった、と感じるような山中の文明として落ち着くかのようにも思える。しかし、西洋諸国の想像の煽りを受けた人々のチベットに対する期待——自分たちの生きてきた文明とは何か異なる新しい文明であるかもしれない可能性への期待——は維持され続けることになる。キプリング、ドイル以降、フィクションというメディアで再び広くチベットのイメージが上書きされるのは、世界恐慌の中、ヨーロッパでファシズムが台頭し、東アジアでは満州事変、上海事変が起こり、ガンディーが非暴力・不服従運動に取り組み、スターリン体制が敷かれている1930年代初頭に、ジェームズ・ヒルトンの『失われた地平線』が流通する時期のことである。

チベット再び
——秘境探検、帝国ロマンス、ユートピア小説『失われた地平線』

ヒルトンの『失われた地平線』は、『キム』や『シャーロック・ホームズの帰還』から、第一次世界大戦を経て、その後に起こる世界大恐慌による不況の真っ只中に出版される。この作品は、プロローグとメインの章、そしてエピローグの三部で構成されている。プロローグは1932年のベルリンのテンペルホーフ空港で神経科医の語り手がパブリックスクールの同窓である小説家ラザフォードと再会した場面から始まる。そこでかつての同窓、ヒュー・コンウェイの1931年の失踪事件に関する話題が挙がる[3]。それは、失踪していたとされるコンウェイにラザフォードが偶然出会い、その時にコンウェイ自身から失踪中の時の話を聞いた（そしてその話をしたあとコンウェイは再び姿を消した）、という話である。小説家ラザフォードはその話を物語として書き起こし、そして語り手である神経科医は、その物語を託され、読み始める。メインの章では、ラザフォードが書いたその物語を通して、コンウェイが失踪中にヒマラヤ山脈の奥地の僧院で体験してきた内容が明かされる[4]。エピローグは、プロローグで神経科医とラザフォードが別れた後日譚である。コンウェイを追いかけタイ北部からウイグルにかけて旅してまわっている（しかし入国許可の出ないチベットは捜索できていない）カシュガル帰りのラザフォードと神経科医がデリーで再開し、かつて学生時代に溌剌としていたが、戦争を機に人が変わり、最後には幻の理想郷を探し求める男となったコンウェイに思いを馳せる。どことなくジョセフ・コンラッドの『闇の奥』を思わせるような入れ子式の構造である。

ホーソーン文学賞を受賞した『失われた地平線』は、その後アメリカで特に人気が出る。1937年の映画化を経て、ポケット・ブックス社が1939年からペーパーバックで出版し始めると、1969年までに70刷も発行され、200万部を売り上げている[5]。H. G.ウェルズの研究者であり、ジェイムズ・ヒルトンに関する著書も執筆しているジョン・R・ハモンドは、『失われた地平線』が1930年代に出版されてから、広い人気を継続的に得た要素を二つ挙げている。ひとつは、慎重に練り上げられ、読者の想像力を掻き立て、心に残るようなヒルトンの文章表現である。そしてもうひとつは、読者が追い求める「失われた地」の魅力を十分に具えていることである（“it appeals to the deeply felt human need for a “land of lost content” that lies only just beyond our present reach” (77)）。ハモンドはこの小説を、ライダー・ハガードのアフリカを舞台に失われた民族や文化を描く秘境探検小説群に位置付ける。彼はさらにナチス政権台頭の時代背景に言及することで、この作品が、戦争という危機から文明と文化を守る（“the notion of preserving civilization and culture from the perils of war” (77))、というコンセプトを持つテクストとしての評価も加えている。

ナチス政権台頭、迫りくる第二次世界大戦という重要な背景と作品の関係は忘れずに踏まえながら、ハモンドが言及する秘境探検小説群という枠組みでのこの作品の評価を確認するならば、たとえば、アリエン・ベッカーの『ロストワールド・ロマンス』という先行研究が参考になる。ベッカーは帝国冒険小説の研究において、ジェイムズ・ヒルトンの『失われた地平線』が、帝国ロマンス、より具体的には「失われた世界」ロマンスというジャンルにおける後発の作品として位置づけている（133)。ベッカーは、H・ライダー・ハガード、アーサー・コナン・ドイル、そしてエドガー・ライス・バロウズのような作家たちによって発展したこのジャンルが潜在的に持つ批評性に言及している。ベッカーによれば、このジャンルは、植民地幻想を拡大する一方で、西洋社会におけるジェンダーやセクシュアリティの偏った規範を問う可能性も持っている（9)。そしてベッカーは、失われた世界のロマンスというジャンルのなかで、『失われた地平線』を最高傑作と評している（135)。

1930年代の暗雲立ち込める世界の状況、そして秘境探検小説群や「失われた世界」ロマンスものの枠組みでおこなわれてきた評価を踏まえて、『失われた地平線』を2020年代に再読する際に、重要な先行研究としてもうひとつ確認しておきたいものがある。それは、ユートピア文学の枠組みでこの作品の分析をおこなうトモコ・マスザワの論考である。これまで、『失われた地平線』の批評が十分にされてこなかった文学研究の傾向に批判的に介入し、批評的読解を展開するマスザワの論文は有用である。[6]シャングリ・ラは、長老制度（gerontocracy）で、金（gold）の貿易で得る外資で運営され、支配階級の老師たちであるヨーロッパ人と中国人は、働くことなく、ヨガと少しのドラッグで心身満たされた生活を送る。それと対照的に登場するチベット人たちは、過酷な労働に従事する下層階級として描かれる。少数の支配階級が下層階級の労働の上で悠々自適に暮らすユートピア的、植民地的様相について、マスザワは次のように問いかける。多分に帝国的・植民地的な様相を呈するこのシャングリ・ラが、なぜ、ポジティヴなイメージを持つことになるのか。マスザワが問題視するのは、シャングリ・ラの持つ帝国的・植民地的暴力性がいかにして忘却され、理想的イメージによって塗り替えられるのかという点である（544-545）。マスザワは、18世紀のフランス啓蒙主義思想家たちが、遠く離れた帝国、中国の文明を称え、啓蒙専制主義や絶対主義を擁護し、自らの利益のために利用してきた例を挙げる。そうして維持されてきた西洋の帝国主義と、理想化された異国の文明との関係は、結局のところ西洋諸国が異国を植民地化しグローバルに拡大していくための、西洋覇権による支配構造をも正統化し維持する。マスザワは『失われた地平線』のシャングリ・ラを、その産物として捉えている。

ユートピア的世界を描く『失われた地平線』が、植民地や過去の文明との関係から西洋諸国が帝国主義的支配を維持する構造を浮き彫りにするテクストであるとして、そのようなテクストがユーラシア大陸、中央アジア、チベットの歴史・地理的特徴とのいかなる関係を経て、1930年代に形成されるのだろうか。次のセクションでは、以下のことについて考えていきたい。第一次世界大戦を経験し、アフガニスタンの暴動に巻き込まれながら、さらなる大戦をむかえようとしている主人公ヒュー・コンウェイは、暴力にまみれた20世紀の現実世界と、啓蒙主義的ユートピアの世界との間を行き来する。コンウェイが20世紀の現実世界に幻滅し、否定的な眼差しを向ける一方で、そのような崩壊していく世界から隔絶され、崩壊後の世界を再生するべき機関としてこのシャングリ・ラが描かれているのだとすれば、結局のところ、世界の再生を担うのはシャングリ・ラに温存される、西洋文明によって作り上げられた（植民地主義的、帝国主義的性質を含む）啓蒙主義的思想によるのだろう。そのような役割を持つ理想郷としてのシャングリ・ラが1930年代にチベットを舞台に生み出されるのは、グレート・ゲーム以来、再び中央アジアへ向けられる地政学的関心の、ロマンティックな書き換え、なのではないだろうか。

3. 人類再生計画——世界大戦や大災害を生き延びる文明再生の源泉とされるシャングリ・ラ

1930年代の中央アジア、特にチベットに対する地政学的関心が、この作品の中で具体的にどのようにロマンティックに書き換えられているのだろうか。まずはこの作品の核心でもあるシャングリ・ラのルーツを確認する。

1681年にルクセンブルクで生まれたカトリックの一宗派であるカプチン派のペロー神父は東アジアでの布教活動のなか、チベットの山奥に迷い込み村人たちに助けられ一命をとりとめる。彼はそのままその土地に住み着き布教活動を続けながら、そこにもともとあった古いラマ寺を大々的に建て替えて1734年に僧院を設立する。それがこの物語のシャングリ・ラの基盤となっている。彼はそこで自分だけが長寿になり、気づいたときには信者も自分だけになり、その後は先住の僧衆が残していった仏典を読み、薬草、回想、ヨガを行い、自己鍛錬をしてさらに生きながらえ今に至る。およそ200年の歳月をかけて、一人の長寿となった元カプチン会士の大ラマによって、キリスト教と仏教とが徐々に混ざり合う、1931年のシャングリ・ラの姿が出来上がるのである。そこには18世紀の西洋の信仰と7世紀まで遡るチベット仏教とが混交して人知れず存続している、ロマンティックなロスト・ワールドの世界観がある。そして、この世界の創始者、統治者、そして「新たなるルネサンスを期してこれを守り抜いた」(『失われた地平線』224)大ラマは、いよいよやってきた自身の死期を悟り、新しく外界から招き入れたイギリス領事ヒュー・コンウェイにシャングリ・ラを引き継ごうとしている。

これまでは、大ラマ同様に外界からたまたまこの土地に入ってきた人々がそのまま居つく偶然によって200年間存続してきたシャングリ・ラであるが、1912年を境にその存続が危ぶまれはじめる。シャングリ・ラは今、新たに外からの新しい人材をリクルートする必要がある。新しく外界から四人、東方伝道会のミス・ロバータ・ブリンクロウ、アメリカの元信託会社経営ヘンリー・D・バーナード、イギリス副領事チャールズ・マリンソン、そしてコンウェイたちを連れてくる。そこで、これまでの偶然の積み重ねで明確になってきた条件をもとに設定され、彼らを迎え入れることになるシャングリ・ラのリクルート方針を確認していこう。

> これまで当シャングリ・ラでは、できる限り一定の数で新しい人を迎えるように努めてきたことを知ってもらいたい。ほかはともかく、年齢層やさまざまに異なる時代を代表する顔ぶれを揃えることが望ましい、というのがその理由だよ。ところが、不幸にして先の欧州大戦とロシア革命以降、チベットに旅行者や探検隊が来ることはほとんどなくなった。いや、正確には、一九一二年の日本人を最後に外来者は跡を絶ったのだが、はっきり言って、この人はあまり感心できなかった。[7](168)

大ラマはコンウェイに対して、1912年までは、シャングリ・ラが外から人を迎え入れることで外界の文化を多様な形で取り入れ保存することに努めてきたことを明かす。ここではシャングリ・ラのリクルートメントの基準のひとつとして、年齢層や世代の多様性が定められていることが確認できる。異なる年齢、世代ごとに外界でそれぞれの経験をしてきた人々が集まれば、シャングリ・ラには多様で重層的な経験値／知が蓄積されることとなる。[8]それが特定の年齢や世代のものに偏ることのないバランスの取れた状態に見えるのだが、このリクルートメント方針には続きがある。

> 総じてチベット人は、高度その他の条件に馴れているせいか、外界の人種にくらべておっとりしているようだね。愛すべき人々で、ここにも大勢いるけれども、ほとんどは百歳を超えるまで生きないのではないかな。その点、中国人はいくらかましだが、脱落 者もまた多い。そんなこんなで、ヨーロッパの北方人種とラテン民族が最良の人選であることは間違いないのだよ。アメリカ人もきっとそれに劣らず順応性があるだろうから、君の仲間の 一人として、はじめて

あの国の市民を迎えることになったのを非常に喜ばしく思っている。(169)

このように続きを読むと、このリクルートメント方針には、迎え入れる人種に関わってくる基準も設けられているようである。この人種に関わる基準は、シャングリ・ラの高度その他の条件に順応でき長生きできること、によって判断されているようである。結果として、ヨーロッパの北方人種とラテン民族が最良であるようだ。そうして選別された人々によって蓄積されてきた文化の一部は、たとえば僧院内にある「総じてカトリックを意識した」(124) 蔵書選定に現われてくる。そういう意味では、僧院のもともとがキリスト教で始まり、チベット仏教と融合しながら現在の形になっているシャングリ・ラにあって、東方伝道会のミス・ロバータ・ブリンクロウを引き込んだのは興味深い。

カトリックで穴埋めか——東方伝道会ロバータ・ブリンクロウ

かつてロンドン伝道会に所属していたブリンクロウは、アフガニスタンでキリスト教を伝道していたところコンウェイたちとシャングリ・ラへと連れてこられる。シャングリ・ラの案内人で新しいメンバーである彼らの世話役でもある中国人の張に対して「無知な異教徒を相手にするとでもいった、あっけらかんとして頭ごなしな態度」(106) であり、彼女は原理主義者と張に称される。常に外界へ戻ることだけを考えて行動をしているマリンソンを除く他のメンバーと同様に、彼女はシャングリ・ラにいることを前向きにとらえ（彼女の場合は「神の摂理」として)、彼女はすでに、この土地でいかにキリスト教を伝道するかを考え始め、チベット語の習得に取り組む。彼女がシャングリ・ラの人びとを改宗させるかどうかは別として、ペロー神父もとい大ラマ亡き後もこの土地の宗教バランス——キリスト教とチベット仏教——を整える役割を担わされているような人物である。

オックスフォードを思わせるシャングリ・ラ

古くから外界の文化を保存してきたシャングリ・ラにあって、自分の死を悟っている大ラマは、このシャングリ・ラの統治をコンウェイに任せるために、この僧院の成り立ちから目的までを解説し、いかにこの空間が外界と比べて特異であるかを示すために、西洋に似たような場所が存在するのかどうか、コンウェイに尋ねる。その問いに対するコンウェイの冗談交じりの回答は興味深い。

> 「ええ、そうですね……、実を言うと、ほんの微かながら、前に講義をしたことが あるオックスフォードを思い出します。景色はくらべものになりませんが、学問研究の主題はおよそ現実離れしていまして、最年長の教授にしたところで、さほど高齢ではないものの、見た目にはどうやらここと同じように年を取っている印象でした」(197)

伝統を重んじ、まるで現実世界とはかけ離れたような雰囲気を醸しだすオックスフォードのアカデミックな特色にかけた冗談として素通りすることも可能だが、同時にオックスフォードの出身者の多くが現実の社会の法律、法令、自治体の予算を決定する政界にいること、自身もオックスフォード卒であるコンウェイが領事であることも考えれば、さらにそのユーモア色は強くなる。シャングリ・ラは、上層階級民としてその長い歴史を絶やすことなく存続させることのできる選ばれた人々と不満を持たない下層階級民、飛行機の侵入すらも阻む防壁たる山脈、そして金取引によって、新たなるルネサンスを期して守り抜かれた空間なのである。そしてコンウェイは、その土地と人々を守り、あとの世代に継ぐ優秀な人材として、大ラマに見染められたのである。

> 「[...] 私も視野が霞んできているのだが、はるか遠くに廃墟から立ち上がりかけている新しい世界が見える。動きはまだまだぎこちないものの、失われた伝説の至宝を捜し求めて希望に満ち溢れている。

そのすべてが、重畳する山が異界と境を隔てるここ＜蒼い月＞の谷に隠されているのだよ、コンウェイ君。新たなるルネサンスを期してこれを守り抜いたのは奇跡の業で …」(224)

ここまで確認してきた来るべき新しい世界のためのシャングリ・ラの文明保存の取り組みに関して押さえておきたいのは、その方針に見えてきそうな人種差別主義的色味や西洋中心主義的香り、と同時に、人類の持続可能性を追求するための方針の「実用的」で「実践的」な「柔軟さ」や「臨機応変さ」である。そうした特徴を支えるのは、シャングリ・ラの目的を達成するための方法の選択基準にゆとりを持たせている、もっと言えば、目標実現可能であれば手段は問わないという、シャングリ・ラの統治機構である[9]。そのため、近隣諸国から補充の人員を自ら連れてこようと思い切った打開策を持ちかけてきた「谷の生え抜きで、私らの目的に深く同調する、信頼すべき青年」に対して、上層部はすべてを一任し、その青年はアメリカへ行き、山岳飛行の技術を学び計画を実行する。

「[…] その青年は実に優秀で、知恵があって、自信に満ちていた。これは、そういう人間が自分の口から言い出したことだ。私らは、すべて当人の自由裁量に任せていいと判断したのだよ。[…]」(170)

結局この青年は自らの命と引き換えに外界からコンウェイたちを拉致してくることに成功する。シャングリ・ラはこのようにして、存続されていくのである。そして、自らの存続を追求する、シャングリ・ラの融通の利く独裁体制がこの計画ではじめて迎え入れた、アメリカ人のバーナードの存在は示唆的である。

存続のための新しい人選
——アメリカの元信託会社経営者、詐欺師バーナード

ペルシャで石油関係の仕事をしていたアメリカ人としてコンウェイたちと行動を共にしていたヘンリー・D・バーナードは、実際には、チャーマーズ・ブライアントという名前で、ウォール街で強大な勢力を誇っていた信託銀行ブライアント・グループの役員と思われる（以下、バーナードで統一する)。会社の破綻で記録的な大暴落を引き起こし、その後逮捕状が出て、数か国間で逃亡犯人引き渡し命令が出ている指名手配犯である。「大型金融取引というやつは、だいたいがまやかしだよ」(138) と金融資本主義の危うさを認めるバーナードは自分の顧客に対しても、あくまで彼らの自業自得を突く冷淡さを持つ人物である——「[...] みんな、懐を痛めずに大儲けしたくて、自分ではその知恵がないからだ」(139)。

したたかなバーナードは、このシャングリ・ラでも新たな生きがい——金鉱の調査——を見出す。彼は金の産出量を増やすのに知恵を貸すという話で交渉をおこない、長老たちから探鉱の許可を引き出す。富を得ることで指名手配の自身の安全を確保しようと目論む彼の金鉱探索は、シャングリ・ラを維持していくための資源確保という上層階級の目的と、利益が一致する。外界との交渉をおこないながら柔軟にシャングリ・ラの文化や個々の生の存続が試みられるなかで、単純に資本に従うだけでなく、搾取されている下層階級のチベット人たちが独自の文化を生み出すような兆しをこの物語に見出すのは難しい。そのため、西洋の価値基準のみによる限界こそあるが、規則、道徳に従い理想郷の怪しさに意識的であるマリンソンの視座が書き込まれていることは、この作品が単なる理想郷を描いただけではないことを示している。

時間が経てばシャングリ・ラにも慣れるはず——真面目なマリンソン

一方で、常にシャングリ・ラに対して慎重かつ疑いの念を抱くマリンソンは、バーナードとの反目からも見てとれるように、規則や道徳を重んじるいわゆるパブリックスクール—オックスフォード—ジェントルマンの典型として描かれる。彼は常にシャングリ・ラからの脱出を考えて

おり、シャングリ・ラの目的や利益に同調する様子はさほど描かれない。そうしたマリンソンに対するシャングリ・ラ上層部の所見は、「時間が解決する」である。これは、ユートピア／ディストピアにおける忘却の機能に、シャングリ・ラが依拠していることを示すひとつの例である。コンウェイをリクルートするために、大ラマはコンウェイを外界に引き留めるかもしれない欲望（たとえば家族の存在を例に挙げながら）が、時を経ることで消えていくと説く。「辛い心の疼きははじめのうちだけで、10年もすれば、その記憶の影さえ意識に上ることはなくなるよ」(173-174)。これはマリンソンに対して、「時間が解決する」とシャングリ・ラが判断する理由（外界への欲望・未練は時間が立てば消えていく）と重なるだろう。そして外界への未練や欲望を生み出す存在の「記憶の影さえ意識に上ることはなくなる」、つまり忘却されるのである。

どの記憶を語り継ぐのか――ヒュー・コンウェイ

このようなシャングリ・ラでの忘却によって救われるかもしれない記憶を持つ人物は、先の大戦以降、人が変わってしまったと言われているコンウェイだろう。彼はマリンソンのように外界に対する執着は持ち合わせていないと自認しており、また、大ラマも彼のそのような様子に気付いている。彼は大戦の時期に「ほとんど燃えつき」てしまい、「以来、もっぱら世間に要求しているのは、放っておいてくれ」(175) ということである。そしてコンウェイの厭世観は外界から隔絶されたこのシャングリ・ラで満たされる。彼の厭世観は戦争体験で生み出され、その厭世観によって彼はシャングリ・ラに惹かれるのである。

そこで、素朴な疑問が湧くのだが、彼がシャングリ・ラに留まる要因である厭世観を生み出した第一次世界大戦の記憶は、シャングリ・ラにいることで忘れ去られることはあるのだろうか。シャングリ・ラに留まりたいと願う限り、大戦の記憶が消えることはないのではないか[10]。ラマ僧たちがシャングリ・ラに来る以前の大昔の記憶を生き生きと語る姿に驚嘆したコンウェイに、張は言う。

「しばらくここで私らといるうちに、望遠鏡の焦点を調節するように、自分の過去が次第にくっきり見えてくる。何もかもが鮮明な輪郭で、配置よく、正しい意味合いを持って視野に浮かび上がるのだね。」(192)

シャングリ・ラで、自称ショパンの直弟子がショパンの演奏を思い出し譜面に起こすように、ウェストライディングで牧師をしていたという道士がハワースの牧師館を訪れた時を「人生の一大転機だったと認識して」ブロンテ研究をしているように、コンウェイも自身の一大転機を思い出し、シャングリ・ラで語り継ぐのだとすれば、それは大戦の記憶ではないだろうか。張とコンウェイの会話を見ても、そのことに関してコンウェイは自覚的に見える。

「私も、一大転機を思い出すことになるから、そのつもりでいろということだね？」
「努力して記憶を手繰るまでもない。その“時”は向こうからやってくるから」
「あまり歓迎できそうもないな」コンウェイは浮かぬ顔で言った。(192)

一度はシャングリ・ラを去ったコンウェイが再びシャングリ・ラへ向かうのは、現実世界への厭世観によるものだけでなく、あるいは、彼が経験した第一次世界大戦の記憶が失われることなく、可能な限り来る新しい世代へと語り継ぐため、とも考えられるだろう。そしてもし、次にラザフォードがコンウェイと再会するのであれば、コンウェイ失踪中のシャングリ・ラでの体験記に続いてラザフォードが書くのは、コンウェイの一大転機となった先の大戦の体験記かもしれない。その場合、シャングリ・ラを経由して保存されることになる戦争の経験は、コンウェイによって英語で語られラザフォードによって英語で記述され、英語で読まれ、翻訳されるのかもしれない。一方で、そのシャングリ・ラを支えるチベット人たちの存在については、引き続き「みな正当な要求は満たされて不自由を感じていないため」特筆すべきことはないまま、シャングリ・ラは存続していくのだろうか。

4. おわりに代えて
——シャングリ・ラを経たチベットのその後

『失われた地平線』以後、「シャングリ・ラ」は理想郷の代名詞として使われるようになる。同時に、チベットもまた、「シャングリ・ラ」の舞台としても認識され、人々の注目を集めることになる。それは、これまでの地政学的駆け引きに加えて、20世紀エンターテインメント産業も巻き込みながらおこなわれるグレート・ゲームの延長戦のようである。

1940年代は、抗日戦争中の中国支援（インド–ビルマ公路に替わる軍事物資供給方法としてヒマラヤを超えて空輸するHump作戦）の延長でアメリカがチベットに関わり始める。このアメリカによるチベット関与は後に東西冷戦期の反共産圏諸国への対応にシフトしていく。

1950年、中国「侵攻」により、チベットは西欧「支配から解放される」。1959年以後は、中国の力がチベット全土に及び、抵抗運動も全土で拡大する。同時に、中国によるチベット侵攻は、インド–中国間の国境線をめぐる緊張関係を生み出し、1962年の印中国境紛争に発展し、チベット人が軍事関連施設インフラ整備、物資運搬等に駆り出されてもいる。

文化大革命期（1966-1976）には、チベット全土にわたる宗教、文化の破壊行為、戦争、飢餓によって多くが失われる。そして1980年代には鄧小平政権の経済改革がチベットにも影響を与えるが、チベット経済は中国側の経済進出に押されるばかりである。そして1989年のラサ暴動、中国による弾圧、そしてダライ・ラマ十四世による弾圧への批判とノーベル平和賞受賞と続く。

そうしてチベット問題の平和的解決を巡る1990年代の活動が20世紀エンターテインメント産業の中でも展開されていく。1994年、ビースティ・ボーイズのアダム・ヤウクの「菩薩戒（*Bodhisattava Vow*）」のリリースに始まるチベタン・フリーダム・コンサートが動き出す。1996年の第二回コンサートのサンフランシスコには、レイジ・アゲンスト・ザ・マシーン、スマッシング・パンプキン、レッド・ホット・チリ・ペッパーズなど、続く97年に、ニューヨークには、ビョーク、パティ・スミス、アラニス・モリセット、そしてU2らも参加している（石濱 160-197）。

1997年には、ハインリヒ・ハラーの『セブン・イヤーズ・イン・チベット（*Seven Years in Tibet*』（1952）を原作としたブラッド・ピット主演の同タイトル映画が公開され、元ナチス党員の目を通して映し出される中国侵攻の場面が、ハリウッド映画というメディアでさらに広く認知される。

ユーラシア大陸の東の島国である日本は、一応仏教になじみがある国で、距離で言えばチベットとはおよそ4000キロメートルしか離れていない。ユーラシア大陸最南端の島国や太平洋を渡った大国はその倍の距離がある。それでもエンターテインメント産業を通すと、むしろチベット問題へのアクセスは簡単になっているように思える。一方で、それは1930年代にヒルトンが英語で描いたシャングリ・ラとしてチベットへのアクセス（消費行動）を、異なる形でなぞっているだけのようにも思えるが、肝心のチベット人の声に、たとえばチベット出身の映画監督ソンタルジャやペマ・ツェテンなどの作品で触れることができるようである。

本論では、ヴァージニア・ウルフの『歳月』に少しだけ登場する「チベット」から始め、グレート・ゲームの時期から今に至るまでのチベットの位置を、大きなユーラシア大陸の一部であることを意識し把握しながら、ジェームズ・ヒルトンの『失われた地平線』が描くシャングリ・ラとしてのチベット像、そしてそれに魅せられる人々の姿を確認してきた。ユーラシアから見る『歳月』から議論を始めた本章は、『失われた地平線』のチベットすなわちその新しい文明と理想郷がさまざまに変容しつつ反復・拡大されていくグレート・ゲームにおいて持つ地政学上の緩衝地帯として解釈することを示唆した。ヒルトン以後のチベットは、引き続きエンターテインメント産業を巻き込みながら、さまざまな理由で多くの人々の注目を集めている。それら現実のチベットが直面してきた歴史も踏まえて、ここで答えを提示することは出来ないが、最後に再びウルフの『歳月』に戻って、考えてみたい。1930年代に「この世界で幸せだ」と感じるエレナが、その後もしシャングリ・ラを見ることがあるのなら、彼女はシャングリ・ラに残るだろうか。

Notes

［1］アリス・ワンダーが1919年に創設した英国、アイルランドの作家を対象とした文学賞で、想像力に富んだ文学作品に与えられる。初年度はEdward Shanksが詩集*The Queen of China*で受賞している。他に、1923年に『狐になった奥様』のデイヴィッド・ガーネットや、1926年に*The Land*でヴィタ・サックヴィル＝ウェスト、1935年『この私、クラウディウス』でロバート・グレイヴス、1936年はイーヴリン・ウォーが*Edmund Campion*で受賞している。（https://www.hawthornden.org/hawthornden-prize）

［2］キプリングの詩“The Ballad of Fisher's Boarding-House”をもとにした*Fultah Fisher's Boarding House*（1922）で監督としてデビューしている。

［3］エピローグは1932年のベルリンのテンペルホーフ空港に始まり、ロンドンへ向かうオーステンデ急行の車中で終わる。当時ドイツの航空会社ルフトハンザがベルリンとロンドンを結ぶ初の郵便サービスを開始し、1930年にはウィーン—ブダペスト—ベオグラード—ソフィア—イスタンブール間に初の定期便を就航させていた。1931年5月には、ベルラインと上海を結ぶ定期航空便が就航し（所要日数は7～8日で、鉄道よりも5～6日短縮された）、翌年には上海と露中国境を結ぶ定期路線が就航した。1933年には、モンゴルのゴビ砂漠を横断する飛行に成功する。オーステンデ急行はおそらく、当時ロンドンからイスタンブールをつなぐ国際寝台車である。ユーラシア大陸を中心とした地政学的な連動性によって支えられているこの作品の奥行が垣間見える。

［4］主人公のイギリス領事ヒュー・コンウェイの物語は1931年5月に、革命の勃発した中央アジアのイギリス統治下にあった架空の都市バスクルから始まる。80人の白人居住者たちが軍隊輸送機でペシャワールへと避難するうち、「チャンダポールの藩王から貸与された小型機」に搭乗し、拉致された四人にコンウェイは含まれる。バスクルは、おそらく現代のパキスタン

かアフガニスタンのどこかとされている。参照：Masuzawa (552)；Jeffrey Matherはカブールとしている（254）

[5] これだけ売り上げていても、知名度と売り上げの両方で『チップス先生、さようなら』の方が認知されているかもしれない。そして『チップス先生』はイギリスのパブリックスクール文化を見る資料として紹介される傾向がある。一方の『失われた地平線』は、文学史でも紹介されず、批評も少なく、『チップス先生』に比べると扱いづらい資料だったのだろうか。

[6] Jeffrey Mather（2017）は、ミドルブロウ作品を象徴するテクストとしてのこの小説の位置づけを踏まえながら、出版当時の評価やギルバート、グーバー等のミドルブロウ小説の評価を引き合いに出し、モダニストの作品とは異なるこの作品の大衆性を確認しつつ、そこに彼の議論として、モダニスト作品と共鳴するような両義性や不確定性を持つ、この作品の中間領域的な位置づけを試みている。

[7] 1911年の辛亥革命で清朝が倒れるとともにチベットは独立を宣言し、外界との国交を閉ざす。この時期にチベットに入っていたのは多田等観や青木文教が知られている。それ以前には神智学協会の支援を受け英訳もされた『西蔵旅行記（*Three Years in Tibet*）』（1904）の河口慧海、以後も日中戦争の時期には西川一三らがチベットに滞在しており、19世末から第二次世界大戦までの間のチベットに対する帝国日本の関心がうかがえる。チベットに入っていた日本人に関しては江本嘉伸『新編西蔵漂泊チベットに潜入した10人の日本人』を参照。

[8] この作品には、そうして蓄積されたものを通して読者を惹きつけるような逸話がいくつか挿入されている。たとえばそれはこのシャングリ・ラで代々受け継がれてきたショパンの未発表曲に関する逸話である。コンウェイは、ラザフォードからアマチュアで一番のピアニストと称されるほどにピアノが上手く、プロローグでこの二人が再会したときの話として、ホノルル行きの船上でマルティヌス・ジーヴェキングと思しきプロのピアニストを驚愕させる腕前を披露した逸話が紹介される。その時にコンウェイは、自分が演奏したのはショパンの未発表曲だと説明する。ショパンの直弟子を自称するフランス人アルフォンス・ブリアクというラマ僧が譜面に書き起こしていたうちの一曲だ、というのである。シャングリ・ラには他にも歴史の証人らしき人物がいるようであり、「40年代」にウェストライディングで

牧師をしており、その時、ある牧師と三人の娘とが暮らしているハワースの牧師館に泊まったことがあり、シャングリ・ラに来てからブロンテに興味を持ち始め、現在ブロンテ研究をしている、という老人が登場したりする。このように、シャングリ・ラでは外界で直にさまざまな歴史を経験してきた人々が集まり、彼らの語りや記録によって文化が継承されていく。外界ではまさに戦争による文化破壊が進行している状況にあって、そうした破壊活動を免れて淡々と文化を継承していくシャングリ・ラは理想的な土地のようである。それに対するマリンソンの現実的な反応は興味深い。「つまり、誰かが歴史もどきで延々と出任せを並べただけだろう。長いつきあいで腹の底までわかっている同士だって、証拠がなかったらにわかに本当とは思えないことってあるじゃないか。」(241)

[9]「とりわけ、社会学の徒でもあるコンウェイは渓谷の統治機構に強い関心をいだいていたが、調べてみると、これが僧院のほとんど無計画とも取れる博愛主義の実践で、ゆるやかな上にも融通のきく独裁体制と言えそうだった。しかも、肥沃な地上の楽園を訪れるたびに目のあたりにするとおり、この体制は安定して揺るぎない。コンウェイは法と秩序の根底を支えるものは何かを考えてはたと首を傾げた。軍隊も警察もここにはない。しかし、暴虐や犯罪を抑止する何らかの備えが必要なはずではなかろうか？　張はこの問いに、犯罪は極めて稀である、と答えた。一つには、よほどのことがない限り犯罪とはみなされないためであり、また一つには、谷の住民がみな正当な要求は満たされて不自由を感じていないためであるという。それでも、不幸にして犯罪が発生することもないではない。そうした場合の方便で、僧院の雑用に従事する下層の衆徒は犯罪者を谷から放逐する権限を与えられている。放逐は厳罰であり、極刑であって、これを科すことはめったにない。」(128 下線筆者)

[10] コンウェイは、シャングリ・ラの外へ戻っていく生き方とシャングリ・ラに留まる生き方のどちらを生きているのか自分でも分からない状況に陥ると、「その都度、甦るのは戦場の記憶である。」そして、「激しい砲撃の最中に、命はいくつもあって、死がつけ狙うのはそのうちの一つにすぎないと考え」るのである (186)。

Works Cited

Becker, Allienne R. *The Lost Worlds Romance: From Dawn till Dusk*. Greenwood, 1992.

Hammond, John R. *A James Hilton Companion: A Guide to the Novels, Short Stories, Nonfiction Writings and Films*.McFarland, 2010.

---. *Lost Horizon Companion*. McFarland, 2008.

Hilton, James. *Lost Horizon*. Vintage Classics, 2015.『失われた地平線』池央耿訳、河出文庫、2011年。

Masuzawa, Tomoko. "From Empire to Utopia: The Effacement of Colonial Markings in *Lost Horizon*." positions: east asia cultures critique, vol. 7 no. 2, 1999, p. 541-572. Project MUSE, https://muse.jhu.edu/article/27932.

Mather, Jeffrey. "Captivating Readers: Middlebrow Aesthetics and James Hilton's *Lost Horizon*." *CEA Critic*, vol. 79 no. 2, 2017, p. 231-243. *Project MUSE*, https://dx.doi.org/10.1353/cea.2017.0018.

Woolf, Virginia. *The Years*. 1937. Edited by Hermione Lee, Oxford UP, 1992.『歳月』大澤實訳、文遊社、2013年.

石濱裕美子『世界を魅了するチベット——「少年キム」から「リチャード・ギア」まで』三和書籍、2010年.

江本嘉伸『新編　西蔵漂泊　チベットに潜入した10人の日本人』ヤマケイ文庫、2017年.

ホップカーク、ピーター『ザ・グレート・ゲーム——内陸アジアをめぐる英露のスパイ合戦』中央公論社、1992年.

——『チベットの潜入者たち——ラサ一番乗りを目指して』白水社、2004年.

第6章

ヴィタ・サックヴィル＝ウェストの *Passenger to Teheran* とイラン
――プロパガンダあるいはソフト・パワーとしての英語文化

菊池 かおり

1．「ペルシャの楽園」

2023年10月から24年5月にかけて、英国の南方に位置するケント州の緑豊かな田園にあるシシングハースト城にて、「ペルシャの楽園」と銘打った展覧会が開催された。今では「英国の宝石」とも称され、世界中のガーデナーが一度は訪れたいと願う名園でも知られているが、18世紀に監獄としても使用された血なまぐさい歴史を持つ。19世紀に入ると農場労働者用の住宅としても使用されたが、その後は、整備されることなく荒廃の一途を辿ることとなった。そのような打ち捨てられたシシングハースト城を、外交官としての職務を終えたハロルド・ニコルソンと妻であり作家のヴィタ・サックヴィル＝ウェストが1930年に購入し、生涯をかけてそこに新たな庭園をつくりあげたのである。

そこで、まず、ヴィタとハロルド自身について、簡単にではあるが、確認しておきたい。9世紀のノルマンディー公国まで遡れる由緒ある家柄のヴィタ・サックヴィル＝ウェストは、16世紀以降一族が代々と継承してきたノール・ハウスというマナー・ハウスで生まれ育ったわけだが、父の死に際して、その屋敷の相続権は叔父に譲渡されることとなった。イングランドの歴史そのものを体現するノール・ハウスの出身でありながら、その愛する生家を女性であるがゆえに相続することができなかった彼女は、その後、夫と共にシシングハースト城に移り住むこととなったのである。また、1913年に結婚した当時、ハロルドがオスマン帝国の首都コンスタンティノープル（現在、トルコの首都イスタンブールの前身）へ外交官として赴任していたため、ヴィタも現地での生活を経験している。その後、出産のため一時的に英国に戻ったつもりが、オスマン帝国によるロシアへの海上攻撃を受けて、1914年に英国がオスマン帝国に宣戦布告したため、そのままロンドンに居を構えることとなった。しかし、1925年に、再び、ハロルドが外交官としてテヘランへ赴くこととなると、ヴィタは夫の二年間の赴任中に二度にわたりロンドンからテヘランを訪ね、その体験を二冊の旅行記 *Passenger to Teheran*（1926）と *Twelve Days in Persia*（1928）にしたためている。

今回の展覧会では、それらの物語が、イラン滞在中に撮影された写真や、ガラスや陶磁器などのコレクションのほか、ヴィタが恋人のヴァージニア・ウルフに贈った記念品など、数多くの品とともに、約100年の時を超えて一同に展示されたのである。そして、ヴィタとハロルドの現地で得た経験が、シシングハースト城の庭園やインテリアのデザイン、そして執筆活動などに、どのようなインスピレーションを与え、それらに織りなされていったのか、二人の記憶と創作の相互作用によって立ち上がる文化的な共鳴に光があてられることになったのである。

ここで、少し立ち止まって考えてみたい。それは、なぜ、今、「ペルシャの楽園」と銘打って展覧会が開催されたのかということである。1935年に民族的自立を促すべく、「イラン」としての国号統一が国際社会に要請される以前、つまり、ヴィタがテヘランに訪れたころは「ペルシャ」とも呼ばれていたが、あえて21世紀に「ペルシャ」という表現をする必要があったのだろうか。21世紀に入り、ウラン濃縮活動など核問題のニュースでよく耳にするイランに対して、何らかの文化戦略が背景にあるのだろうか。そのような勘ぐりはあまりにも無粋なことかもしれない。それでも、悠久のロマンを感じる響き「ペルシャ」を、今、前面に押し出す意図は何か考えてみるのはそう突飛なことではないだろう。

「イラン」を「ペルシャ」という表現・表象によって上書きしたその英語文化ともいうべきものは、核問題や軍事的紛争・戦争といったハード・パワーとは別に、どのようなソフトかつフレクシブルに巧妙なパワーを秘めているのか。シシングハースト城での展覧会が「ペルシャの楽園」として開催されたことは、大英帝国の過去をもつ現在の英国のソフト・パワーとしてとらえ直すことはできないのか。「ペルシャの楽園」をヴィタの旅行記と時空間を超えて結び付けてみることにより、米国との覇権争いと衰退の予感を抱えていた20世紀のモダニズムが変容しつつも存続しつづけるリサイクル／あるいは延命の一端として解釈する可能性を、英米関係のみならずユーラシアの空間とりわけ英露のグレート・ゲームも視野に入れながら、本論は探ってみよう。具体的には、ヴィタの最初の旅行記*Passenger to Teheran*を起点として、英国とイランを取り巻く政治的・地政学的・軍事的、および／またはイデオロギー的な緊張情勢を、モダニズムの表象戦略という観点から批判的にとらえ直しながら考えてみたい。そして、ヴィタによるモダニズムの表象戦略がどのようなプロパガンダの機能をもっている可能性があったのか探ってみたい。

2. *Passenger to Teheran*
——モダニズム作品としての表象戦略

ここしばらく、モダニズム研究において、「旅行記」（トラベル・ライティング）というジャンルが賑わいを見せているが、そのなかでも中東は特に取り上げられることの多い地域であり、ヴィタの旅行記もまた数多ある「近東旅行物語」の一つとして読まれる傾向にある（Grant 83）。その一方で、同時代の熟達した紀行作家、たとえば、「砂漠の女王」という異名をとった考古学者であり、情報員でもあり、英国の政策立案に大きな影響力を持っていたガートルード・ベルや、探検家であり、東洋学者でもあったフレヤ・スターク、そして独自の視点からユーゴスラビアの複雑な歴史と文化を掘り下げたことでも知られるレベッカ・ウェストなどとヴィタとでは一線を画すという見方もある（Bialas 91）。その最たる理由は、学者や政治家、はたまた歴史家といった肩書ではなく、あくまで「一旅行者」としての視点を重要視していたからだという（92）。

事実、*Passenger to Teheran*というタイトルが指し示す通り、「乗客」という一時性かつ受動性の一形態を自らの旅を表す用語として用いており、それ自体が解釈の可能性に満ちているとも言えるかもしれない。つまり、メアリー・ルイーズ・プラットの『帝国のまなざし』などで論じられるように、欧州諸国が植民地を拡大していた時代の旅行記が、権力の非対称的な関係における植民者と被植民者の相互作用の場であったとすれば、ヴィタの旅行記は、ミシェル・ド・セルトーの『日常的実践のポイエティーク』を彷彿とさせるように、「乗客」という立場ゆえに保持される主観性が際立った作品とも言えるだろう。移動するという苦労を積極的かつ熱心に追求するというよりも、むしろ、移動によって生まれる余白やその創造的な可能性に重きが置かれている。そのため、読者は、まるで、モダニズム文学を代表する技法「意識の流れ」を描き出す小説を読むかのように、「乗客」としてのヴィタの思考の世界へ誘われるのである。そういったヴィタの意識は、ファッショナブルな帽子をかぶり、船の手すりに腰かけ、遠くを見つめる彼女自身の姿からも見てとれるだろう（図1[1]）。

（図1）*Passenger to Teheran* の表紙

その一方で、昨今のモダニズム研究において、作品の自律性よりも他領域との関係性が注目されるようになったことを踏まえると、ヴィタの旅行記もあらたな角度から読み解く必要があるのではないだろうか。そこで着目したいのが、彼女の主観的な選択、そして、ある意味では、モダニズム文学のナラティブにより、省かれた「モノ」の存在である。1990年に*Passenger to Teheran*の新版が刊行されるにあたり、彼女の息子ナイジェル・ニコルソンが「あとがき」にて、その「省略」の多さを次のように指摘している。

> ヴィタは自分の果敢な行動や、折々の感懐についてはじつに能弁であり、また、その旅のルートも地図のうえで容易にたどることができるのだが、その一方で、自分の身の上について、さらには、随所にいたとおぼしき同伴者や、この旅行のそもそもの動機などについては、不可解なまでに語ろうとしない。イニシャルのVがヴィクトリア（家族や友人にはヴィタと呼ばれた）のVであることを知らない読者は、最後のページで「オランダ国境の税関官吏に結婚を申し込まれた」というくだりを読むまで、筆者が男なのか女なのかさえ、決めかねるだろう。……外交官たちのパーティを語っているが、自分の夫がテヘラン駐在の参事官であることは言っていない。手紙について語っても、その相手が主としてヴァージニア・ウルフだったことは言わない。……ヴィタがいかに多くを記述から省いたか、じつに驚かされる。（サックヴィル＝ウェスト 344-46）

ヴィタが性別を明記しなかったことは、彼女の結婚形態自体がオープンマリッジであり、他のブルームズベリー・グループのメンバー同様に、彼女もまた性に対して固定観念に囚われない考えの持ち主であったこと、そして旅行時はウルフと恋仲にあったことなどをふまえれば、さほど驚くことではないだろう。事実、ヴィタの性における揺らぎは、彼女をモデルに描かれたウルフの作品『オーランドー』を介しても、実に多くの研究がなされている（Seshagiri 167-191; Jamili 87-103）。それらの研究では、ヴィタの旅行記は、主人公オーランドーのコンスタンティノープルでの生活を読み解く歴史的な補助線のように援用され、性の問題のみならず、エドワード・サイードに代表されるオリエンタリズムなど、東西の文化問題と、接続される傾向にある。一方で、ナイジェル・ニコルソンが指摘する通り、ヴィタの旅行記には驚くほど多くの「省略」があるのであれば、たとえば、参事官としての夫の「不在」を起点に、国際政治・経済の文脈に接続される必要はないのだろうか。当時、ロンドンからエジプト、インド、ペルシャを経て、ロシア、ポーランド、プロイセンを経由して英国に戻るという、彼女の壮大な旅の背景には英国の外交力があったことは容易に想像がつく。なぜならば、その外交のために尽力した夫を持つ彼女は、決して、その他大勢の旅行者ではなく、英国の外交特権に守られた特別な乗客だったのだから。

3．*Passenger to Teheran* を取り巻く
ユーラシアのグレート・ゲーム

ヴィタがテヘランを訪れた1920年代、イランは19世紀以降の英露との不平等条約を撤廃し、「近代国家」への歩みを始める転換期にあった。言いかえれば、英国にとってはそれまでのイランとの従属的な関係性が脆弱になりつつある時期であり、当時の外交使節団に課せられた役割は大きなものであったことは想像に難くない。その要職である参事官として派遣されハロルドは、外交官の父アーサー・ニコルソンが、テヘランに赴任している際に現地で生まれたため、個人的にもイランとは強いつながりがあった。さらに、英国の名門オックスフォード大学を卒業後に入省した外務省では、1918年に「中東におけるアングロ・ペルシャ石油会社の立場と利益」という覚書を作成しており、英国とイランの関係性において避けては通れない石油問題について精通した人物でもあった(Lees-Milne 90)。また、彼の父は駐露英国大使として赴任していた際、イランの南北分断を確固たるものとした1907年の英露協商に調印したことでも知られる。つまり、イランは、公式には、英国の植民地であった

ことは一度もないが、英国の経済的、軍事的、かつ政治的な支配から逃れられたわけではなく、むしろ、ロシア帝国と英国領インドの間に挟まれた地理的条件ゆえに、ユーラシアの東西に及ぶロシアと英国の領土と利権の争い、通称グレート・ゲームの舞台そのものだったことは特筆すべき事実であり、今一度、その歴史を英国とイランの関係性に注視しながら簡単に確認しておく必要があるだろう。

はじめに、グレート・ゲームの発端とも言われるアフガニスタンを巡る英露の抗争をおさえておこう。まず、19世紀に入り、バルカン半島・黒海・アフガニスタンへの進出をねらい南下政策をとるロシアと、二度にわたる戦争（イラン=ロシア戦争）を繰り広げた結果、イランを支配していたトルコ系のカージャール朝は、ロシアに北アゼルバイジャンやアルメニアの領土ばかりか、治外法権と市場の開放を認めることとなった。さらに、インドの植民地の権益を守るため、ロシアの南下政策を警戒していた英国と、アフガニスタンをめぐって衝突した結果、ロシアと同様の不平等条約を結ぶこととなり、イランは英露の帝国主義支配下におかれていくこととなる。そして1907年の英露協商の成立以降、北部を帝政ロシア軍が占領し、南部は英国海軍の石油資源供給地として、アングロ・ペルシャ石油が操業を続けることとなったのである（Wright 2-3）。

このようなイランの従属化が加速した背景には、異常ともいえる数の利権譲渡があったことをおさえておきたい。英露との再三にわたる軍事衝突により、政治的・経済的にも貧弱となったカージャール朝政権は、道路、鉄道敷設、漁業や河川航行など、ありとあらゆる利権を列強に売り渡していったが、なかでもとりわけ深刻なものが、1872年、ロイター通信の創業者であり、ユダヤ系ドイツ人で後に英国に帰化したポール・ジュリアス・ロイターへ譲渡された包括的な利権であった（八尾師 68-73）。それは、カスピ海からペルシャ湾までの鉄道施設権、鉱山の採掘権、国立銀行設立や関税の徴収などの利権を60年にわたり独占できるもので、国内勢力の反発やロシアの圧力によって一旦は破棄されることとなる。しかし、あきらめきれないロイターは、テヘラン駐在の英国公使H. D. ウォルフと税関長官キタブギの援助を受けることで、1889年に、再び、銀行設立と鉱山探鉱の利権を獲得することとなった (Longhurst 17)。その結果、紙幣発行の独占的な権利と非課税の権利を持つペルシャ帝国銀行がロンドンにて設立され、英国によるイランの財政と金融の支配が進められていくこととなったのである (ジョーンズ 145-59)。

一方で、ロイターが入手した探鉱権は、貴金属・宝石類を除く全ての天然資源が対象であり、ロイターはペルシャ銀行鉱業権会社を設立し、石油発掘に乗り出した。しかし、資金不足に陥り経営が破綻することとなり、探鉱権はいったん取り上げられてイラン政府の手に戻ることとなった。イランで再度石油の発掘を試みるため、新たな資本を探すこととなったわけだが、ここで白羽の矢が立てられたのが、豪州の金を採掘し財を成し、今では、「中東の石油産業の父」とも称されるウィリアム・ノックス・ダーシーであった。彼は、当時、米国ではすでにロックフェラー石油王国が盛況を極めているのに英国では石油が全然ないことを憂いていたこともあり、直ちにイランとの利権交渉を進めた (Longhurst 17)。その結果、1901年には、ロシア側の刺激を避けるため北部を除いた、広大な地域の利権、通称ダーシー利権を獲得することとなった。しかし、やはり掘削には膨大な資本と歳月、そして労力を要するため、彼もまた窮地に追い込まれることになる。金策のために、一時は、フランスのロスチャイルドに利権売却を持ちかけるが、その情報が英国海軍の耳に入るなり、ダーシーは予期せぬ助けを得ることとなる。当時、英国海軍に設置された石油委員会の会長E. G.プレティマンによると、「海軍に補給する燃料としては石油が石炭にはるかに優ることは分かっていたが、同時にこのことは海軍にとって大きな不利であることも明白であった。というのは英国には世界最良の燃料炭資源は豊富だが石油となると広い英帝国の範囲内でもごく僅かで、しかもこれがビルマ及びアッサムといった本国からは遠隔の地であるからであった」(Longhurst 34)。そのため、新たな資源確保のため、委員会はダーシーを、既に英国海軍と緊急用の燃料に関して契約が結ばれていたバーマ石油会社と引き合わせ、シンジケートをつくることを画策したのである。その結果、1905年には、シンジケートがつくられ、バーマ石油会社が資金提供し掘削作業が続行され、1908年に中東ではじめての石油が発見されると、その開発を目的とした国際石油企業アングロ・ペルシャ石油（後のブリティッシュ・ペトロリアムで、現在のBP)が翌年に設立された。さらに、1914年の第一次世界大戦勃発直前に、英国政府も資本参加を決め、過半数以上の株式を保有することで、英国はイランの石油利権を独占し、国際情勢での自身の立場を強化していったのである。

さらに、第一次世界大戦後のイラン再建においても、英国の政治的な介入が見てとれる。その最たる例は、戦後まもなく調印された英・イ協定（Anglo-Persian Agreement）である。この協定は、建前上は、イラン軍の再建やイランの通信輸送機関の建設事業に対する英国政府の全面的協力など、「英国の一方的援助を通じて、イランの国家的再建を図ることを主眼としている」が、「慈善的とも評されたその性格の背後に、イランを保護領化しようとする外相カーズンの真の狙いを見出すことは決して困難ではない」（吉村 2-3）。なぜならば、当時の英国外相、ジョージ・カーズンは、インド総督在任中（1899-1905）に、典型的な帝国主義支配の実践「ベンガル分割令」を施行したことでも悪名高いが、彼の目指す「地中海からパミール高原までの従属体系」の連鎖において、不可欠の構成要素に位置づけられるイランには以前から強い関心を寄せており、英・イ協定は、彼のそうした長年の計画を実現する政策の第一歩だったという（2）。つまり、イランに約束された「堅固な行政機関、十分に訓練された軍隊、整備された通信輸送機関は英国にこの国の政治的・商業的独占を保証する紛れもない手段」と目されていたため、英・イ協定の締結は、イランにおける反英活動の活性化を助長させていくこととなったのである（3）。

その結果、イラン南部にあり世界最大の規模を誇ったアーバーダーン精製所で初めての労働者ストライキが決行されるなど、反英運動が国内で高揚する中で勃発したのが、1921年のクーデターである。150年続いたカージャール朝政権を打倒したレザー・ハーンは、1922年から23年までの歴代内閣で陸相を務め、諸地方の反政府的部族蜂起を鎮圧し、五つの師団から構成されるイラン軍を組織し、国家機構の中で「最も統一された不動の社会機構」と評価されるまでの軍事的・政治的・社会的地位を確立していった（吉村 15)。しかし、このクーデター及び、その後のレザー権力拡大に対しても、イラン現代史家ホセイン・マッキーをはじめとした研究で英国の継続的関与が指摘されている。たとえば、クーデター計画の要であり、その後、内閣を率いたセイエド・ジアーは、「英国政府より財政的に支援されたペルシャ語新聞『ラァド Ra'd（雷鳴)』」の「主筆を務めただけでなく」、戦後は「アングロ・ペルシャ石油会社の代表としてバクーに派遣された経歴を持つ」(3, 8)。さらに、クーデター軍の指揮を執ったレザー・ハーンは、「十月革命以降英国政府がその維持費を負担していたコザック師団」で頭角を現し、英国陸軍のエドムンド・アイアンサイドは「彼の重用を進言する程であった」(9)。ちなみに、アイアンサイドは、クーデター直前の1921年2月14日付けの日記に、「我々にとって、クーデターが他の何よりも有効である」と記している（Wright 184)。それゆえ、1921年のクーデターは、英国との結びつきを秘匿し、表面上民族主義的性格を宣伝し得る活動家に政権を委託する方法を採用した「英国の陰謀」と称されるのである。

英国の支援を受けながら、1921年のクーデターを実現し、その後、権力を拡大しながら、23年には首相に就任するとともに中央集権的支配を実質的に確立し、2年後、時のカージャール朝を廃絶し、新王朝を創設したレザー・ハーンであったが、必ずしも、「英国への服従を自らの義務と見なさなかった」のもまた事実である(Fatemi 99)。たとえば、首相就任後、遅々として進まぬ北部イランの石油利権をめぐる問題を一気に解決し、英国との従属関係からの脱却を試みている。北部イランの石油利権をめぐる問題は19世紀末にまでさかのぼるが、英国の直接的な介入は、1920年3月にアングロ・ペルシャ石油による利権の売却からである（李 81)。当時、北部イランは、十月革命によりロシア軍が撤退し、1907年の英露協商が事実上無効となっていたため、それまで南部イランの限定的支配に甘んじていた英国にとっては、イランにおける支配体制の再編・拡大の好機であり、北部イランにも部隊を駐留させていた。そのため、ロシアからの圧力を回避しつつ利権を獲得できたのである。しかし、その後、赤軍が南下を続け、バクーを掌握し、その後、カスピ海南部に位置するギーラーン地方でイラン・ソビエト社会主義共和国の樹立を宣言すると、北部イラン石油利権対象地域も事実上赤軍によって占領されることとなった。その一方で、モスクワではイランとロシアの友好条約の交渉が開始され、1921年に条約が調印されたことで、石油を含む、帝政ロシア政府が獲得してきた各種利権の放棄が約束されるのだが、条約では、イランに返還された利権を「第三国やその市民にその所有・管轄・利用のための譲渡をしない」ことが定められているのである（李 82）。

ここで注目したいのは、ロシアが警戒する「第三国」とは、英国だけではなく米国も含まれていた点である。これまで英露のグレート・ゲームの舞台であったイランは、水面下では、国家財政の英国への従属を脱するため、新たな資金源として、米国に二つの矢を放っていたのである。一つ目は、米国の大手石油企業スタンダード・オイルであり、1921年のクーデター後に発足していた新政権下で、すでに、ワシントン駐在のイラン大使が北部イランの石油利権に関して交渉を開始していたと言われる（李 83）。しかし、すでにこの利権には、先述の通りアングロ・ペルシャ石油会社が絡んでおり、英国政府やそのおひざ元でもある巨大石油企業との協力関係なしに交渉を進めるのはリスクが高すぎることなどから取引は行き詰っていた。ちょうどその頃、二つ目の矢となる、米国の新興石油企業のシンクレアとの交渉が開始される（李 85）。そして、レザー・ハーンが首相に就いた1923年10月に、イラン政府とシンクレアの間で北部イラン石油利権に関する協定が結ばれたのである。しかし、その後、シンクレアのスキャンダルなどにより利権獲得には最終的には至らないものの、ユーラシアの国際政治史において英国から米国へとプレーヤーが入れ替わり冷戦期の文脈へ接続される点には、注意しておいてよいだろう。さらに、この点においては、1919年の英・イ協定調印を機に加速した反英運動を強化した要因の一つに、当時イラン駐在の米国公使コールドウェルが、英国政府より財政的に支援されたペルシャ語新聞『ラァド』に掲載された「米国政府による対イラン援助拒否」なる記事を真っ向から否定し、協定締結に対する強い批判の声明を発表したことも付け加えておきたい（吉村 3）。

４．*Passenger to Teheran* を再読するための新たな文脈とは

ここまで確認してきたような、イランを取り巻く経済的・軍事的・政治的緊張関係を踏まえて*Passenger to Teheran*に再び目を向けてみると、これまでとは別の観点からその意義が浮かびあがるのではないだろうか。ヴィタがはじめてテヘランを訪れた1926年は、レザー・ハーンがシャー（王）として即位する戴冠式が執りおこなわれた年であり、彼女の旅行記においても、「シャーの戴冠式」という章が設けられている。そこでは、他の章と同様に、小説さながら、「赤い幟」や「凱旋門」などの描写を通して、戴冠式の準備に向けて「大慌ての奮闘がくりひろげられている」様相や、市内にただよう「興奮した空気」が生き生きと描かれている（サックヴィル＝ウェスト 162-63）。そして、「友人とみなされたイギリス人としては、じつに些細なことまで、ありとあらゆることについて相談にあずかることになった」として、自らも少なからず、その盛大な戴冠式の準備に一役買っていたことも記している（167）。その一方で、「戴冠式のこうした表層的な騒ぎのあまりの面白さに、新しい体制のはらむ重大な意味をともすれば見失いそうだった」と付け足し、この戴冠式によって正式に始動する新たな体制に懐疑心を抱いていたことが見てとれる（167）。ただし、「重大な意味」とは何かという説明はなされず、その後に続くのは、「独裁者」としてのレザー・ハーンとその独裁政権を容認する国民の描写なのである。

> 不愛想で、巨大な鼻、もじゃもじゃの髪、獰猛な顎をしている。もともとコサック騎兵で、その通りに見える。しかし王者の風格のあることは否めない。思えば、無名の兵士から現在の地位まで、驚くほど短期間に駆け上がってきた。いまの国軍はレザー・ハーンの組織したもので、兵士はこぞって彼に忠誠を誓っている。…… 彼が手

中にしたこの弛緩し、萎えた国には、敵対者が存在しないのである。ペルシアを支配する者にとって、問題の半分はまさに国民のこの気質にある。威圧するに容易である。抗ってぶつかってくる勢力などない。…… この気質が、ペルシアを悩ませている数かぎりない悪弊や腐敗につながっていることはいうまでもない。正義の不在、公職の売買、汚職、賄賂、横領、そして、あまねくおこなわれている不正。…… この内政の腐敗こそ、どんなに精力的な統治者をも窮地に追い込む要因であり、影響の重大さにおいてイングランドやロシアからの政治的圧力にひけをとらないだろう。(168-69)

英露の政治的圧力のみならず、レザー・ハーンによって確立された軍部によって支えられた冷徹な独裁政権とそれに抗えない国民性という、ヴィタの政治的思想が垣間見える描写に、正直なところ、驚きを隠せない読者もいるのではないだろうか。従来のモダニズム研究において読まれてきたようなトラベル・ライティングでも、ウルフとの関係性に注視するレズビアニズムの系譜でもなく、英露のグレート・ゲームにまつわる文脈において彼女の旅行記が読まれることがなかったために、このような描写は見過ごされてきたのかもしれない。[2]

先述した通り、このような歴史的転換期に直面するテヘランに降り立ったヴィタの意識は、あくまでも一乗客としてのものかもしれないが、その視点は、明らかに、外交特権に守られたものであり、それは戴冠式のパレードの描写にもしっかりと刻印されているのである。

わたしたちは市庁舎の露台から行列の通る道を、群衆を、見下ろしていた。どの窓も人の頭ですずなりだった。広場の端の低い灰色の建物にはIMPERIAL BANK OF PERSIA <ペルシア帝国銀行>と書いてあった。凱旋門の下の組み立て式テーブルでは、たくさんの時計がチクタク時を刻んでいた。少し離れたところに各部族の親衛隊の特別部隊が集結し、隊列を組んでシャーの馬車の後に続く瞬間を、馬に跨って待っていた。(サックヴィル＝ウェスト 178)

レザー・ハーンに忠誠を誓う軍隊とその独裁政権に抗えない無力な群衆を批判するヴィタは、高みの見物さながらそれらを裏で巧みに操っていた英国の姿と少なからず交差するのではないだろうか。奇しくも、英国がイランの経済を支配してきた歴史が、ペルシャ帝国銀行の表象から立ち上がっているように。

だとしたら、当時のイランを取り巻く政治的、経済的、軍事的な緊張情勢を踏まえて、ヴィタの旅行記を読み解くことで、ユーラシアという大きな枠組みのなかでモダニズム文学／文学研究における表象戦略に対する問題も浮き彫りになるのではないだいだろうか。そしてまた、ヴィタ・サックヴィル＝ウェストの*Passenger to Teheran*とイランの実のところ問題を孕んだ関係性は、プロパガンダあるいはソフト・パワーとしての英語文化という観点から、解釈し直す作業を、われわれはそろそろ開始してもよいのではないか。

Notes

［1］初版本のカバーは、エスファハーンにある遺跡マドレセの入り口の写真が掲載されている。これは、1710年に法学者のための学校として建設されたものであるが、ヴィタにとっては、「瞑想の、思索の、魂の稲妻のための学院、一人になることを学ぶための学院」として、その美しさを讃えている（サックヴィル＝ウェスト 150-51）。

［2］ヴィタの旅行記に関する先行研究では、英国とイランの関係性について全く触れられてこなかったわけではないが、その歴史的事項が脚註等で記される程度にとどまっており、議論の周縁に位置づけられてきたと言えるだろう（Bazargan 38）。

Works Cited

Bazargan, Susan. "The Use of the Land: Vita Sackville-West's Pastoral Writings and Virginia Woolf's 'Orlando'." *Woolf Studies Annual*. vol. 5, 1999, pp. 25-55.

Bialas, Zbigniew. "'Passengeriality': Vita Sackville-West's Passenger to Teheran and the May Coup in Poland." *Postscriptum Polonistyczne*, no. 1, 2021, pp. 87-103.

de Certeau, Michel, *The Practice of Everyday Life*. Trans. by Steven Rendall, U of California P, 1988.

Grant, Joanna. *Modernism's Middle East: Journeys to Barbary*. Palgrave Macmillan London, 2008.

Fatemi, N.S., *Oli Diplomacy: Powderkeg in Iran*. Whittier Books, 1954.

Jamili, Leila Baradaran. "Contrapuntal Travelling with Vita Sackville-West to Persia: Virginia Woolf's *Orlando*." *International Journal of Gender and Women's Studies*, vol. 2, no. 2, 2014, pp. 87-103.

Lees-Milne, James. *Harold Nicolson. A Biography, 1886-1929*. Chalto and Windus, 1980.

Longhurst, Henri. *The Adventure in Oil: The Story of British Petroleum*. Sidgwick and Jackson, 1959.

Pratt, Mary Louis. *Imperial Eyes: Travel Writing and Transculturation*. Routledge, 1992.

Ramazani, Rouhollah K. *The Foreign Policy of Iran, 1500-1941: A Developing Nation in World Affairs*. U of Virginia P, 1966.

Sackville-West, Vita. *Passenger to Teheran*. Collins and Brown, 1990.

Seshagiri, Urmila. *Race and the Modernist Imagination*. Cornell UP, 2010.

Wright, Denis. *The English Amongst the Persians*. Heinemann, 1977.

サクヴィル＝ウェスト、ヴィタ『悠久の美ペルシア紀行』田代素子訳、晶文社、1997年.

ジョーンズ、ジェフリー『起業家精神と多国籍企業の歴史――グローバルビジネスと現代社会の形成』坂本恒夫他訳、中央経済社、2018年.

八尾師誠『イラン近代の原像――英雄サッタール・ハーンの革命』東京大学出版会、1998年.

吉村慎太郎「イラン・1921年クーデターの再検討」『歴史学研究』第566号、

1987年、1-15頁.
李優大「ソ連の環カスピ海地域に対する地理認識——北部イラン石油利権をめぐる1920年代の国際関係を事例に」『ロシア・東欧研究』第51号、2022年、76-90頁.

第7章

イシグロとグローバル化する英国映像文化
——ヘリテージ映画としての『日の名残り』？

大谷 伴子

> An expedition, I should say, which I will undertake alone, in the comfort of Mr Farraday's Ford; an expedition which, as I foresee it, will take me through much of the finest countryside of England to the West Country, and may keep me away from Darlington Hall for as much as five or six days. (Ishiguro 3)

> …on December 31, 1945, I had the thrilling experience of standing on the balcony of my tower apartment in the Cathy Hotel in Shanghai to watch the traffic at midnight change over to move along the right side of the road. (Wedemeyer 355)

1．ヘリテージ映画としての『日の名残り』？

カズオ・イシグロの小説『日の名残り（*The Remains of the Day*）』（1989）ならびにその映画版（1993）が過去の大英帝国への単なるノスタルジアを描いたテクストでないこと、このことは、すでに、だれもが知っている。物語における大英帝国の富と権力の象徴であり戦前の国際政治の舞台となったダーリントン・ホールは、アメリカ人富豪の所有となっているだけではなく、英国の美しい田園風景を背景に振り返られる主人公英国執事スティーヴンズの過去は、英国上流階級のダーリントン卿というかつての主人へのゆるぎない忠誠心でも疑念のない職業的献身の理想化されたノスタルジアでもない。たしかに、英国ヘリテージ映画の中心的イメージであり[1]、英国の過去の栄光を表象するカントリーハウスが前景化されているのも事実だ。だが、映画版に露わな後期資本主義の商品化され再ブランド化された映像文化の原作テクストとしてのみこのテクストを解釈するのとは違ったやり方を考えることはけして不可能でもなければ意味のないことでもないのではないか。ダーリントン・ホールは、『マンチェスター・ガーディアン』紙や『ディリー・メイル』紙を通じて、大英帝国とその命運をともにし、崩壊・荒廃の危機に晒されている存在として提示されているとはいえ、この崩壊寸前のダーリントン・ホールを元米国下院議員ルイス氏が購入する場面が、グローバルでポピュラーなメディアである映画には付加されており、そこでは英国のパワーが米国のマネーによって買い取られるというイメージがより明示的に刻印されている。『日の名残り』の物語の現在において、英国の存続はアメリカのマネーによってこそ可能になるということが提示されているのだ[2]。このような戦後英国の歴史状況を映像化している『日の名残り』は、大英帝国の過去を理想的に美化しその優越性を前面に押し出すヘリテージ映画とは単純にはいえないようだ[3]。

別の言い方をすれば、福祉国家期のナショナル・アイデンティティをグローバルな資本主義とネオリベラリズムの時代に向けて新たに構築するためにすでに崩壊してしまっているものの国民の断片的な記憶として残存する旧大英帝国のイメージをリサイクルしたのが、1980年代サッチャリズムの文化としてのヘリテージ映画であったのであり、『日の名残り』においては、そのようなイングリッシュネスを表象するカントリーハウスであるダーリントン・ホールは、必ずしも、手放しに言祝がれ郷愁に彩られて思い出されているとはいえないようだ。つまり、それはヘリテージ文化の単なる再生産ではない。むしろ、さまざまなグローバリゼーションとりわけ英米関係の表象に関わるポスト・ヘリテージという英国映像文化の一部として考えられるべきものではないか。

このような英米間のパワーとマネーの移行の単純化されたイメージは小説にはみられないが、英国執事のイメージが表象するイングリッシュネスは、資本主義世界のグローバルな流通・消費ネットワークに開かれた英国の遺産として、以下のように商品化されている。

> へえ、アメリカ人か。まあ、いまどきお屋敷を維持できるのは、アメリカ人くらいかもしれんな。それで、あんたはお屋敷に残ったわけだ。言ってみれば、お屋敷はあんた込みで（Part of the package）売られたわけだ。(Ishiguro 242)

かつて仕えた屋敷の女中頭であり仄かな愛情らしきものをいだいていたミス・ケントンとイングランド南西部ドーセット州で再会した後、スティーヴンズは、ひとり訪れた夕暮れのウェイマスの桟橋で偶然出会った下僕の経験をもつ男に、戦前のダーリントン・ホールの思い出話や執事としての専門知識を思いがけず語ることになるのだが[4]、その会話の途中、現在の雇主がアメリカ人であることを告げる。かつて英国支配階級に仕えた経験のある男によれば、1956年という現在において大英帝国の権力の象徴であったカントリーハウスを維持できるのはアメリカのマネーだけであり、執事は、屋敷の一部として一括購入された――「お屋敷はあんた込みで売られたわけだ」――、すなわち、パッケージ化された文化商品としてのイングリッシュネスの表象となっている、ということだ。ひょっとしたら、商品化されたヘリテージ文化としてその歴史的系譜を英国国家のさまざまなボーダーを越境してたどることができる英国カントリーハウスの連続性は現代の資本主義世界と帝国主義のアレゴリーとなっていると解釈できるのであろうか。

ここではそうした解釈を真正面から探るかわりに、英国ヘリテージ文化とイシグロとの関係をより控えめなかたちに限定して問題にしてみたい。言い換えれば、『日の名残り』を国家横断的に拡張するさまざまな企業（金融資本）とそうした資本主義世界運動に対応して生産されるグローバル化する映像文化・メディア文化の流通・消費の過程によって読み直すことが、本論の目的である。たんなるヘリテージ映画とは区別される『日の名残り』というテクストは、とりわけその英米関係の表象を通じて、グローバル・ポピュラー・カルチャーを生産する英国映像文化の一部として解釈されることになるだろう。

2. サブテクストとしての『アップステアーズ、ダウンステアーズ』と『マスターピース・シアター』——「パッケージ化」された英国イメージを歴史化するために

『日の名残り』は、休暇中の執事スティーヴンズがダーリントン・ホールから英国西部へ旅する過程で過去を回想する物語だが、その旅における移動の手段として用いられる自動車に注目してみよう。映画では、スティーヴンズが新しいアメリカ人主人から借用するのは古いドイツ製のダイムラーとなっているが、原作の小説では、アメリカ人主人が提供するのはダイムラーではなく巨大な米国産フォードである[5]。

> ファラディ様のあの立派なフォード車をお借りして、私がひとり旅をする —— もし実現すれば、私はイングランドで最も素晴らしい田園風景のなかを西へ向かい、ひょっとしたら5日か6日もダーリントン・ホールを離れることになるかもしれません。(Ishiguro 3)

英国の田舎から田舎へと移動するローカルなドライブ旅行にグローバルな比喩形象が挿入されていることになる。

このフォード車を提供しスティーヴンズの旅を可能にしたのはダーリントン・ホールの新たな所有者ファラディ氏だが、このアメリカ人の富豪は、さらに別の比喩形象に結びついている。ゴージャスな文化商品を披露するために英国ケント州に20年以上在住する知人ウェイクフィールド夫妻を招き、カントリーハウスの真正さを誇示しようとしたが、よりによって夫人から「まがい物」呼ばわりされてしまう。英国の遺産とアメリカ人の価値評価の正当性を問題にするというよりも、ここで読むべきは、英国の遺産という真正の文化商品を誇示するファラディ氏とそれをまがい物とみなす相手との間の共通の知人が存在する場所が、アメリ

カ東部のボストンだということだ。ボストンという空間とイングリッシュネスの伝統表象との関係はいったいいかなるものなのか。

ボストンにおいては、ハーバード大学やボストン交響楽団といった教育・文化機関が、市民教育を社会的使命のひとつと考え、大学拡張委員会を結成し協力して講座を開設し、公共放送局を作り上げた。ボストン公共放送局は、アメリカ公共放送の古参であり主幹局でもある。その黎明期、連邦通信委員会（FCC）から教育使用を目的とした非商業教育放送局としてのTVチャンネル割り当てを受け、1955年にハーバード大学と協力して市民教育用TV番組放送を開始した。メディアを通じて健全な市民の育成に貢献する教育番組の提供を使命とするこの公共放送局は、公立学校向けの教育テレビ放送や大学単位取得のための大学講座、教育教養番組、社会問題を扱う番組、報道番組、成人教育番組、教養番組、趣味番組など、市民の教養・知識・人間性を豊かにするための番組を提供し続けている。ボストン公共放送局は、この地域の産業エリートと大学がパートナーシップを組んで市民の人材育成をおこなう半官半民の装置だったのであり、地元の大学をはじめとする教育機関、文化機関、とりわけ、フォード財団のような慈善団体や経営者の参加・協力によって可能になった協働行為によるものであった（赤堀）。

このボストン公共放送局が1971年に制作を開始したのが、名作ドラマシリーズ番組『マスターピース・シアター（*Masterpiece Theatre*）』だ。この現在も続いている長命番組は、英国のTV番組をアメリカの公共放送で放映し成功したモデルケースとみなされている。とはいえ、そこで実際に提供されるのは、古典的名作・傑作とされる英国の文学でもなければ劇場での上演でもない。番組司会者のアリステア・クック、BBCの特派員として『アメリカからの手紙』のラジオ放送を担当し『ガーディアン』紙の米国特派員でもあった英国人ジャーナリストは、エドワード朝の英国を描き人気を博した1970年代ITVで放映された英国TVドラマ『アップステアーズ、ダウンステアーズ（*Upstairs Downstairs*）』を名指して、その階級関係の表象がBBCでTVドラマ化され全米教育テレビジョンで放映された『フォーサイト家物語』を転倒したものと評していた（Brennan

105)。『日の名残り』において、TVの時代にラジオにこだわるスティーヴンズが結び付けられるアナクロニズムは、英国BBCのラジオとアメリカの世紀のTV文化の対立のようにも見られるが、BBCはもちろんテレビ番組も制作していたしアメリカの公共放送とも協働関係にあったのだ(McCombe 92-95)。その好例『マスターピース・シアター』はTVメディアにおいて文学あるいは文学チックなものを提供し、高等芸術・古典文学の大衆化を実践した番組だ。もともとは文学テクストの翻案ものを提供していたものの、『マスターピース・シアター』が特別番組ではなく持続した番組として生き残ることになる転換点が「インスタント・クラシック」(Brennan 104)の発明である。この大衆化されたポピュラー・カルチャーの古典は、文学テクストの翻案でもモデルともしないオリジナルなドラマ用の脚本をもとに、『日の名残り』において表象されたようなイングリッシュネスというパッケージ化された文化商品のイメージを具現する。そして、「インスタント・クラシック」の成功の契機となったのが、英国民間放送局ITVで放映された『アップステアーズ、ダウンステアーズ』の輸入だったのだ。

こうして『マスターピース・シアター』は高等芸術の国家横断的なポピュラー・カルチャー化の装置として働いたのだが、さらにもうひとつ重要な機能があった(Brennan 104)。『マスターピース・シアター』の異例の成功の鍵は、公共放送の商業化にあった、のかもしれない。この番組の制作はボストン公共放送局であるが、より重要なのは、スポンサー企業モービル石油の存在である。『マスターピース・シアター』放映用の過去の英国の制度や上流階級の生活を美化したような英国産TVドラマはボストン公共放送局のジョアン・ウィルソンによって購入されているようだが、資本提供者であるモービル石油の広報担当ハーバート・シュマルツの戦略が鍵を握っていた(Mankin)。モービル石油の利害・関心は、資金提供に限定されているようではあるが、実は、このモービル石油広報のシュマルツこそが、「インスタント・クラシック」『アップステアーズ、ダウンステアーズ』の輸入をなんとか可能にすることで、英国エリート主義のアメリカ大衆へのアピールが孕む階級間・政治文化間の矛盾の解消に成功することになったのだ。英国のTVドラマをパッケージ商品として購入しアメリカのPBSで放映するという公共放送の商業化は、古典文学のポピュラー・カルチャーによる翻訳という文化生産のメディア空間において、帝国の文化という遺産の継承・共有により英米両国を結び付けようという、モービル石油のイデオロギー戦略であった（Brennan)。トランス・メディア空間におけるさまざまなレヴェルの翻訳の交渉が指し示すのは、近代の伝統的ハイ・カルチャーを擁する英国あるいはヨーロッパとグローバル・ポピュラー・カルチャーを配給するアメリカ合衆国とのさまざまな関係性にほかならない。文学と映画の関係を現在の時点からアクチュアルに論じるとしたら、こうした文化地政学的なコンテクストを踏まえないわけにはいかないのではないか。『マスターピース・シアター』の場合、公共放送と企業とを媒介する広報（Public Affairs）という媒介項とシュマルツというそのフィギュアを通じて姿が浮かび上がるモービル石油という多国籍化する企業とその金融資本に、是非とも、注意する必要がある。

主として英語という共通言語をもとに——これが『アップステアーズ、ダウンステアーズ』やほかのBBC番組がアメリカで成功した理由のひとつだったが——、アメリカ人にとって、TVシリーズが描く過去の英国は、特別なものであり、アメリカおよびアメリカンネスに帰属するものと受け止められた。アメリカの公共放送における『マスターピース・シアター』の放映は、第二次世界大戦後、世界の大国になったアメリカ人たちにとって、教育的には、一種の「教養学校」あるいは「花嫁修業」の役割を果たすことになった（Brennan107-8)。すなわち、それは大英帝国を支えたジェントルマンをモデルとする新たなアメリカ市民あるいは中産階級を育成する装置あるいは教材テクストだった。1980年代のヘリテージ映画も、女性観客とりわけ「英文学」を大学で教養として身につけた女性たちの知識や教養を確認する場として、同様のエリート意識をくすぐるミドルブラウ文化の装置として機能していた（Hipsky)。『マスターピース・シアター』の保守的なリベラリズムのイメージは、世界をリードするジェントルマン像・市民像という教育的な役割だけでなく、共通の政治伝統として帝国の文化を担うことができるのだという欲望を満たしてくれる願望充足的な意味もあった。[6]

『日の名残り』において表象されたパッケージ化された文化商品、イングリッシュネスの生産・制作のプロセスに関わっていたTVという文化メディアに注目し、イングリッシュネスという文化的商品の創造、解体、再構築される過程においてアメリカの公共放送・企業そしてそれを媒介する広報あるいはパブリック・ディプロマシーの機能を確認してみたが、その歴史的過程において重要なテクストとして存在する『アップステアーズ、ダウンステアーズ』のいくつかのエピソードは、『日の名残り』という文学テクストにも影響を与えると同時にそこでは巧妙な書き変えがなされてもいる（Hunter 201-2）。[7] それがイシグロの提示するアメリカ人によるダーリントン・ホールの購入・継承であり、現代英国小説によるこの文学的な翻訳は、グローバルなメディア空間のレヴェルで解釈するなら、帝国主義のアレゴリーとしての英国カントリーハウスの連続性を表象するものであり、さらには、資本主義世界における英米の共同支配あるいは帝国主義的支配の連続性をもひそかに示しているのかもしれない。

3. グローバル化する英国映像文化としての『日の名残り』——英米関係を超えた21世紀の新たな資本主義世界

本論は、『日の名残り』を21世紀の現在につながる多国籍化する企業（金融資本）とグローバル化するメディア文化によって読み直すことにより、たんなるヘリテージ文化とは区別されるイシグロの文学テクストが、グローバル・ポピュラー・カルチャーを生産・流通する英国映像文化の一部として解釈されなければならないことを論じた。別の言い方をすれば、『日の名残り』における英国ヘリテージ文化の残存とそうしたノスタルジアとは一線を画す新たな提示の仕方との間にみられる齟齬や差異は、グローバル化する英国映像文化の生産過程に、イシグロの「英文学」がその一部として組み込まれると同時にその生産構造の再編にも参与していることの兆候となっている。ひょっとしたら、21世紀にむかう英国が現代のグローバル化を受け身の排外的というよりもむしろ新たな創造産業あるいは想像力のためのチャンスの契機ととらえて生産・発信したポスト・ヘリテージ映画という歴史的サブテクストによって、イシグロ以降の英国文化は読み解く必要があるのかもしれない。

歴史性の厚みがほとんど消失しのっぺりとした表層のみから構成されるフラットな現代の資本主義世界にむけて、ある意味ローカルなイングリッシュネスの商品化されたイメージを英国執事込みのカントリーハウスにパーケージしてグローバル化するという点では、1970年代初めに始まった『マスターピース・シアター』と変わりはない。だが、『日の名残り』の場合は、映画の原作となった小説自体が、TVドラマ映画『アップステアーズ、ダウンステアーズ』の影響を受けている。オリジナルとそのコピーという相変わらずの二項対立にもとづく従来の翻案の概念と違って、この場合の文学と映画は、二つの異なるメディア間におけるはるかに複雑な関係性を示している。さらに、制作・配給という側面に注目するなら、映画『日の名残り』は生粋の英国映画というよりは、雑種性に彩られたよりグローバルに生産された映像テクストであることに気づかされる。というのも、アメリカ人、イスラム教徒インド人、そして英国で教育を受けインド人と結婚したドイツ系ユダヤ人が、日本出身の作家の小説を、日本やアメリカから資金を得て映画制作し（Hunter 161, 189, 204）、配給も（多国籍企業）ソニー傘下のコロンビア映画が担当しているからだ。多国籍化したチームの協働によって産み出された『日の名残り』は、このようにグローバル化する英国映像文化とみなすことができるのだが、1970年代の『マスターピース・シアター』の産出の場合とちがって、英米関係を超えた21世紀の新たな世界を表象していることにも注目しなければならない。

『日の名残り』には歴史が十全に描かれていない、といわれる。たとえば、スエズ危機への言及が不在であるなど。だが、イシグロが提示していないのは、こうした過去の外交政治上の事件だけではない。1980年代に登場したサッチャリズム以降の歴史的状況、たとえばロンドンの金融ビッグ・バンによるグローバルな金融資本の流入と伝統的な英国マーチャント・バンカーの消失なども、まったくと言っていいほど主題的に描かれることはない。にもかかわらず、イシグロのテクストは同時代の資本主義世界とネオリベラリズムを、その労働の表象を通じて、読者に指し示している[8]、ともいえる。

ここでタイトル『日の名残り』の意味の確認しておこう。「名残り」(“remains”)とは、旧来のナショナル・アイデンティにとらわれない自由なコスモポリタニズムやグローバルな空間での新たな帰属の可能性を保障するはずの「想像的な故郷」を発明するために使用される、歴史的過去の断片的な商品イメージである。実際、イシグロの文学テクストにおいて、「名残り」として商品化されグローバルに流通可能になったイングリッシュネスは、国家・人種・ジェンダーの枠組みを超えて、資本主義世界でサヴァイバルし成功するための新たな市民表象を可能にするイデオロギー的な表象になっている。24時間働き詰めの「プロフェッショナル」な労働者スティーヴンズは、父親の死に立ち会うことも“I'm very busy just now”(Ishiguro 106)を理由に拒否する。こうした、スティーヴンズのプロフェッショナリズムへの献身と、家族や異性への愛情や感情の抑圧にみられるのは、自由な個人と国家を媒介する家族や家族愛の不在であり、私的な自己実現としてのミス・ケントンとの異性愛の成就の可能性は、前もって否定されている。さらに、カントリーハウスとともにパッケージ化された英国執事は、生き残りのために、新たなアメリカ人雇用者の支配に適応するために、アメリカン・ジョークを学ぼうとするのだ。このようなネオリベラリズムに適応した労働をおこない資本主義世界で生き残るグローバルな市民となるために使用される創造行為が、パッケージ化されたイングリッシュネスの記号としての「名残り」なのだ。

ネオリベラリズムの始まりの1970年代に教養あるアメリカ市民の育成に英国文化が活用されたことはすでにみてきたことだが、さらにグローバル化が進んだ21世紀の現在、英国で人気を博している「ご主人様と使用人」の世界を描いたTVドラマをめぐり、英国人が「召使(servants)」という過去の亡霊イメージに取り憑かれているのはなぜか、という問題提起がなされているが、ここで、商品化された英国召使のイメージと現実の家事使用人による可視化されにくい労働との間の齟齬やギャップに、あらためて目をむける必要がある。

『日の名残り』において執事は英国にしか存在しないとされていたが、こうした執事をはじめとする召使の労働は、ポスト冷戦時代の英国では東ヨーロッパからの移民によって担われている。多くの高等教育を受けた東欧系移民の女性たちが、英国ロンドンで時給7ポンドそれも無休で、掃除や子守りの労働に従事している。しかも、交通費は支払われず一日16時間労働で、何マイルも離れた異なる地域で四つの仕事を掛け持ちしている（Porter）。このように有能で教養ある移民たちが、パッケージ化されたイングリッシュネスを表象する英国の召使としての可視化されない労働を担う生活を送る一方で、資本主義社会でサヴァイヴし成功しグローバルな市民としての地位を得ていくことへ絶望的な不安を抱え生きている。つまりは、グローバルな階級再編への不安の存在と英国人の召使に拘泥することが密接に関係しているのだ。こうして、英国ITVの人気作『ダウントン・アビー』や21世紀版『アップステアーズ、ダウンステアーズ』に描かれる堅固な階層社会を、いわば倒錯ともいえるやりかたで、欲望することになるのだ。ちなみに、1930年代を描いた後者のTVドラマにおいて、高学歴ながらもメイドとして働くポーランド系ユダヤ人女性が病死によってテクストから排除されることは、こうした不安を表象しているのかもしれない。共時的にとらえるなら、ポスト冷戦期におけるグローバルなメディア文化としての英国映像文化を通じて、グローバルに拡張を続ける空間における帰属の形式が、コスモポリタニズムのライフスタイルのユートピア的イメージと不気味に並置されて、再生産・流通・消費されているのがわかる。歴史的・通時的には、グローバル化がさらに進行する21世紀の階級再編の断片的アレゴリーとしての主人／召使関係を表象する『ダウントン・アビー』において、ネオリベラリズム的労働と階級上昇の虚しい野心をめぐる召使たちの間で繰り広げられる対立やバトルは、1930年代のヘンリー・グリーンの『ラヴィング』における二人の召使によってすでに先取りされていたことを、最後に付け加えておこう。

*

以上が、グローバル化する英国映像文化の生産過程によってイシグロの「英文学」を論じた本論の一応の結論であるが、イシグロの場合にみられたグローバル化する英国映像文化と「英文学」を、ユーラシアの空間において、もうひとつ別の解釈をさらに実践することも可能でありそうすべきだと考える。ここでは、その実践の方向性を指し示す始点を『日の名残り』においてスエズ危機とは別の意味で不在の1942年前後に見い出せる、と示唆するにとどめるが、それにもとづく解釈は、第二次世界大戦の新たな解釈に向けての作業を開始することにもなるだろう[9]。米国産の車は、第二次世界大戦直後の1945年、ユーラシアの東端のコスモポリタンな都市上海に舞台を移してみるなら、英米関係についてまた別の意味を担う記号として機能していることがわかるだろう。

第二次世界大戦、なかでも太平洋戦争とよばれてきたものはいったい何だったのか。第二次世界大戦の舞台となった空間という観点に立つなら、ヨーロッパ戦線では、情報活動が枢軸側に対して戦略的な勝利をおさめることに貢献したが、原爆によって突然のように戦いが終わった極東戦線では、情報活動の役割は半ば軍事的であるとともに半ば政治的でもあった。ユーラシアの東側の極東戦線でのシークレット・サーヴィスすなわち情報活動の政治的駆け引きを、英米あるいはチャーチルとルーズベルトとの間の戦後アジアの将来像における齟齬・対立に焦点をあてながら論じたリチャード・オルドリッチは述べたことがあった。こうしたオルドリッチの歴史観に、太平洋戦争を広くユーラシアの空間全体のなかにとらえ直す契機を探ることが可能であると思われる。戦後アジアをめぐるチャーチルとルーズベルトの競合・闘争が進展する過程において、みるまにキー・プレイヤーとなったのがシークレット・サーヴィスであった。極東における東アジアあるいは極東の戦後処理のあり方をめぐって互いに激しく対立した背景には、いわばシークレット・サーヴィスのみえざる手が働いていたといってもいいかもしれない。こうして、オルドリッチによれば、1944年ごろまでには、情報・インテリジェンスをめぐるスパイ活動は、東南アジア全域にわたるひそかな占領準備活動における優位性を獲得するためのあからさまなグレート・ゲームに拡大・展開していった（Aldrich xiv-xv）。そして、それに比べるならば対日本の戦争はわきにやられたつけ足しという気配すらみられた、とオルドリッチは述べている（Aldrich xiv）。実のところ、1942年のミッドウェー海戦で、太平洋戦線の流れは変わった。

この前後には、断続的ながら東京空襲が始まり、対日本戦における勝利はかなり先になるとはいえ、時間の問題にすぎなくなった。そして、連合国側の勝利のあと、どの国家が広大なアジア・太平洋地域の資源を支配することになるのか、これこそが関心の的になっていった（Aldrich xiv）。言い換えれば、クリストファー・ソーンがすでに『米英にとっての太平洋戦争』において提示した解釈の枠組みを米国の視点を主とするソーンとは別に英国の視点からユーラシアの空間全体のなかの東の地域に焦点をあてたオルドリッチが示唆するのは、ユーラシアの覇権の行方は英仏からどのように変化していくのか、いずれ冷戦勃発において強力なイデオロギー闘争となるとはいえ戦後を見据えた大戦中の過程においてはスターリンのソ連と戦略的な協力・協働関係を保持した米国に覇権が移行していくのか、という問題であった。

この問題は、戦後世界の秩序はどうなるのか、英仏の植民地帝国はどのような地位を占めることになるのかといったことだけでなく（Aldrich xiv）、グローバルな資本主義世界の歴史過程における英国の衰退と米国の抬頭あるいはイギリス・サイクルからアメリカ・サイクルへの歴史的変化にかかわるものではないか、と本論は問いたいと思う。つまり、英国から米国への覇権あるいはサイクルの移行は、英米のトランスアトランティックな関係性だけでなく、ユーラシアの空間を舞台にさまざまに繰り広げられた競合・対立によって書き換えられなければならない。換言すれば、覇権の移行期には、アリギも示唆するように、共存する二つのサイクルのパワーとマネーの間の対立と矛盾が存在した、と解釈してみたいのだ。[10]イシグロ『日の名残り』という「英文学」とグローバル化する英国映像文化の二つのテクストをユーラシアの空間において解釈するための開始点を1942年前後に設定するのは、このような問題意識においてである。[11]

最後に、このようなもうひとつ別の解釈の十全な実践に向けて、米国産の車は、第二次世界大戦直後の1945年のユーラシアの東、中国のコスモポリタンな都市上海に舞台にして姿をあらわす米国産の車についての言及を、取り上げたい。「1945年の大晦日の深夜、ウェデマイヤーは上海のキャセイ・ホテルのバルコニーに立って、自動車の流れが道路の左から右に眺めるという『スリリングな経験』をした」(Wedemeyer 355)。この言及は、『日の名残り』のような文学テクストではないノンフィクションに属するアルバート・C・ウェデマイヤー『第二次大戦に勝者なし――ウェデマイヤー回想録』でなされている。当時中国戦線での米軍司令官であったウェデマイヤー将軍は、回想録で第二次世界大戦からその戦後にかかる過渡期のシークレット・サーヴィスについても記しているのだが、なかでも詳細に触れているのは、共産主義についてではなく、戦後の中国が採用するのが車両右側通行かそれとも左側通行かにかかわる悩ましい問題だった。ウェデマイヤーは、蔣介石に米国の車両がふえるのを理由に米国の交通システムすなわち車両右側通行にならうよう説得していたが、左側通行を採用している英国人は、これを「英国製自動車の市場を破壊する」として新聞メディアを通じて秘密キャンペーンを展開した、とウェデマイヤーは断言している。ところが、この動きはウェデマイヤー配下の秘密諜報員によって暴露されてしまい、英国のキャンペーンは失敗に終わる(Aldrich 317-18; Wedemeyer 353-55)。このウェデマイヤーによる米国産の車への言及というテクストとそのサブテクストをなす上海というコスモポリタンなあるいはトランスナショナルにグローバルな都市におけるグレート・ゲームに、まずもって今後の本格的読解・解釈に向けて確認しておきたいことは以下のことだ。それは、イシグロのテクストにおける最終的には対立・抗争が解消されたかにみえる英米関係とはまた別の覇権をめぐる競合や矛盾が、ユーラシアの東、中国において存在していたことを、ウェデマイヤーの回想録が言及する米国産の自動車が指し示していることにほかならない。[12]

Notes

[1] 英国ヘリテージ映画とは、郷愁的に理想化された過去の大英帝国のイメージに寄りかかりながら英国の優越性を前景化し商業的にも国内外で成功を収めた1980年代に生産された一連の映画だ（大谷「グローバル／ローカルな文化地政学へ」4)。また、これらの一連の英国映画の多くを牽引してきたマーチャント・アイヴォリー・プロダクションによって『日の名残り』が制作され、冒頭には、広大な敷地と荘厳な館からなるダーリントン・ホールが映し出されている。

[2] 冒頭で映し出される英国カントリーハウスの内部で今まさにおこなわれている家財の競売の場面において、屋敷だけではなくその家財をも競り落としダーリントン・ホールの崩壊を「救う」ことになるアメリカ人富豪ルイスによって提示されているのは、英国から米国への権力の移行にほかならない。興味深いのは、この場面の最後に運び込まれる競売のハイライト、近代国民国家としての英国あるいは大英帝国産出の起源とみなされる初期近代の男性貴族の肖像画がかなりの高値（15000ギニー）で競り落とされるところだ。米国が大英帝国をその産出の歴史あるいは遺産を丸ごと継承する相続人として提示されていることになるだろうか。

[3] 本論の立場とは根本的に異なるが、Marina MacKayは、1980年代のカントリーハウスのイメージを主として英国映像メディアにおいてリサイクルし商品化したヘリテージ産業の批判的分析を加えるため、対比的に、（第二次世界大戦前後を描いたイシグロあるいはアンガス・ウィルソンの小説テクストを含む）後期モダニズム（late modernism）を取り上げて再評価の必要性を執拗に主張したことがあった。そこでは、覇権国としての大英帝国の衰退（decline）ではなく、社会民主主義と福祉国家への切望としての縮小（diminution as an aspiration）を表象したのが後期モダニズムとされており、より平等で民主主義的な国家・社会への切望とその実現の間に存在する文化的不安（cultural anxiety）が論じられている（MacKay 156)。

このようなMacKayのリベラリズムについては、その立場が右派としてのサッチャリズムと左派としてのポストインペリアル・メランコリーの中道あるいはトニー・ブレア／ニュー・レイバーの「第三の道」にほかならない、と髙田英和が批判的に吟味している（髙田 117)。また、米国の衰退論の現在とJed Esty「アフター西洋」にみられる類似のリベラリズムの立場すなわち英米リベラリズムの同時性・連続性については、本論集「はじめに」も参照のこと。

[4] もと下僕のこの男が、ピンターが映画のために準備した脚本では、公共輸送機関のバス運転手となっていたということは、注目しておいてよい。このキャラクターの存在は、かれがすでに引退しているという設定とともに、戦後の福祉社会とそれを「享受」する労働者階級が過去のものになっている歴史的コンテクストを指し示している。また、1960年代にピンターが脚本を担当したロビン・モーム原作小説の映画化『召使』(1963) における、主従関係の転倒という階級表象を思い出してもよいかもしれない。

[5] 米国産の車フォードの記号は、フォーディズム生産体制の歴史性を帯びているが、燃料の点から石油産業さらにはアメリカと中東アラブのマネーとの関係にも結びつく (McCombe)。

[6] このような、過去の英国、英国の伝統はアメリカの一部として共有するのに役立つTVや映画は、何も、この時期に始まったわけではない。第二次大戦中に制作された多くの映画は、戦争プロパガンダとして、米国と英国をひとつの国民として想像し、ヨーロッパで必死に戦う英国人を身近に感じて米国の参戦を促す文学・文化テクストが生産された。

[7] とりわけ、『アップステアーズ、ダウンステアーズ』のふたつのエピソードはイシグロの題材となっている。ひとつは「代役 (The Understudy)」のエピソードで、シリーズ最後の1975年11月、イシグロが21歳のときに放映された。もうひとつの「転地 (A Change of Scene)」は、1973年第三シリーズのもの。ふたついずれも、最も有名なエピソード「主賓 (Guest of Honour)」——エドワード7世がベラミー家の晩餐会に訪れるまさにそのとき、階下では召使の妊娠が危機的状況を産み出すが、大惨事には至らずに済む、という話——の変形である (Hunter 201-2)。

[8] サルマン・ラシュディにもみられる、こうした歴史や社会の描き方を、イシグロの「ダブル・ヴィジョン」と呼んだのは、Waughであったが、ひょっとしたら、それは、現代資本主義世界とその文化を代表する「インターナショナルな作家」を評価するためになされた、レイモンド・ウィリアムズの批評用語の簒奪・流用だったかもしれない。

[9] 英仏およびイスラエルがエジプトのスエズ運河国有化に反発･攻撃し起こった1956年のスエズ危機の歴史的経過と共起・連動する出来事であるとともに、1954年に自国の石油資源を国有化したイラン政府のクーデター、ならびに、1956年のハンガリー動乱は、米ソ冷戦による国際秩序がとりわけヨーロッパにおいては安定化する契機となったが、これらについては、以下を参照。

> 冷戦の開始にそのひとつの起源をもつ運動にヨーロッパ統合があり、このトランスナショナルな統合再編の動きは、その内部に独仏など異なる国民国家間の緊張関係を絶えず孕んでいたにしても、資本主義世界の新たな挑戦者としてのソ連との敵対関係を中立化する機能をもっていた。1947年の春に財政上の欠乏から英国政府が地中海地域のギリシア・トルコへの援助の肩代わりをワシントンの政府に求めたことを受けて発せられたトルーマン・ドクトリンとマーシャル・プランに始まる冷戦も、1954年に自国の石油資源を国有化したイラン政府のクーデターによる転覆とその後の英・米・蘭・仏の企業から構成される国際コンソーシアムによる生産管理への移行、および、1956年にフルシチョフがワルシャワ条約に基づいてブタペストに侵攻したハンガリー動乱の時期になる頃には、冷たい戦争に規定された国際秩序が出来上がっていた（大谷『秘密のラティガン』190）

これらの出来事にうかがえる歴史的過程とは、ユーラシアの空間の支配・覇権をめぐる競合・闘争にほかならず、19世紀の帝国主義列強である英仏の撤退とそれに取って代わる20世紀のスーパーパワー米ソの抬頭ではないだろうか

[10] 移行期に出来したイギリス・サイクルとアメリカ・サイクルとの矛盾が時空間の政治イデオロギーや文化にねじれを孕みながら転位されたのが、ファシズムと共産主義の対立、さらにまた、別のかたちでは、リベラリズムまたはリベラルな国際秩序の危機や覇権国や帝国の衰退として主題化されたものだったのではないか。

[11] こうした歴史的過程は、また、日本の外交政策の観点からも、言い換えることもできよう。教科書的にいうならば、1941年4月日ソ中立条約すなわ

ち日本とソ連との間で領土保全と不侵略を相互に約束した条約が結ばれる。これにより、ソ連は満州国について、日本はモンゴル人民共和国について、それぞれ、領土保全と不可侵の尊重を保証することとされた。すなわち、日ソ互いの領土だけでなく、日本の傀儡国家としての満州国をソ連の強い影響下にあるモンゴル人民共和国の領土に関しても同様の取り決めがなされたはずであった。ただし、ユーラシア全体の空間においてこの中立条約の意味を考慮することも重要だろう。なぜなら、日本との中立を担保したことにより、ソ連は対ドイツ戦に戦力を集中することができ、実際スターリングラードの戦いでドイツ軍への反転攻勢の足掛かりを築くことができた。さらに、1943年末のテヘラン会談で、ソ連のスターリンは米英に対しヨーロッパ上陸作戦の決行を強く迫りその実行を約束させることで、日ソ中立条約にもかかわらずスターリン自身はソ連の対日戦争に踏み切ることを約束しあった。英国のチャーチルと米国のルーズベルトあるいはマーシャルだけでなく、ソ連のスターリンをも巻き込んだ競合・政治的駆け引きそして各国シークレット・サーヴィスの活動は、ユーラシアの西・東・そして中央の全域を含む空間全体で繰り広げられたのであり、そうした歴史状況を視野に入れた文学・文化研究が必要とされるのではないか。

[12] 米国が覇権を握る前の19世紀から20世紀のはじめの場合、重要な比喩形象の媒体となった記号は、自動車ではなく、鉄道だった、といえるかもしれない。ユーラシアの東の空間で繰り広げられた英露のグレート・ゲームは、日清戦争後の三国干渉を契機に現実味を帯びたロシアの野望すなわちシベリア鉄道からさらに接続・拡張されて中国東北地方・満州経由でウラジォストークに到達する東清鉄道の敷設というロシアの拡張主義は、北京ならびに南満州の中心都市である奉天の間を結ぶ京奉鉄道の敷設を推進していた英国と真っ向からぶつかることになった、そして、東アジアあるいは極東における緊張が高まったことはよく知られたことだ。

そしてまたさらに以下の補足をしておいてもいいかもしれない。第二次アヘン戦争ともいうべきアロー戦争に際して結ばれた露清北京条約により、ウスリー港以東の沿海州を獲得するとともに同地にウラジォストーク港を建設したロシアは、また、旅順・大連の租借権を獲得し念願の不凍港を手にして、極東・太平洋進出の拠点を獲得することになる。こうした事態は、清朝の東北地方を勢力圏としたロシアがさらに朝鮮半島に圧力を加えることになり、極東・太平洋進出の拠点を得たことになる。日本の利権と安全保障とも衝突するものであった。このような地政学のコンテクストを考えるなら、日露戦争は、日英同盟を結んだ日本がロシアと戦った日露関係のみならず、ユーラシアの空間を舞台にグレート・ゲームを繰り広げてきた英露関係によってもまた、規定されたものであったと解釈できるのではないだろうか。そして、その後に出来した、中国の半植民地化や米国の移民制限法やワシントン条約、日英同盟の変容等々も、このような歴史的コンテクストにおいて、とらえることが必要なのかもしれない。

Works Cited

Aldrich, Richard J. *Intelligence and the War against Japan: Britain, America and the Politics of Secret Service*. Cambridge UP, 2000.

Brennan, Timothy. "*Masterpiece Theatre* and the Uses of Tradition." *Social Text* 12 (Fall 1985): 107-8.

Hipsky, Martin A. "Anglophil(m)ia: Why Does America Watch Merchant-Ivory Movies?" *The Journal of Popular Film and Television* 22.3 (1994): 98-107.

Hunter, Jefferson. *English Filming, English Writing*. Bloomington: Indiana UP, 2010.

Ishiguro, Kazuo. *The Remains of the Day*. Faber and Faber, 1989.

MacKay, Marina. *Modernism and World War II*. Cambridge UP, 2007.

Mankin, Eric. "Mobil and the Masterclass." *In These Times* 22 Feb. 1984. 20. 5 Sept. 2011.

McCombe, John P. "The End of (Anthony) Eden: Ishiguro's *The Remains of the Day* and Midcentury Anglo-American Tensions." *Twentieth-Century Literature* 48.1 (2002): 77-99.

Porter, Janet Street. "Why Are We So Obsessed with Servants?" *Mail Online* 16 January 2011. 5 Sept. 2011.

Waugh, Patricia. "Contemporary British Fiction." *The Cambridge Companion to Modern British Culture*. Ed. Michael Higgins, Clarissa Smith and John Storey. Cambridge UP, 2010. 115-36.

Wedemeyer, Albert C. *Wedemeyer Reports!* Henry Holt, 1958.

赤堀正宜『ボストン公共放送局（WGBH）と市民教育――マサチューセッツ州産業エリートと大学の提携』東信堂、2001.
大谷伴子「グローバル／ローカルな文化地政学へ」『ポスト・ヘリテージ映画――サッチャリズムの英国と帝国アメリカ』大谷伴子・大田信良ほか編著、上智大学出版、2010. 1-19.
――『秘密のラティガン――戦後英国演劇のなかのトランス・メディア空間』、春風社、2015.
髙田英和「『ブライト・ヤング・ピープル』の黄昏と戦間期以降の英国リベラリズムの文化」『ブライト・ヤング・ピープルと保守的モダニティ――英国モダニズムの延命』髙田英和・大道千穂・井川ちとせ・大田信良ほか編著、小鳥遊書房、2022. 107-25.

第Ⅲ部

Anglo-American Culture in the 21st Century after Globalization

グローバル化以降の21世紀英米文化？

第8章

English as an Additional Language と シティズンシップの英文学 ——イングリッシュ・スタディーズの再編に向けての覚書

大田 信良

1. 新たに再来・勃興しつつある多言語主義 (Multilingualism) の衝撃とグローバル・イングリッシュまたは English as a lingua franca(共通語としての英語)をめぐる混乱

英語のスキル・能力だけでは十分じゃない、と「グローバル教育（Global Education)」ならびに「語学学習（Language Learning)」にあたえた「多言語主義（Multilingualism）の衝撃」をまとめたケンブリッジ大学英語検定機構（Cambridge Assessment English）のパンフレット*The Impact of Multilingualism on Global Education and Language Learning*（2018）はその冒頭で述べている。少なからざる批判もされてきているとはいえ、English as a lingua francaの掛け声がメディアや教育空間に満ち溢れているいま、グローバルなコミュニケーション・ツールとしての英語すなわちグローバル・イングリッシュだけでは十分じゃないのはなぜか。

> We live in <u>a multilingual world</u>. <u>English</u> serves as <u>the lingua franca</u> for education, trade and employment, and is an essential skill for anyone wanting to succeed professionally or academically in the 21st century. English offers enormous opportunities, and language policy rightly focuses on how to give more <u>equitable</u> access to high levels of English language proficiency so that these opportunities can be inclusive rather than exclusive,

open to all socioeconomic groups. But English is not enough. (King 2 下線筆者)

一般的には、いわゆる多言語状況を生きる世界ではあるが、英語は、教育のみならず貿易・雇用のためのthe lingua francaとして機能しており、21世紀に専門職や学術の面で成功したいと思えば欠くべからざるスキルとされている。英語はそのための大きな機会をあたえてくれる、そして、言語政策としてはあらゆる階級・階層の集団に対して排外的ではなく包摂的な機会を公平・公正に提供するようなレヴェルの英語の流暢さや運用能力を保証しているはずなのかもしれない。「だが、英語だけでは十分ではない (But English is not enough)」(King 2)。

ちなみに、著者名は米国の大手語学学校The Languages CompanyのDr Lid Kingとなっているが、その内容はおおむねヨーロッパ評議会が1990年代以来提案してきた多文化主義・複言語主義にそったものである。理念・理論に大きな変化があるわけではないが、実践すなわち実際の教育現場において、思ったほどの結果・成果がいまだなされていない現状認識のもとさらなる推進を駆動させるために主としてヨーロッパ・英語圏の各国の取り組み例を紹介しながら提言をとりまとめたのが、このパンフレットだ。

多言語状況の世界とは、Kingによれば、別の見方・立場から言い換えるなら、さまざまな国民国家の間を国境横断的に移動する人びとの時代・どんどん増加と速度を増して移民が活動する時代ということでもあり ——"An understanding of English and multilingualism is especially important in an age of increased and rapidly growing international migration" (King 2) ——、圧政や戦争を逃れたりよりよいキャリアの機会をもとめたりしながらさまざまな国民・ピープルが移動することになる。このような移民の時代に対応するためには、英語のスキルだけでなく多文化主義の理解も必要なのであって、言語政策には以下のことがもとめられる。"Properly managed language policy can help to ensure that English can be taught effectively and incorporated into society without having a negative effect on the first language, culture and local identity of the learners of English"（King 2)。それは、英語を母語としない人びとの第一言語や文化、そしてその学習者たち個人のローカルなアイデンティティにネガティヴな作用をおよぼすことなく、英語がそうしたさまざまな移民たちを含めた学習者に効果的に教えられ社会の一員として受け入れられるようにすること。

「英語だけでは十分ではない」という考えの理由について念のためにもう一度確認しておくなら、つまり、英語と多言語主義の両方を理解する必要性があるのはなぜかあらためて考えなおすなら、それはEnglish as a lingua franca をめぐる混乱を確認すると同時にその混乱を是正することになるだろう。

> It seems just a small step from recognising the importance of English as a lingua franca to supposing that "English is enough". The difference, however, is critical. English will not replace the world's languages and the dominance of English does not obviate the need for other languages. On the contrary: the world is likely to become more not less multilingual.（King 22 下線筆者）

English as a lingua francaと「英語だけで十分だ（English is enough)」という考えとは同じではない、そして、両者の違いには、世界中の言語に英語が取って代わるということもなければ英語が備える支配的な力によってほかの諸言語が無用にもならないことが、示されている。われわれが生きる世界の多言語状況とはそういうものだと適切に考え直すことによって、English as a lingua franca をめぐる勘違いあるいは混乱は、そしてさらに、この混乱の結果として生じる「いまだ解決されざる英語とナショナルな言語との関係をどうとらえたらいいかという目下の問題（a number of unresolved questions about the relationship between English and national languages)」（King 22）は、解消されなければならない。学校で学ぶ言語の選択においてとりわけ好まれているのはなにか調べてみると、ナショナルな言語から英語へスイッチする例が、近年幅広くしかも急速に起こっている。これにはいくつかの理由が考えられるしその要因として教師の資質はとりわけ無視できないものだが、こうした例が示す教育状況は、きわめて深刻な問題だ、とされる。そうした選択を好んでおこなう学習者・生徒・コドモたちは、diversiryすなわち多様性への志向として英語を母語としない人びとの第一言語や文化・アイデンティティへの考慮・配慮または共感・想像力の欠如という点で、深刻な問題となる。「グローバル教育」時代の「語学学習」という観点あるいはグローバル・シティズンシップ教育としての英語教育の立場からするなら、世界のグローバル化に対応した立派な市民・シティズンを育成した誇るべき成果をあらわす状況とはけしていえないだろう（King 22）。

以上のように冷戦終結とEU発足がみられた1990年代の多言語主義・多文化主義または複言語主義とはかなり違った様相で多言語主義が新たに勃興しているようなのだが、それとはさらに別に多言語主義の問題が議論されていることにも注意しよう。そこでは、単一言語主義（monolingualism）の肯定的価値を、ナショナリズムや土着言語をもとにした共同体論（vernacular cosmopolitanismも含むような）によって、探り直す動きも再来してきている。それは、また、旧来の多言語主義と単一言語主義の価値評価がより複雑なやり方で再検討されるだけでなく、多言語主義の概念あるいはその概念化自体の根底にあるリベラリズム／liberal democracyの価値観・イデオロギー性が歴史的・地政学的に再吟味される契機へと開かれているようにも思われる。[1]

圧政や戦争を逃れて国外脱出する移民・難民でもなくまたグローバル、トランスナショナルに移動することによって中産階級への階級上昇を願望する移民、学歴・キャリアの機会をもとめて先進国等に居場所を見つけるmiddling migrantでもないような、「外国人労働者」とも呼ばれたりする移民集団の存在に注目して、多言語主義の問題をとらえてみよう。そうした個人・集団は、国連や市民社会モデルにおいて再注目されているNGO・NPOのような中間団体による人道主義が支援の対象とするものやグローバル・シティズンシップ教育が教えのターゲットとする学習者（立身出世・成り上がりつまりambitiousというよりは、高い目標を目指す・意欲的なつまりaspiringな人材）よりも、実際にはみえていたり社会問題として取り上げられたりすることはあっても教育や政策においては注目される有望な対象としてはみえていない不在存在といえるかもしれない。

実際には、多言語状況にあるにもかかわらず日々の生活においては単一言語主義がまかり通っている例として、二つの極端な場合を、簡潔に説明する便宜上、考えてみよう。たとえば、英国の行政官が、大英帝国の植民地であった香港に居住していて、言語を使用したさまざまな業務の処理をする際に、かたくなにというよりはもっぱら当然のごとく英語でおこなうといったことがあるとする。しかし、ここで考えてみたいのは、こうした英国人の単一言語主義的な英語使用の対極にある多言語状況である。かつての「召使」・「奉公人」ではなくdomestic helpersと呼ばれる（日本語的には）家政婦・お手伝いさんの場合である。フィリピンやインドネシアからdomestic helpersとしてシンガポール、香港、台湾、そして日本に移動し毎日の生活を送る労働者たちは、彼らのnative languagesにかかわらず雇い主の言語（their employers' languages）——この場合考えられるのは中国語や日本語あるいは／および英語か（？）——を知っていることが要求される、毎日の業務が滞りなくおこなわれるように機能するのに十分に。このような場合に起こっているのは、実は十分にその存在が可視化されない多言語状況・単一言語主義による多言語主義の抑圧ではないか、なぜなら、雇い主の言語とりわけグローバル・イングリッシュは、そのコミュニケーションのための言語とは差異化され区別されて不在のかたちで存在しているかもしれない彼ら自身の言語と葛藤・クラッシュ・行き違いの可能性を孕んでいるからだ。してみるならば、旧来の多言語主義と単一言語主義の二項対立や価値評価は、より複雑なやり方で再検討されなければならない、というのは至極当然だろう。[2]

さらにもうひとつ本論の議論にそって付け加えておかなければならない、多言語主義をかかげて、グローバル・イングリッシュとその単一言語主義を再考し修正しようとする動きは、英語教育の分野のみならず、英文学の分野でもみられるということを。グローバル・イングリッシュあるいはEnglish as a lingua francaが措定しているグローバルなコミュニケーション・ツールとしての英語という概念化は、英語という言語と文学・文化との関係を探求する研究・教育の観点から、当然ながら、より先鋭に問題化されることになる、といってもいい、たとえば、本論の註ですでに言及した*PMLA*の特集号のいくつかの論考、特に、Rebecca L. Walkowitzの論文とそれに関連する既発表の仕事。

本論は、シティズンシップの英文学とみなすことができるWalkowitzの提案を、批判的に考察する。そこで提案されるシティズンシップの英文学は、端的にいえば、ナショナルな空間・国家に居場所をみつけられずグローバルに移動する移民たち・難民たちも含むような他者に対して、ある意味、意識高くリベラルな歓待・おもてなしを提供するシティズン・市民の理念または法・政治制度（civic hospitality）の現実をふまえながら、さらにその理念・現実に、想像的にも、対応する大学・教室での理論と実践について議論している。言い換えれば、Walkowitzの英文学は、シティズンシップ教育を21世紀のアメリカのグローバルな歴史状況でとらえる立場に拠ったうえで、English as an additional language（追加言語としての英語）の戦略的な使用を通じて英文学を拡張しようとするものであり、かつまた、その拡張は英語教育さらには大学教育の再編をも企図するものである。こうして、本論の批判的考察の作業は、最終的には、イングリッシュ・スタディーズの再編に向けての覚書となるだろう。

2. English as an Additional Language と シティズンシップの英文学

Walkowitzの議論において、“English as an additional language”は、“English as a second language”と“English as a foreign language”との差異・対立を乗り越え解消するものとして提案されている。“English as a second language”というタームによってあらかじめ想定されてしまっているのは、英語という言語の資質・能力が潜在的なかたちであれ生まれつき備わっている——つまり、彼らにとっては「外国語」ではない——学生たちがいる、そして、複数の言語を学ぶときには順番というものがあって理想的には彼らが最初に学ぶはずのものは英語なのだ、という考えだ。それは、母語以外にさまざまな言語に出会い習得するという経験をするとしても、英語こそが最初の言語でありそれは最良のものだという暗黙の想定。他方で、米国ならびにほかの英語の使用が支配的な国々で "English as a foreign language"と呼ばれる英語クラスはその受講者の対象として来訪者、移民、外国人労働者、あるいは、一時的な滞在者を設定している。このように英語を外国語として学ぶことになる受講者たち・学生たちにとっては、いうまでもなく英語は母語ではなく、一般的に彼らは「米国市民・住民（United States citizens or residents）」には含まれない。端的にいって、"English as a second language"はシティズンシップあるいはシティズンとしての権利が付与される集団に向けられたものであるのに対して、"English as a foreign language"は、いまのところまだ、シティズンシップが法的ならびに文化的に付与・承認されていない集団を対象として、これまで教育・研究されてきた（Walkowitz "English as an Additional Language" 943）。

これまでのところ、米国の大学は、Walkowitzが批判的に言及するように、多言語状況におかれた学生たちに対して、暗黙のうちに単一言語主義の前提を当然のこととして受け入れたまま、英語を教えてきた、その学生たちは英語以外の母語や複数以上の言語を話し、書き、読むような経験と教育を受けてきたにもかかわらず、である。そのようにして、「留学生（foreign students, international students, or students of English as a second language）」とよびならわしてきた学部生や大学院生に英語を教える数多のまたどんどん増加するクラスやコースが存在してきたのではあるが、そこでは、多言語主義が実は存在しているにもかかわらずそれへの配慮がなされることなく単一言語主義の教育が実践されてきたのだ、と（Walkowitz "English as an Additional Language" 943）。

以上あらためて振り返って確認した英語のlearningとteachingに関する格差や序列がある状況を問題にしてその解決に向けて提示された概念が、Walkowitzの"English as an additional language"であり、母語ではなく外国語として英語を学ぶ学習者・来訪者をリベラルで多言語・多文化主義的なコミュニティにおいて歓待・おもてなしを提供するイングリッシュ・スタディーズの教育・研究プログラムにそれは向けられている。まずは、言語教育としての英語教育のアプローチを、特に、second language teachingのそれを変革することが要請される。具体的には、シラバス、カリキュラム、クラス分け、修了要件、教師と学生の関係にかかわるクラス運営のデザイン、そしてまた、寮生活、学生サーヴィス、入学、学部、大学院の設備が、改訂されること。そして、Walkowitzは、"English as an additional language"の導入がもたらす三つの概念的・歴史的・政治的恩恵をリストアップしたうえで、英語の知識に関して実際に存在している多様性を認めそれらに対応しうるような大学共同体における多文化主義の現在と未来への高邁な望みを、次のように、まとめている ――"English as an additional language" dissolves this pejorative dynamic, which has been central to English-language education, because it values socially and intellectually the present and aspirant multilingualism of the university community. It is therefore crucial to any project of social justice and equity on campus"（Walkowitz "English as an Additional Language" 943-44下線筆者）。ここに提示されているのは、大学キャンパスの英語教育でなされる格差・序列問題を解決・解消するプロジェクト（project of social justice and equity on campus）の青写真とその根底にあるリベラリズムの価値観にほかならない。

リベラルな多言語主義に基づく歓待・おもてなしにおいては、「学生たちがある言語を知っているのかそれとも知っていないのかという考え」から大きく旋回・転回し、「相対的な知識という考え（the idea of relative knowledge)」すなわち「あらゆる学生はある言語の知識をもっているとともにその知識が欠如しているようなコミュニティ・言語共同体」が代わりに考えられることになる、とWalkowitzは述べている。学生たちはそれぞれ、スペイン語やアラビア語、クレオール語、広東語、英語さらにはそれまでに学んだ言語ならどれでも、知っている。しかしまた、彼らは言語を知らない、なぜなら彼ら個人がそれまで学んだ以外の他の学生やメンバーが話す数多くの言語の潜在的な学習者でもあるからだ（Walkowitz “English as an Additional Language” 943-44）。そうした多言語状況の経験は、英語を最初に学んで知っている米国人の学生・教師も、変わらないはずだ。

> Every student is a language learner: this needs to be the new baseline. In an open and inclusive community, language education is not just for foreigners or visitors and not just for those who did not learn English at home; it is for everyone. For those of us who start with English, we need to reach out as well as draw in. We also need to acknowledge that the local is already global, already full of languages and versions of languages.（Walkowitz “English as an Additional Language” 943-44 下線筆者）

ここでは、すべての学生が平等（equality）というよりは公正・公平（equity）なかたちで共同体に受け入れられ言語を学ぶ存在（Every student is a language learner）となる、すなわち、英語を母語とする者であれ外国語として英語をすでにある程度知っているまたはほとんど知識をもたずにクラスで学習する留学生であれ、すべての学生が多様性に特徴づけられそれぞれ異なる出発点・状況があることを十分に顧慮されながらその存在を承認され迎え入れられる言語学習者である、とされる。

このように構想・概念化されたEnglish as an additional languageとシティズンシップの英文学との関係は、それでは、いかなるものか。Walkowitzのプログラムは、civic hospitality とsocial justiceに根っこをもちそれらを基盤とする新たな英語教育においてその開始が示される、と同時に、最終的にそれが新たなイングリッシュ・スタディーズとなるために、シティズンシップの英文学が重要な役割を果たすことになる、このことに注意しよう。端的にまとめるなら、多言語主義が付加される英語教育のさらなる増大にともなう英文学の縮小・ヒューマニティーズの棄却というよりは、むしろ、グローバル・シティズンシップ教育と密接に連動しつつそのコアの部分を占めるような英文学の拡張・拡大と大学教育自体の再編によって、その関係が語られているようだ。

> We cannot expand what we teach and what our students read in our classrooms without promoting a more robust engagement with the languages that operate both within and across literary histories.（Walkowitz “English as an Additional Language” 942 下線筆者）

> In this brief essay, I ask two principal questions: What language capacities must we cultivate if we hope to expand the range of literatures our students encounter? How do we revalue the languages we know and the additional languages our neighbors know?（Walkowitz “English as an Additional Language” 942 下線筆者）

これからの拡張された英文学では、一見すると英語や英語翻訳だけを使用したようなナショナルな英文学の場合でもその内側で、そしてまた、外側すなわち国家の境界を移動・横断して編制・構成された世界文学でも、英語にかぎらず英語とは異なるさまざまな言語により断固として関与すること、すなわち、多言語主義へのコミットメントが求められる。英文学その他の授業・クラスで教師が教え学生たちが読むことになるのは、リベラルなシティズンシップによって開かれた多種多様な文学史、英語という言語の支配的様態がすぐに完全に消滅することは、理念的にはともかく実際的には、ないにしても、現在に存続する資本主義世界において生産・消費されるべく流通するグローバルでトランスナショナルとなるはずの文学の歴史となる。

シティズンシップの英文学の拡張は、すでに、Walkowitzの “Less Than One Language: Typographic Multilingualism and Postanglophone Fiction.”（2021）において含意されていたことでもある。英語圏文学・英語文学以降をあらわすPostanglophone Fictionといった概念化の試みが示すように、もはやいかなる文学史もひとつの言語で十分とはいえないのであり、また、いかなる言語（の学習）もひとつの言語で成立することは不可能だ。とするならば、英文学だけでなく英語教育の理論・実践においても、単一言語主義の制約をとっぱらい多言語主義の原則に基づいて拡張することが必要なのだ、と。

> Literary history can't be all in one language. We've heard that by now. But language can't be all in one language either. The monolingual unit has constrained our approach to literary histories of the past. We have the opportunity to consider what literary histories should look like in the future. We can begin by changing how we count, distinguish, value, and teach languages. The recent movement in Writing Studies and Sociolinguistics from teaching "English as a Foreign Language" to teaching "English as a Second Language" and now to teaching "English as an Additional Language" signals one key effort to recognize the simultaneity and relativity of language knowledges and the presence of intralingualism within national cultures. (Walkowitz "Less Than One Language" 114)

Walkowitzによれば、ライティング研究や社会言語学の分野でも、いかなる英語を教えるべきかをあらわすキーワード（monikers）が、"English as a Foreign Language"から "English as a Second Language" へそしていまや "English as an Additional Language"に注目する動きがみられる、という。つまりは、英語を学ぶことが最初であるべきでベストなことだといったような序列に束縛されることはなくなりつつある。

> The change in monikers reminds us that we are all English language learners. But it also reminds us that being an English language learner isn't enough even for fluency in English. (Walkowitz"Less Than One Language" 114)

そして、われわれはみんな英語学習者ではあるが、だからといって、英語だけを学ぶだけでは十分とはいえない、また、英語を流暢に使用するスキルを身につけるにもそれはあてはまる、という状況に現在の米国はある、ということになる、Walkowitz "English as an Additional Language"の議論およびヨーロッパ評議会の枠組みにのっとった英国の英語教育の現状分析にもみられたように。

以上が、大学教育におけるあらたなイングリッシュ・スタディーズの再編をも志向するWalkowitzの多言語主義の提案、あるいは、English as an additional languageを活用するシティズンシップの英文学の理論的枠組みと実践上の原則である。本論は、次の最終セクションで、具体的な作家・作品あるいはさまざまな翻訳・メディアを横断しながら（再）生産されグローバル／ローカルに流通するテクストについての考察や議論を続ける代わりに、Walkowitzが提案するプロジェクトの概念化について、ごく簡潔に、批判的吟味をおこなう。彼女が概念化に使用するsocial justiceとequity——"It is therefore crucial to any project of social justice and equity on campus"（Walkowitz "English as an Additional Language" 943）——を、近代西洋あるいは英国由来にして21世紀現在のグローバルな資本主義世界になおも強力なソフト・パワーとして存続するリベラリズムのキーワードとの関係において問うてみたいからだ。[3] このような手続きは、英文学の拡張というよりはイングリッシュ・スタディーズの再編に焦点をあてる本論の立場において、また、モダニティ以降の歴史的展開・転回であるグローバル資本主義世界のすなわち21世紀現在の英文学（または英語文学・文化）と言語教育としての英語教育の両方をとらえる試みにおいて、ぜひ必要なことだと思われる。

3. English Studies の再編に向けて

米国の大学・キャンパスや学会などの教育・研究の空間では、「多様性、公正・公平そして包摂（diversity, equity, and inclusion, or DEI）」といった諸価値の拡散・共有をさらに改善するために、単一言語主義の使用や実践については差し止め命令を発しているのだろうか。[4] こうしたナイーヴともいえる問いをたてるとして、まずは、Rey Chow "The Jargon of Liberal Democracy."（2023）の鋭い批判とともに、多言語主義という「人間の顔をした単一言語主義」、あるいは、シティズンシップの価値観の推進を掲げcivicな装いをこらしたグローバルな単一言語化（monolingualization）のイデオロギーを注意深く、再度、吟味してみよう。

> There is something perplexing about the term monolingualism. In an academy increasingly oriented toward the injunction to improve diversity, equity, and inclusion, or DEI, the mention of monolingualism tends to be an occasion for virtue signaling. The term is usually brought up pejoratively as an example from a cluster of evils, which encompass terms such as *man*, *whiteness*, *empire*, *English*, *heteronormativity*, *cissexism*, and so forth, all of which connote exclusion, suppression of diversity, and inequity.（Chow 935）

なるほどたしかに、単一言語主義というタームが通常出てくるときには、英語中心主義が帝国主義・白人男性異性愛中心主義やトランスジェンダー差別等々とともに一群の社会悪（a cluster of evils, which encompass terms such as man, *whiteness*, *empire*, *English*, *heteronormativity*, *cissexism*, and so forth）の例として、否定的に、語られることが多い、そして、このようにひとまとめにされた社会悪の数々は、公共善の価値を有するDEIの正反対にあるもの、つまり、排外主義・多様性の抑圧・不公正・不公平を内包・含意する（Chow 935）。

だが、Chowの鋭い洞察に示されているように、単一言語主義は、一群の社会悪とは別のかたちで存在していることを、それと気づくのはなかなか難しく面倒ではあっても、とらえる必要がある。

> Unlike the other evils mentioned, however, monolingualism carries within it a mathematical indicator and thus a scene of calculation: it is a discourse, an ism, of oneness. What exactly does mono mean in this instance? How is this counting, enumeration, and rationalization of one—of treating a language as a discrete entity—accomplished? More important, for whom and under what circumstances does the use of a certain language become a de facto process

of monolingualization, of oneness production?（Chow 935 下線筆者）

その別のかたちの存在とは、モダニティという条件あるいは近代資本主義における「合理化（rationalization）」や「物象化（treating a language as a discrete entityすなわちreification）」のプロセスを、英語を中心とする諸言語の序列にあらわれた事態に見出すものである。あるいは、Chowが別の箇所で「商品化（commodification）」（Chow 937）に言及し「広告（advertising）」（Chow 939）について論じているところによりその存在のあり様が端的にとらえられているかもしれない。米国における選挙権が候補者として出馬する政治家のキャンペーン広告や放送時間確保のための基金を用意する企業の利害とそのロビー活動によって無効化される例も挙げながら、単一言語主義と広告とが、現実の社会に存在している支配・被支配の諸関係を神秘化するイデオロギー機能をはたしている点で、似ているのだ、とChowは指摘している（Chow 938および939)。単一言語主義が簡単に理解するのが面倒なくらいかなり厄介なかたちで作動・機能している――"There is something perplexing about the term monolingualism（Chow 935）――のが、グローバルなメディアとしての「インターネットの時代（the era of the Internet)」とされる21世紀の現在だ、ということである。[5]

そして、このような単一言語化のイデオロギーを批判的吟味する際に取り上げるべきものが、liberal democracyとその概念をめぐるキーワード・イメージたとえばグローバル・シティズンシップ教育におけるDEIにほかならない。それらは、とりわけ、シティズンシップやリベラリズムの重要な部分をなすliberal democracyは、実質的な政策としては空虚でありながらサウンド・バイトとしては使える、そして、一般の市民たちにとって、なんとなく意味のあるものとして肯定されインターネット上でついクリックしてしまうような「ジャーゴン」となっている、つまり、物象化・商品化のイデオロギーを担っている、と考えられるからだ。

liberal democracyがグローバルなメインストリーム・メディアで流通するとき、どのような一群の二項対立が（再）生産されるか。善の極に*freedom*, *democracy,* and *human rights* があり、悪の極に*threat*, *theft*, *repression*, *authoritarianism*, *dictatorship*, *stifling of dissent, violation of freedom*, and *abuse of human rights*が配置されるのだが、それはうんざりするほどの既視感がただようおなじみの光景かもしれない。Chowによれば、中華人民共和国、北朝鮮、ロシア、イラク、イラン、ニカラグア、ヴェネズエラ、キューバの諸文化が後者の否定的な一群の概念・イメージによって報道・リポートされる。英語使用者たちにとってのこうした常套句は、一方でliberal democracyの理想・理念のヘゲモニーを示唆するが、他方、米国帝国主義に強烈かつ長きにわたる敵意・敵対を示してきたグローバル・サウスにとっては、言説レヴェルにおける一種の帝国主義でしかない。ひょっとしたら、ここにみられるのは、モダニティという条件に規定されて歴史的に展開・転回してきたグローバルな資本主義世界における、ヨーロッパ・米国を中心とする諸先進国と新たに先進国として台頭してきている諸国家・いまだ開発途上にあるとされる諸貧困国との分断と、現在のところ、いわれているものかもしれない。

英語使用者たちの／シティズンシップによるグローバルな共同体のなかでも米国のヘゲモニーの可能性の条件とはなにか。それは、近代ヨーロッパのリベラリズムの伝統を継承した米国の政治文化またはソフト・パワー、かつまた、そうした文化を物質的なレヴェルでグローバルにささえるメディアや機構の存在かもしれない。グローバルな文化・経済の観点からすれば、現代の資本主義世界に流布するニュース・ソースとなっているのは、ある種の転倒した全体主義におけるような独占・寡占を享受しているきわめて少数の多国籍メディア企業であるのと同時に、国家間（または地政学的な）政治の観点からするなら、米国のプロパガンダ機構（the Pentagon, the White House, and the Central Intelligence Agency with its funding proxies such as the Committee for Free Asia, the National Endowment for Democracy, and the Chinese Affairs Center）の優勢も、否定できない（Chow 938）。

米国の政治文化またはソフト・パワーは、分断された世界・社会の現象としては、次のように、たとえば「人権（human rights）」に関しては出来し、われわれによってまたは各個人によって経験される。[6]

> …such jargon, instead of being torn asunder, typically survives intact in the midst of the bloodiest of contradictions. Like the resurrection of Jesus, the sound bites of the sanctity of the right to vote, freedom of speech, personal liberties, democracy, human rights, and their likes keep returning to life even as empirical events nail them out of existence.（Chow 939）

中国その他の諸国の場合とは違い、一群の悪の価値を付与される残虐な行為を加害者としておこなうのが米国とその同盟国の場合、ダブル・スタンダードによってそれらはなんだかよくわからないうちに不可視化されてしまう。ここでは、ジャーゴンの作用・機能が人権侵害の極悪の内容を空洞化・無効化する理想化された形式の力として経験されることになる、とChowは指摘している。言い換えれば、実のところ内容と形式が引き裂かれているliberal democracyのジャーゴンは、諸矛盾を抱えているにもかかわらず何ら問題なく存在し続けるということがあたりまえのようにおこっているのだ。こうして、選挙権・言論の自由・人身の自由・民主主義・人権その他のサウンド・バイトあるいは中身・内容を必ずしもともなわない空虚なスローガンが、奇妙な神聖さを帯びて、何度でも命を長らえ存続することが可能となる、たとえ内容を構成するはずの幾多の経験上の事件・残虐行為がそのジャーゴンの存在を木っ端みじんにするように暴き出すとしても。それはまるで人類の罪を自らの命によって贖ったイエス・キリストの復活のような反復の形式をとるとChowは述べているが、その比喩形象は、あるいは、最後の審判という歴史物語のエンディングにおけるイエスの再臨の約束というスピーチ・アクトのパフォーマンス性（performativitiy）によって、より適切に、概念化できるかもしれない。ジャーゴンのイデオロギー作用すなわち物象化・商品化が米国の政治文化やソフト・パワーとしてもつ力をあまり軽々に受けとめてはならない、ということだ。

Chowは、“The Jargon of Liberal Democracy.”（2023）において、多言語

主義の衝撃というよりは混乱、あるいは、単一言語主義が隠蔽し可視化するのを容易にはさせないイデオロギー作用を指摘し問題にした、といえる。liberal democracyの設定するテロス＝目的＝エンディングに向かって一直線に進む運動を強迫的に駆動する空虚な反復・再臨の形式すなわちそのスピーチ・アクトのパフォーマンス性・レトリックは、単一言語主義のひとつのヴァージョンとして、「単一の物語」を繰り返し語り続けるというかたちでたちあらわれる巧妙かつ強力な力――"a power that manifests in the repeated telling of 'a single story'"（Chow 939）――にほかならない。してみれば、この混乱またはイデオロギーについて解決策をすぐに提案することは、なかなか困難ではある。liberal democracyの解釈において見出されたジャーゴンによる物象化・商品化に注意深くかつまた適切なやり方でアプローチしそのイデオロギーに敵対するだけでなく転倒する効果的対応を理論的・実践的におこなう必要があるはずだからだ。日本ならびにユーラシアを含むグローバルな教育現場または資本主義世界の教育・研究の空間における英文学は、かたちを変えて繰り返し幾度となく語られつづけるliberal democracyの「単一の物語（"a single story"）」（Chow 939）とその単一言語主義を歴史的にそしてグローバルにリーディングの対象・標的とし、そして、それをクリティカルに解釈することによって再定義することが、ひとつの意味のあるやり方として、可能かもしれない。だとするなら、ひょっとしたら意外なことに、そうした理論・実践を未来に向けていま思考・想像するうえで重要な機能を果たし役割を担うのが、リーディングの問題、つまりは、英文学のリ・デザインとイングリッシュ・スタディーズの再編ということになる、本論が暫定的にだが強力に主張したいのはこれだ。

問題は結局のところ、英語言語によるものを含む英文学のリーディングについてどのようなティーチングの実践を教育現場である教室において提供するか、コドモたちがいかなるやり方で英文学のテクストを解釈することを学んだらよいのか、ということになるだろうか。たとえば、以前すでに大田信良「『読むことのアレゴリー』と倫理の問題／『エコノミーにおける転換』」で論じたことであるが、リーディングの問題として、次のようなことを考えてみたらどうなるか。ルソーの教育論とされるテクスト『エミール』のなかに唐突にまた不思議なことに宗教的なサブテクストとして『サヴォワの助任司祭の信仰告白』が挿入されているが、このサブテクストについてどのような読みの行為ができるか、ポール・ド・マンが明らかにしたのはいったいなんだったのか。

> 『信仰告白』のようなテクストは、根本的に相容れない一組の主張に行き着くという意味で、字義どおり「読解不可能」と呼ぶことができる。と同時にまた、この一組の主張は、たんに中立的で事実確認的な（constative）陳述・言明などではない、換言すれば、それらはたんなる言明・言表から行為へと移行するよう要請する勧告的な遂行行為（performatives）なのだ。それらはわれわれに選択を迫りつつもいかなる選択をしようともその基盤を破壊してしまう。こうした主張・陳述は、その判断力が確か（judicious）でもなければ公正（just）でもありえないような裁判による決定（a judicial decision）のアレゴリーを語っているのだ。…… そこで決定された評決・判決は、自らが有罪として宣告した罪を、自らも反復している。（de Man 245）

イデオロギーの形式分析としてとらえることができるド・マンのリーディングは、言語・テクストの内容というよりはその形式・レトリックと読解不可能性が孕む力が、理論的に理解・判断することにかかわるのみならず、選択・決定をともなう実践・行為をも突き動かす事態を、提示する。言い換えれば、読むという行為は、世俗化が進行・転回し18世紀末の「近代化」、20世紀初めの「大衆化」をへていずれ21世紀現在のグローバル化にいたる資本主義世界の支配的なイデオロギーを無批判に受け入れることに通じるだけでなく、そうしたイデオロギーによって再生産され持続することができている政治的・経済的制度を「転倒」する改変や変革にも通じる法的な次元・審級と分かちがたく結びついている、その意味で、「読むことの不可能性」をあまり軽々に受けとめてはならない（de Man 245)、ということだった（大田 42-43)。

あらためて本論の批判的吟味に立ち返ってみるなら、WalkowitzのEnglish as an additional languageという提案は、実のところ、多言語主義の装いをこらしながらも、グローバルに支配的な言語として現在存在し流通している英語の単一言語主義ではないか。また、Walkowitzの提案に含まれるfuture readingと呼ばれる文学解釈・リーディングは、グローバル・イングリッシュと呼ばれ批判も受けてきたものを「生まれつきデジタル（born-digital）」・「デジタル・ヒューマニティーズ」が喧伝されるいまの時代にパッケージし直したうえで再生産させるとともに米国のヘゲモニーを20世紀に続いて今世紀も存続することを目論むものではないか、ソフト・パワーとしての英語をさらにフレクシブルに拡張し戦略的に使用することによって。これまでの批判的考察が示唆するのは以下のことだ。Walkowitzが提案するようなシティズンシップの英文学とfuture readingは、ナショナルなピープルのための読み換え・書き換えが必要とされるのではないか。このネーション・ピープルの英文学による再提案とは、すなわち、新たなイングリッシュ・スタディーズの再編に向けたシティズンシップの英文学のリ・デザインにほかならない。[7]

Notes

※ 本論は、「English as an Additional Languageとシティズンシップの英文学――English Studiesの再編に向けての覚書」『津田塾大学紀要』56（2024）: 95-113. として発表したものに、加筆・修正をほどこしたものである。

［1］21世紀米国の新たな多言語主義の衝撃とその反応については、2023年の*PMLA*が特集“Monolingualism and Its Discontents”を組んでいる。Cannon and Koshyによるゲスト・コラム“Introduction to ‘Monolingualism and Its Discontents’”を参照のこと。

［2］これらの具体的な例については、Rey Chow, *Primitive Passions: Visuality,*

Sexuality, Ethnography, and Contemporary Chinese Cinema. Columbia UP, 1995.および *Not Like a Native Speaker: On Languaging as a Postcolonial Experience*. Columbia UP, 2014.をふまえ復習・確認の作業として同著者"The Jargon of Liberal Democracy"（2023）の導入部で提示された議論におっている（Chow 935-36）。なお、現代資本主義世界における米中対立によって語られることの多い世界・社会の分断、グローバルなメディア等で再生産され流通するliberal democracyと中国の専制主義（autocracy）との齟齬、そして香港のマイナーなメディアをめぐるより緊急かつシリアスな例については、"The Jargon of Liberal Democracy"の本文を参照のこと。

[3] 1990年代のネオリベラリズム第二段階期にみられた18世紀以前に遡る市民社会論の装いをこらした復活やその教育理念の部分をなすグローバル・シティズンシップ教育と密接に関連するcivic hospitalityについてそしてまたシティズンシップと文学・文化研究との関係については、ここでは省略するとはいわないまでも括弧にくくったうえで議論を続けたい。

[4] ある意味で理想の大学共同体の「外部」——キャンパスの持続可能な存続を現実のレヴェルでいわば下支えしているものの必ずしも可視化されない労働を含む——における生産過程や流通ネットワークの現場においては、英語をトップに据える諸言語間の公式の序列によって日々の生活や労働において個人が直面する多言語状況下での複数言語のやり取りを消去してしまう単一言語主義の力の働きを、主観的には、経験するような労働者の個々人が存在するのだ。

> …the claim of monolingualism is … a surface effect of official linguistic hierarchization that nonetheless cannot erase an inherently multilingual situation with multilingual speakers in everyday interactions. For the occupied natives, migrant workers, domestic servants, manual laborers, and other comparable service providers, there is no such thing as monolingualism: their (subjective) experiences are always bi- or multilingual even when they must speak the dominant language of the occupying power, the employer, and the employing country. For the same reasons, it should be stressed, bi- or multilingualism is for them not necessarily a liberatory or democratizing virtue.（Chow 936）

Chowによれば、こうした「外部」の空間で日常生活を送るピープルにとって、バイリンガリズムや多言語主義は、必ずしも言語のレヴェルにおける解放や民主化の助けとなる対抗的な力とはならない。

[5] Chowの論考における結論は、以下のとおり――Clearly, this one-way language and the pervasive dissemination of its monolingualizing effect connotations should be made part of any debate about monolingualism.（Chow 939 下線筆者）。

[6] 具体的な言及については、以下を参照のこと。

> In the case of the jargon of liberal democracy, no matter how frequently atrocities are committed and destructions unleashed, the advertising impetus typically obfuscates them with a double standard when the perpetrator happens to be the United States or one of its allies. Thus, for instance, we seldom read about the French government's brutal crackdown on protests by the gilets jaunes ("yellow vests"), even as we were regularly apprised of Beijing's "authoritarian" and "repressive" squelching of democracy in Hong Kong. In the case of India's disastrous handling of COVID-19, we seldom heard charges against the Modi regime's "violation of human rights." As some commentators on the Chinese-language media have suggested, had pandemic corpses been floating down the Yellow River rather than the Ganges, the accounts would have been decidedly demonizing. And in Israel's airstrikes against Palestinians in the spring of 2021, we hardly ever heard denunciations of Israel's "violation of Muslims' (Palestinians') human rights," the way we kept hearing about China's violation of Muslims' (Uighurs') human rights in the Chinese Province of Xinjiang.（Chow 939）

[7] 21世紀みんなの英文学としてのピープルの英文学と新たなイングリッシュ・スタディーズの再編のプロジェクトは、筆者個人だけでなく、すでに既刊・発表済みの以下の二冊の論集において集団的なかたちでも遂行されている。菊池かおり・松永典子・齋藤一・大田信良編著『アール・デコと英国モダ

ニズム——20世紀文化空間のリ・デザイン』（小鳥遊書房、2021）および髙田英和・大道千穂・井川ちとせ・大田信良編著『ブライト・ヤング・ピープルと保守的モダニティ——英国モダニズムの延命』（小鳥遊書房、2022）をみよ。また、この集団的プロジェクトにふくまれる大谷伴子『ショップガールと英国の劇場文化——消費の帝国アメリカ再考』（小鳥遊書房、2023）も参照されたい。

Works Cited

Cannon, Christopher, and Susan Koshy. "Introduction to 'Monolingualism and Its Discontents'." *PMLA* 137.5 (2023): 771-78.

Chow, Rey. "The Jargon of Liberal Democracy." *PMLA* 137.5 (2023): 935-41.

---. *Not Like a Native Speaker: On Languaging as a Postcolonial Experience*. Columbia UP, 2014.

de Man, Paul. *Allegories of Reading: Figural Language in Rousseau, Nietzsche, Rilke, and Proust*. Yale UP, 1979.

Elhariry, Yasser, and Rebecca L. Walkowitz. "The Postlingual Turn." *SubStance* 50.1 (2021): 3-9.

King, Lid. *The Impact of Multilingualism on Global Education and Language Learning*. Cambridge Assessment English, 2018.

Sierens, Sven. and Piet van Avermaet. "Language Diversity in Education: Evolving Multilingual Education to Functional Multilingual Learning." Eds. David Little, Constant Leung and Piet Van Avermaet. *Managing Diversity in Education: Languages, Policies, Pedagogies*. Multilingual Matters, 2013. 204-22.

Walkowitz, Rebecca L. "Less Than One Language: Typographic Multilingualism and Postanglophone Fiction." *SubStance* 50.1 (2021): 95-115.

---. "English as an Additional Language." *PMLA* 137.5 (2023): 942-50.

大田信良「『読むことのアレゴリー』と倫理の問題／『エコノミーにおける転換』」一橋大学大学院言語社会研究科2018年度紀要『言語社会』13（2019）: 38-50.

第9章

グローバル・ブリテンの文化？
――ブレグジット以降の英国とユーラシア

大谷 伴子

本論は、英国政府が発表した『競合時代におけるグローバル・ブリテン――安全保障、防衛、開発および外交にかかわる今後の政策方針に関する統合レヴュー（*Global Britain in a Competitive Age: The Integrated Review of Security, Defence, Development and Foreign Policy*）』にかかわる、二つの論考を取り上げる。一つ目、ロビン・ニブレット『分断された世界におけるグローバル・ブリテン――「統合レヴュー」に提示された野心の真価を問う（*Robin Niblett, Global Britain in a Divided World: Testing the Ambitions of the Integrated Review, Research Paper*）』は「統合レヴュー」の意味・価値を吟味したものであり[1]、もうひとつ、ブリティッシュ・カウンシル発行『グローバル・ブリテン――英国ソフト・パワーの優位性（*British Council, Global Britain: the UK's Soft Power Advantage*）』は「統合レヴュー」でも特化された英国の「ソフト・パワー」に注目して英国の将来のヴィジョンを検討したものである。

そもそもグローバル・ブリテンと冠した「統合レヴュー」が発表されたのは2021年3月だが、それは、2016年の国民投票による離脱決定、その後の交渉・移行期間を経て、英国がEU＝欧州連合から「正式に」離脱した2020年末ののちであり、EU離脱後の英国の未来に関して政府が公式にそのヴィジョンを、グローバル・ブリテンとして、提示したものということになる。グローバル・ブリテンとは、多極化がさらに進行する21世紀において経済的･地政学的重心をインド･太平洋に移動すること、すなわち、「インド・太平洋への傾倒（The Indo-Pacific tilt）」（HM Government 66）ととらえるのが、まずは、理解しやすいのかもしれない[2]。ただし、その実態はもう少し込み入っていて、ヨーロッパ（さらにはユーラシア）との関係をも、視野にいれて読み解くことが必要でもあろう。

包括的な英国の未来のヴィジョンとしてグローバル・ブリテンがことさらに提唱される以前、EU離脱後のシナリオとして、「テムズ河沿いのシンガポール（Singapore-on-Thames）」というものが取りざたされていたのだが、このことに少し触れてもよいかもしれない。「テムズ河沿いのシンガポール」とは、EU離脱後の英国経済の仮想的なモデルであった。それは、アジア地域におけるシンガポールを範とし、英国はEU加盟国である近隣諸国とは大きく異なる経済環境、つまり、企業に低い税率と規制緩和を提供することであった。とはいえ、自由市場至上主義（いわゆるネオリベラリズム）の熱烈な支持者たちに歓迎されたこの「シンガポール・シナリオ」は、超ビジネス・フレンドリーな環境――低いあるいはゼロ法人税、低賃金、労働組合の弱体化、福祉衰退、非正規の移民・非市民の労働力――が要請されること、別の言い方をすれば、英国内の労働法擁護や福祉サービスが置き去りにされることとパラレルであることが問題視された（Dunin-Wąsowicz）。さらには、EU離脱後の金融市場の現実との齟齬や英国の政治経済構造がシンガポールをモデルとした資産の国有化や国家の介入といった新たなシステムに向かうことなどへの危惧についても（Christensen）、すでに、指摘されていた。このシナリオをここで取り上げたのは、EU離脱の背後には、英国における市場至上主義すなわちネオリベラリズムをめぐる矛盾や対立が存在している、ということを確認しておきたかったからだ。

さて、一つ目、「統合レヴュー」が公表された翌年に発行された『分断された世界におけるグローバル・ブリテン』は、「統合レヴュー」において警鐘を鳴らされていたヨーロッパ安全保障へのロシアの脅威がウクライナ侵攻というかたちで現実となった2022年現在、その真価を問うべく発表されたもので、チャタム・ハウスとして知られる英国のシンクタンクである王立国際問題研究所の上級研究員ロビン・ニブレットを中心にまとめられたものである。「統合レヴュー」ならびに本書に冠されているグローバル・ブリテンという概念の発信・受容のプロセスにおいては、チャタム・

ハウスも重要なプレイヤーであるということだ。

グローバル・ブリテンは、英国政府のホームページにおいても掲げられており、そこではグローバル世界における英国の未来に向けた野心やその実践のヴィジョンにかかわる過去のさまざまな議論、たとえば、ボリス・ジョンソン元首相のスピーチやジョンソン政権下の外務大臣ドミニク・ラーブのコメントなどが掲載されている。また、すでにいわれているように、この概念は、EU離脱後の英国のヴィジョンとして、2016年当時のテリーザ・メイ首相のスピーチで言及されたのであった——「グローバル・ブリテン、EU離脱後の英国のためのわれわれの野心的なヴィジョン」と[3]。ただし、こうした英国政府や政治家による諸議論をふまえそれらを補強すべく、2016年当時外務大臣であったジョンソンのスピーチが、EU離脱を超えたグローバル・ブリテンというヴィジョンを提示した場が、チャタム・ハウスにおいてであったことは、注目しておいてよい[4]。『分断された世界におけるグローバル・ブリテン』は、「統合レヴュー」が掲げた英国の将来におけるグローバルな役割を実行するための目標がどう達成されたか否かを、英国政府とは別に政策立案・提言をするシンクタンクとして、検討するものであった。

『分断された世界におけるグローバル・ブリテン』は、英国が経済的に地政学的にいかなる活動を実践してきたかを吟味し、現在の競合時代に適合すべく早い段階でどのような判断を下すべきかを分析するとともに、局面を左右するここ二年間にわたる英国の見通しや選択について熟慮するものだった。その検討の中心となるのは、「統合レヴュー」に掲げられた四つの目標である。まず第一の目標は、「リベラル・デモクラシーにもとづく国際秩序を擁護する（uphold an international order supportive of liberal democratic values)」、第二に、そうしたリベラルな国際秩序を維持するための安全保障に貢献する（contribute to the security of this order)、第三に、気候変動や新型コロナウィルスといったグローバルな問題の影響からの回復力を構築し持続可能な成長を促進するのに貢献する（help build greater global resilience to the impacts of climate change and health insecurity and promote sustainable development)、第四に、国際経済面において英国のグローバルな競争力を高め英国の市民の福利厚生・幸福を支持する（pursue an international economic agenda that strengthens the UK's global competitiveness and supports the welfare of its citizens.）というものだ（HM Government 18-19)。ロシアのウクライナ侵攻後、その前年に発表された「グローバルな視野をともなう問題解決ならびに責任を共有する国家（A problem-solving and burden-sharing nation with a global perspective)」(HM Government 6) として英国をみなす「統合レヴュー」のヴィジョンは、どのように審査されているだろうか。

ニブレットによれば、リベラル・デモクラシーの国際秩序を擁護し、その維持のための安全保障に貢献するという第一・第二の目標については、おおむね到達できていると肯定的に評価されている。具体的には2021年G7の議長国としてリーダーシップを発揮しNATOとのつながりを強化したことで中国の影響やロシアのウクライナ侵攻に先立つ欧州の安全保障に貢献したことがその評価の対象となっている。ただし、第三の目標については必ずしも手放しに評価されてはいない。環境問題についてはCOP26（国連気候変動枠組条約第26回締約国会議）議長国としてパリ協定に向けた重要な進歩を支援し評価できるものの、新型コロナウイルス感染症のグローバルなワクチン普及については十分意味のある貢献ができなかったこと、また、サブサハラ・アフリカのような地域の開発援助や女子教育促進支援といった海外援助における大幅な削減などが、その否定的な評価につながっている。第四の目標、国際経済に関する協議事項に関しては、これまでEU加盟国として享受してきた取引協定を、二国間協定をベースに、再交渉すること、またさらに、技術系のベンチャー企業、金融・フィンテク（ファイナンス・テクノロジー)、バイオテクノロジーといった分野で競争優位性を構築するため近隣国に比した大幅な規制緩和を活用することで大きな進展をとげた、と評価している（Niblett 2)。

こうした審査結果を提示したうえで、ニブレットが本書で優先事項として政策提言するのは、まず第一に、ロシアの攻撃・侵略を契機に、英国とEUの関係を再構築し関係修復（?）すべくきっちりと協働してあたる決意を強くすることだ。米国政府がNATOとEUの行動をコーディネイトする努力を示すなか、ロシアのウクライナ侵攻にEUが強い反発を示しているのは、離脱後にEUとギクシャクしている英国にとってよいチャンスともなるだろうから、と。つまり、NATOの戦略概念（Strategic Concept）をグレードアップする計画について考えるときにヨーロッパの防衛能力を強力にするというEUの姿勢とリンクする可能性が出てくる、そうして環大西洋間の優先事項にかかわる問題において英国だけが米国とEUの関係の蚊帳の外におかれるリスクを軽減できる、というわけだ。第二に、英国・米国とEUとの良好な関係を再構築する姿勢を保ちながら、英国は、現在のG7加盟国に加えてインド・太平洋の協力国を含む「G7プラス」の枠組みを整えることに大きな力とエネルギーを注ぐことができるし、そうすることで、リベラルな国際秩序における英国の優位を追求することが可能となる。第三に、英国の通商戦略についていうなら、ロシア・中国と「G7プラス」の間に構造的な分断が存在するときに、貿易取引をおこなう重要なパートナーになりうる国々や地域に焦点をあてる必要があるのだが、そのためにも、CPTPPへの加盟は、その点で意味のあるサインとなるはずだ。[5] 以上三つの提言の延長線上に、さらに、貧困問題を抱えるたとえば「グローバル・サウス」と近年呼ばれるような地域・国家への適切で、かつまた、できうるなら偽善的と指をさされないような対応の必要も、示唆される。[6] 具体的には、グローバル・ブリテンとしての英国が「気候変動ファイナンス、医療知識の移殖、インフラへの投資」（Niblett 3）へのコミットメントをきちんと世界に示すことが肝要だ、とされる。ウクライナ問題によって生じた商品価格の急上昇とともに、新型コロナウイルス感染症のようなパンデミックの破壊的な波及効果を最も強く受けてしまう弱い人びとに対する援助や難民政策は、諸自由民主主義国家とりわけ英国の意味が問われる瞬間にほかならない。貧困国の指導者や市民たちすなわち「グローバル・サウス」のために、英国をはじめとしたリベラル・デモクラシーあるいは「リベラルな国際秩序」・「法の支配」を掲げる先進諸国は手を差し伸べなければならないのに、昨今の大幅な海外援助削減とその難民政策ゆえに英国は偽善者という非難にさらされているといった有り様では、真のグローバル・ブリテンという太鼓判など押すわけにはいかない、というのがニブレットの議論だ（Niblett 3および59-62）。グローバル・ブリテンとしての英国を、その現在の時点で、地政学的空間においてとらえ直してみるなら、このようなヴィジョンと現実の間の対立や矛盾を孕んだものになる。

とはいえ、「統合レヴュー」を審査したニブレットは、本書の結論部で、EU離脱後の英国がグローバル・ブリテンとして認められるために必要なのはなんなのか、以下のようなおまけともいえるものを提示している。英国の国内外において見苦しい言い訳・正当化しなければならないような二重規範や偽善のあきらかな行為を続けているようではまったくダメで、そんなことでは、国際社会でとりわけ高く評価されている英国の「ソフト・パワー」に深刻なダメージを与えかねない。裏をかえせば、英国のナショナルにしてかつまたグローバルでもある文化すなわちグローバル・ブリテンの「ソフト・パワー」の核心であるリベラリズムの価値観こそが、将来の世界への影響力を保持するために有用である。「ハード・パワー」とは別にこのリベラルな文化の力である「ソフト・パワー」を大切にしながら十二分に活用すべきだ、そうしてこそ、リベラル・デモクラシー諸国家が構成する共同体の信頼に足る強健なメンバーであるという信望・評価を文化的資産として示すこともできる（Niblett 62）、というのがニブレットの提言ということになろうか。[7]

『分断された世界におけるグローバル・ブリテン』の結論部分に言及された「高く評価されている英国のソフト・パワー（its much-valued soft power）」（Niblett 62）について、本論で二つ目に取り上げるテクストに議論を移して、さらにグローバル・ブリテンについてもう少しだけ補足的に解釈してみたい。ブリティッシュ・カウンシルの『グローバル・ブリテン——英国ソフト・パワーの優位性』は「ソフト・パワー」に注目して英国の将来について提言したものであるが、その「まえがき」の冒頭、「英国はソフト・パワーにおけるスーパーパワーだ（The UK is a ‘soft power superpower’）」と主張している。その根拠はなにか。英国は、G20加盟国中最も魅力的な国であると公式に認識されるという特権的なポジションにおかれており、その認識の中心にあるのが「ソフト・パワー」である、とされている。

「ソフト・パワー」すなわち英国の文化は、「狭義においては諸芸術（arts）またはスポーツ（sport）、だが広義にはまたさまざまな価値観として英国の人びとが有する自由権・政治的自由（civil and political freedoms）」として、概念規定されている（British Council 2）。そして、「まえがき」の結末部は、グローバル・ブリテンに達するには、まだすべきことはあるが、アプローチを間違えなければ、英国は純粋な「善を促進する力」として認識される「ソフト・パワー」とそのスーパーパワーとしての堂々たる地位を維持することができる、と主張する（British Council 2）。こうした主張は、幹部による要約ならびにレポート全体にも受け継がれているのだが、そこで念を押すように繰り返されているのは、世界中の人びとは英国との関与・関係を、貿易取引において、そしてまた、文化的・教育的・科学的な交流・やり取りにおいて、熱烈に望んでいるという認識だ。たとえば「気候変動のようなグローバルな脅威・挑戦」に取り組むうえで英国は「善を促進する力」を備えた高い価値があると評価され信頼もできるパートナーとしてみなされているのだ、と。競争が激化するなか、友人たちからもライヴァルたちからも同じように「ソフト・パワーのスーパーパワー」と認められているのが英国にほかならず、この先グローバル・ブリテンとして成功するかどうかは、競合・分断が進む社会において英国と肩を並べようとする国々のなかでのトップの地位つまりG20諸国 のなかでもっとも人びとを引き付ける魅力的な国という地位をどのように確実に保持するかにかかっている（British Council 4）、というこれまたのんきで自己満足にも聞こえるものだ。[8]

ブリティッシュ・カウンシルのレポートによれば、英国の「ソフト・パワー」の優位性によって、気候変動や新型コロナウイルスのような脅威に取り組むべく国際的な協力関係を築く際に、英国は優位な立場にたつことが可能であるし、さらにその優位性は、英国と必ずしも価値観を同じくしないかもしれないが、他の大国とは違って、英国を信頼する国家をまとめるためにも有効となる、という。この現実における行動とはいつでも一致するとはいえない英国に対する楽観的ともいえる自信や自国への信頼は、どこから来るのだろうか。「ソフト・パワー」における英国の優位性は、歴史や文化によって、言い換えれば、長年にわたる投資ならびに（その投資を持続的に可能にしてきた）外交・グローバルな安全保障・国際開発・文化関係の各分野におけるリーダーシップによって、構築され保持された、そして、英国は地政学的な危機を乗り越える強靭力（resilience）を有する国家としての信頼を獲得している、とレポートはまとめている。ここにみられるのは、英国リベラリズムとその価値観にもとづく帝国主義の歴史と文化なのだろうか。現在のグローバルな資本主義世界・競合社会においても平静を保ち、行動し続けるべきだ（British Council 46)、と「ソフト・パワー」の優位性にもとづいた英国の輝かしい将来を見据えているわけだが、そうした主張の前提として措定されているのは、リベラル・デモクラシーとそれに包含される権利としての自由・自由貿易つまりは英国のリベラリズムか。

ブリティッシュ・カウンシルのレポートに示された「ソフト・パワー」の優位性に立った英国の将来を実現するためには、「統合レヴュー」で提示された目標に対して持続的な深い関心と貢献を示し、英国が形成する国際的ネットワークに対し継続的な投資を怠らないことが求められる、らしい。2020年12月31日に移行期間が終了しEU法が適用されなくなりEUから離脱し再び島嶼としての新たなスタートを切った英国は、激烈な「ソフト・パワー」の競争社会にあってスーパーパワーの地位にあるという「ソフト・パワー」における優位性を維持すべく、投資を持続・拡大することにより、2020年代を新たな繁栄の時代とすることを可能にするのだ、というのがこのレポートの提言だからである（British Council 46)。

以上、EU離脱後すなわち21世紀におけるヨーロッパ大陸を撤退した英国の行方をめぐる近年のさまざまなヴィジョンや議論を概観してみたが、本論の議論を閉じる前にもう一点触れておきたいことがある。実は、英国がヨーロッパ大陸から離脱するのは、今回が初めてではないということだ。かつて英仏百年戦争（1337-1453）においてカレーをのぞきそれまで英国が領有していた大陸の領土がすべてフランスの手にわたったこと、シェイクスピアの初期テクスト群である英国史劇が上演された1590年代には、そのカレーもすでに英国の支配下にはなくフランスの領土となっていた、という歴史を思い出してみればよい。フェルナン・ブローデルによれば、メアリー1世治世下の1558年カレーがフランスにより奪還されたことを契機に、英国は、島嶼になった、言い換えれば、ヨーロッパ大陸から切り離された独立したユニットとなった。この歴史的転換点以前は、英国は、英仏というひとつの全体性、あるいは、ヨーロッパ大陸の戦場で領土や報償を求める終わりのない戦いにおける、一地方あるいは田舎として機能していた。カレー喪失により大陸から分離されたことはローマ教会との分離ともパラレルな関係にあった。ただし、島嶼となったとはいえ完全に孤立したわけではない、とブローデルはさらに続けて述べている。羊毛産業・生地生産から毛織物工業への移行という点を重視するなら、英国は新大陸やアジア・太平洋に拡張するヨーロッパの交易ネットワークの内部により一層位置付けられることになった。こうして、英国の交易範囲は拡大し、その船は危険や脅威や陰謀にも直面する17世紀にヘゲモニーを握るオランダを含むヨーロッパ世界の外部の世界に進出していくことになったとさえいえる（大谷38; Braudel 353）。

かつてヨーロッパ世界の外の世界、現在の認識に沿うならば、グローバルな世界へと舵をとった英国は、その後、新大陸アメリカに植民地を獲得し大西洋を横断した環大西洋世界にプロテスタント帝国を形成することになったのだが、この帝国はアメリカ独立——英国側から見ればアメリカ植民地喪失——を契機に、新たな帝国すなわち大英帝国への道、大西洋ではなくインド・太平洋に向けて針路をとることになる。その過程で民間企業であった東インド会社を支配下に置きそのマネーと新たな帝国のパワーとが結びついた大英帝国が形成されることになった。その形成に向けて、植民地アメリカ喪失を教訓として、英国は、できる限り領域支配をおさえる「介入すれども領土として持たず」という非公式の帝国・「自由貿易の帝国」による間接統治——あるいは、「自由貿易帝国主義（imperialism of free trade）」（G・ギャラハー&R・ロビンソン）——へとその戦略を方向転換することとなった[9]。そうしてみると、ヨーロッパ大陸から撤退した21世紀現在英国が目指すグローバル・ブリテンのイメージは、かつてのイングランドを髣髴とさせる。初期近代において世界商業の中心地が東地中海からイギリス海峡（アメリカとアジアの供給物資が、バルト海の供給物資と出会う場所）に移動したことにより、イングランドにとって商業と海軍の拡大にまたとない機会が開かれたのだが、その後、この地理上の特権的位置という賜物から果実を収穫するために、イングランドは、まず支配者集団が地政学的不利を有利な条件に転換する方法を学び、次いでこの有利性を利用して、すべての競争相手を蹴散らす、長い歴史的過程を経なければならなかった。この長い歴史的過程は百年戦争の結果フランスにおける領土の大半を喪失したのち勃発したイングランドの内乱薔薇戦争によって幕を開けたのだ（Arrighi 183）。そしてその過程を経て、ヨーロッパの田舎であったイングランドが、東インド会社のマネーと英国国家のパワーをもって世界の覇権を掌握する大英帝国という姿として立ちあらわれることとなった。その後、覇権はアメリカに移行したかにみえて、21世紀現在AUKUS、QUAD等々を含む新たなネットワークの構築を推進し、太平洋において英国の地位を再配置しようとしている、これが通時的な歴史時間あるいは「長期持続」からとらえたグローバル・ブリテンのヴィジョンということになろうか。

EU離脱後の英国の未来として掲げられたグローバル・ブリテンという概念のもと、インド・太平洋へと進出を試みる21世紀の英国は、長い歴史的過程を経てたどり着いた覇権国としての大英帝国を、再発明しようとしているのではないか。ヨーロッパ大陸撤退とグローバル・ブリテンにはそのような英国の歴史をリ・デザインする欲望が潜んでいるのではないか、ということだ。それはまた、現在さらなる分断が進行する世界において英国が欲望する未来を、イギリス文学・文化を研究するわれわれは、どのように認識しその研究に取り入れるべきか、考えてもよいということだ。その際にまず確認しておくべきことはなにか。まずなによりも、ナショナルであると同時にグローバルでもある英国の現在とその文化を、通時的な歴史時間および地政学的空間において、どのようにとらえ直したりしたらよいのか、あらためて考えてみることが緊急の課題ではないだろうか。いつまでも、狭義の文学やスポーツ（モダニズム小説を中心にしてさまざまに再生産される英文学や野球とは差異化されるサッカーなど）とその価値観を英国の文化として認識しているだけではすまないのが、われわれの現在ではないか。ひょっとしてそれとも、批判的思考・想像力を働かせることなく、楽天的に自信をもって、人権や差別の問題を、また、環境・気候や健康（ヘルス）・ケアといった主題を論じることを、われわれの文学研究は21世紀になおも持続していくのだろうか。

Notes

※ 本論は、以下の二冊の書評として『ヴァージニア・ウルフ研究』40 (2023) :55-68. に掲載したものに加筆・修正したものである。Robin Niblett, *Global Britain in a Divided World: Testing the Ambitions of the Integrated Review, Research Paper.* (Royal Institute of International Affairs, 2022); British Council, *Global Britain: the UK's Soft Power Advantage*. (British Council, 2021).

［1］21世紀現在の「分断された世界」と文学研究との関係については、四戸慶介・菊池かおり「社会・世界の分断と（英語）文学・文化研究」（日本ヴァージニア・ウルフ協会第127回例会、2023年7月16日、於一橋大学）が口頭発表している。

［2］たとえば、グローバル・ブリテンを、第二次世界大戦後の米ソ冷戦や旧植民地の独立という歴史状況において撤退したかにみえる東アジアへの「リベラル・イングランドのリターン」として、とらえることも可能かもしれない。

［3］"Britain after Brexit: A Vision of a Global Britain." May's Conference Speech. 2nd Oct. 2016.のフルテクストについてはConservativeHomeを参照。

［4］英国政府の以下のサイトCollection: Global Britain: Delivering on Our International Ambition（https://www.gov.uk/government/collections/global-britain-delivering-on-our-international-ambition）に、政府のグローバル・ブリテン関連のヴィジョンを提示した主要なスピーチ原稿等が掲載されている。

［5］分断された世界に向けた重要なサインとなるCPTPP（Comprehensive and Progressive Agreement for Trans-Pacific Partnership=環太平洋パートナーシップに関する包括的及び先進的な協定）への加盟は、英国の「自由のネットワー

ク(network of liberty)」の外部の国家、たとえば、エジプトやヴェトナムといった国、との通商・貿易取引をおこなうことも可能にする、こうした外部の国家は、専制主義国家のネットワークに引き込まれかねないのが現状だから(Niblett 3)。

[6]「グローバル・サウス」の存在や声は、2023年7月1日～3日北京で開催されたthe World Peace Forumでも世界の関心をひいた。*The Economist* 8th July 2023の中国コラムは、この機会をとらえて中国が、"The Message to the Global South" として、先進国が唱道するリベラリズムの「普遍的価値(universal values)」はレイシズムの一形態であると主張したことを伝えている。

> Talk of civilisations is no accident. President Xi Jinping recently unveiled a Global Civilisation Initiative. That builds on his argument that China's growing strength and prosperity demonstrate that "modernisation does not equal Westernisation". Under Mr Xi, Chinese officials and state media have taken to arguing that a declining West's insistence on defending an "international rules-based order" amounts to a form of chauvinism. Chinese officials and scholars compare Western governments fussing about multi-party elections, independent courts or free speech to missionaries, as if the West is telling faraway peoples which god to worship.
>
> China is now applying that argument—in effect, that "universal values" are a form of racism—to the war in Ukraine. At the forum Chinese officials praised countries of the "global south", meaning Africa, Asia and Latin America, for assertively questioning an international order crafted in 1945 by the winners of the second world war—before, they claim, most modern states even existed. They were echoed by speakers from the developing world, among them Dilma Rousseff, a former president of Brazil. She now runs the Shanghai-based New Development Bank, a multinational lender founded by the BRICS grouping of Brazil, Russia, India, China and South Africa. Accusing America and "the global north" of hoarding wealth and of seeking to contain such rivals as China, Ms Rousseff condemned Western powers for dismissing diversity and trying to impose one model

of democracy. “If you don’t accept this imposed value system, you will be punished accordingly, or face measures such as war, coups or sanctions,” she charged.（*The Economist* 下線筆者）

こうした中国の主張がいまだ貧困をかかえるサウスの国家・地域にとってアピールすることを豊かな「グローバル・ノース」のリベラル・デモクラシーは過小評価するべきではないと、この記事は、世界・社会の分断あるいは「世界のブロック化（dividing the world into blocs)」という現在の問題をふまえながら、警告している。

[7]「統合レヴュー」についての吟味もそうだが、ニブレットによるこの提案も、奇妙に楽観的な音調にきこえないでもないが、どうだろう。リベラル・デモクラシーの価値観を再確認しその絆を深めることをうたうことは、「分断された世界」における危機を乗り越え脅威を回避するのにはたして十分なのか、疑問が残るからだ。あるいはひょっとして、リベラルな英国文化の力・「ソフト・パワー」がグローバルな資本主義世界の人びとにアピールしその欲望をかきたてずにはおかない実際的な機能や働きをより具体的に吟味するためには、NGO・NPOや多国籍企業または留学生・研究者を受け入れる高等教育機関等々を含む民間レヴェルの活動・交流、さらには、ブリティッシュ・カウンシルやBBCワールドなどをはじめとするnon-state actorsに、もっと注目して議論することが必要だろうか。

[8] ただし、このレポートがもとにしているデータにおいて魅力の点で第1位に位置しているとはいえ、どうやら第5位に位置する国との間に存するのは僅差であるという事実は否定できないことが、一応、指摘されてはいる。ちなみにこのトップ数か国はみなリベラル・デモクラシーの先進国であり、それゆえ当レポートのイントロダクションに続く第2章の最初のセクション“The appeal of wealthy liberal democracies”にも明示されているが、英国ソフト・パワーの魅力をアピールする対象を、富裕なリベラル・デモクラシーの国々としていることが示されている(British Council 2および7)。これは「統合レヴュー」における第一・第二の目標とも連動しているとみなしてよいだろう。

[9] 植民地アメリカの喪失を契機に英国がその帝国政策を変換した詳細については、井野瀬を参照のこと。

Works Cited

Arrighi, Giovanni. *The Long Twentieth Century: Money, Power, and the Origins of Our Times*. Verso, 1994.

Braudel, Fernand. *The Perspective of the World*. Translated by Sian Reynolds. U of California P, 1984.

British Council. *Global Britain: the UK's Soft Power Advantage*. British Council, 2021.

Christensen, John. "Singapore-on-the-Thames: Slogan or Strategy?" *A Singapore on the Thames?: Post-Brexit Deregulation in the UK*. CITYPERC Working Paper No. 2017-06. City Political Economy Research Centre. U of London, 2017.

Dunin-Wasowicz, Roch. "Boris Johnson's Real Agenda: The 'Singapore Scenario'." *LSE Brexit 2015-2021*. 12th August 2019.

HM Government. *Global Britain in a Competitive Age: The Integrated Review of Security, Defence, Development and Foreign Policy.* HMSO, 2021.

Niblett, Robin. *Global Britain in a Divided World: Testing the Ambitions of the Integrated Review, Research Paper*. Royal Institute of International Affairs, 2022.

井野瀬久美惠『大英帝国という経験』講談社、2017.

大谷伴子『マーガレット・オブ・ヨークの「世紀の結婚」——英国史劇とブルゴーニュ公国』春風社、2014.

おわりに

社会・世界で分断が拡大する状況で、英語文学・文化研究ができることとは何なのか

四戸 慶介・菊池 かおり

2017年の第一次トランプ政権誕生や、その後のイギリスのEU脱退を経て、英米国内における社会の分断が浮き彫りになってきた。さらに、2020年からはじまった新型コロナ感染症拡大によるパンデミック、そして2022年のロシアのウクライナ侵攻によってより顕在化されたのは、地政学的な分断と、民主主義国家と権威主義国家の対立構造――英米や日本などにみられるリベラリズムに対するロシアや中国の挑戦、という構造――である。

このような構造は、2025年はじめの第二次トランプ政権発足を受けて、今後さらに強化される可能性が色濃くなった。そして現在わたしたちが直面しているのは、リベラルな国際秩序の動揺であり、より不透明化される国際関係にまつわる問題である。そのため、これまで『アール・デコと英国モダニズム――20世紀文化空間のリ・デザイン』、『ブライト・ヤング・ピープルと保守的モダニティ』、そして『ショップ・ガールと英国の劇場文化――消費の帝国アメリカ再考』を通して、英国モダニズム／モダニティとリベラリズム、さらに個人主義と資本主義の関係について議論が重ねられてきた。それらを踏まえ、社会・世界で分断が拡大する状況で、英語文学・文化研究ができることとは何なのかを念頭に、着手されたのがこの『ユーラシアのイングリッシュ・スタディーズ序説』であった。そうした背景を振り返りながら、この「おわりに」では、英語文学・文化研究を通してできることについて本書がどのような働きかけをおこなうものなのか、対話形式で再確認しておきたい。

——社会・世界の分断と英語文学・文化研究のかかわり——

菊池：そもそも、社会・世界の分断に直面している今、英語文学・文化研究がどのように関わっているのか、また、どのような応答が求められているのか、という問いについて考える上で一つの契機となったのが、2023年に刊行された米国の人文学論集『バウンダリー2』の特集号「危機から破局へ：グローバル右翼の系譜（“Crisis to Catastrophe: Lineages of the Global New Right”）」でした。

そこでは、人文学研究が、昨今の社会・世界の分断にまつわる社会的、文化的、政治的な諸勢力に対して関心を寄せてこなかったことが問題視されていました。一部、引用しておきます。

As we confront this new social, cultural, and political landscape, it becomes dismally apparent that the humanities in the academy have been too often oblivious to these social, cultural, and political forces in recent years - including the appropriation of parts of their own discourse by white nationalists. (Feldman, Leah, and Aamir R. Mufti “The Returns of Fascism.” *Boundary 2* 50. 1 (2023) 10)

四戸：ここでの話題は、2016年以来、世界的にファシズム的傾向が目立ってきており、そうした勢力が、ポストコロニアリズム批評、ジェンダー批評やセクシュアルマイノリティー批評等の言葉を流用しながら、自らに潜在する白人至上主義を見えづらくしている、という状況に対して人文学は反応すべきではないか、という議論でした。これは1930年代ファシズムの再来、とも言われています。

この状況は、民主主義国家と権威主義国家との対立構造の中で拡張・拡散してきており、英米を中心にグローバルに発信される研究では、そうした国家間のパワーバランスのシフトにいかに対応していくか、が問われているようです。

そのような英米主導の批評が展開されている状況を踏まえ、20世紀後半からのグローバリズムへの対応が意識されるようになっておよそ半世紀が過ぎようとしている今、わたしたちが英語文学・文化研究を通してどのように反応できるのか、という議論が背景にありました。

そして結論から言うと、ユーラシアという地域に注目して、これまでの英語文学・文化研究を再考していく、という方向性が重要になってきます。しかも、注目する方法には少し留意する点があって、それは端的に言うと、リベラリズムを疑いつつ、東アジアから、自分事として、ユーラシアという舞台に注目する、というものになるかと思います。

——本書の取り組み——

四戸：現在のグローバリズムについて考えるとき、たとえばスタート地点がコロンブスのアメリカ大陸発見に設定されて、西洋とその他の地域が出会って、相互の交流が始まっていくというラインがあります。そうして世界がグローバルな規模で繋がっていく過程で、19世紀イギリスの覇権が20世紀アメリカの覇権へとシフトしていく（実際にはイギリスの覇権は形を変えて延命されているわけですが）、というひとつのターニングポイントが、そのラインの中に印付けられます。

しかし、そうした流れと並行して、スタート地点をユーラシア地域の高度に発達した文明に設定し、そこで起こった出来事が西洋に影響を及ぼしていくというラインも見直されているようです。ユーラシアという地域からの影響が、西洋を経由して、そして英米覇権のシフトに伴いアメリカへ渡る、というやり方で英米とユーラシア地域の関係を見直していく動きです。それは、実は英米に多大な影響を与えていたというユーラシア地域の、特異な、そしてさまざまな文化や社会を、これまでとは異なる角度から再確認していこう、というグローバルな規模で共有されていく多様性や異文化理解に適う取り組みだと思います。

そこで、わたしたちが、ユーラシアという空間に目を向けるとき、英米のそれとは異なる視座で、ユーラシアの空間をとらえることが重要になります。ユーラシア地域のさまざまな特徴を理解するだけでなく、西洋やロシアにとっての東欧、バルカン半島、そして中央アジアに留まらない、中国や日本を含む東アジアに連なる広いユーラシアの地政学的重要性を意識しながら、そこを英米がどう捉え直すかをなぞるのではなく、そこに東アジア事として批判的に介入していくような視座が鍵になっています。

そのために、『ユーラシアのイングリッシュ・スタディーズ序説』は、英米の覇権と支配の観点からとらえられたロシアや東欧・バルカンだけでなく、東アジアを含むようなユーラシアの全体性に焦点をあてています。

菊池：それと同時に、注意を払ってきたのが、資本主義とモダニズム／モダニズム研究の関係でした。本書の「はじめに」で大田が触れている通り、わたしたちは「資本主義の支配的な文化としてのグローバル化」と「英文学」の関わりについて、さまざまな地域・国家を取り上げつつ、批判的な再考を試みてきたわけですが、この試みは、ある意味では、次の引用にあげたような、昨今のモダニズム研究の「拡張」と資本主義の親和性に対する批判への応答とも言えるかもしれません。

. . . the time is nigh to consider how and why the work of the NMS [New Modernist Studies] has emerged out of our contemporary economic, political, and institutional academic situation. . . . By considering the consolidation of the NMS brand, we can gauge the theoretical distortion and political flattening that too often accompany the transformation of a critical movement into a marketable intellectual commodity. . . . Is the *Neo* in Neoliberalism the *New* in New Modernist Studies? (Brzezinski, Max. "The New Modernist Studies: What's Left of Political Formalism?" *Minnesota Review* 76 (2011) 109, 120)

四戸： たしかに。わたしたちが取り組んできたのは、 広いユーラシアに注目し、今まで焦点が当てられることのなかったユーラシア社会や文化を単に紹介するのではなく、ユーラシアという場で、資本主義を基盤に、モダニズムやリベラリズムとともに制度化され、グローバルな規模で流通してきた「英文学」を、私事／東アジア事として批判的に読み直して応答する、延いては異文化理解に貢献する、ということになるのではないでしょうか。

――本書の意義、文学研究・教育とのつながり――

菊池：水面下で、西と東など、地政学的境界線を超越した連帯性、そして何よりリベラリズムとの関係性が、透けて見えるということになると、21 世紀の今、英語圏の文学・文化を学ぶとは、具体的にどのような意味があると思いますか。

四戸：もし英語圏の文学・文化を学び、それが異文化を理解することに繋がるのだとしたら、そしてグローバルに多様化していく価値観に対応できるようになるのだとしたら、その学びは、次に自分が何をするべきかをもう一歩踏み込んで考える機会を与えてくれるのだと思います。グローバルに活動して、色々な人々と出会ったが、やはり自分もみんなと同じ視点や考え方を共有できていて、国際的に対応することができた、という状態からさらにもう一歩踏み込んで考えるような機会です。

たとえば、ある価値観が誰のために多様化していくのか考えてみることもできるだろうし、多様化していくなかで対応されるべくして拡散していく価値観がある一方で、なかったことにされてしまう価値観があることや、そうした認められる／られない価値観の選別がどのようにされるのかなど、について考える機会が、英語文学・文化研究を学ぶ中にあるのだと思います。

そういう意味で、今回の『ユーラシアのイングリッシュ・スタディーズ序説』は、支配的な価値観に回収されないように英語文学・文化を扱い、それらを異国の文化・価値観を知るために消費される情報コンテンツとして示すというよりも、それらを再読する行為が、歴史的にも文化的にも、そして経済的にも私たちの生活にかかわる自分事であり政治事であるということを示す、そうした取り組みをおこなったものだと、言えるのではないでしょうか。

——最後に——

本書は「ユーラシアのイングリッシュ・スタディーズ」研究会で定期的に重ねられた議論をもとに編纂された。企画を立ち上げてくださった大田信良先生をはじめに、毎回それぞれの研究分野から非常に重要な視点や批評的な視点、そしてさらなる展開が期待される興味深い話題などを共有してくださった大谷伴子先生、大道千穂先生、齋藤一先生、髙田英和先生、松永典子先生に、感謝を申し上げます。また、本書の出版を快諾してくださった小鳥遊書房の高梨治氏に、多大なる感謝を申し上げます。ありがとうございました。

索　引

おもな「人名（＋作品名）」と「事項」を五十音順に示した。
作品名は作者である人名ごとにまとめてある。

【人名（＋作品名）】

◉ア行

アリギ、ジョヴァンニ（Arrighi, Giovanni）　7, 10-11, 14-16, 110, 169

『長い 20 世紀』（*The Long Twentieth Century*）　10-11, 16

「終末的危機」（terminal crisis）　10, 15

アンダーソン、ベネディクト（Anderson, Benedict）　22

アンダーソン、ペリー（Anderson, Perry）　22, 43

「リニューアルズ」（“Renewals”）　22

イシグロ、カズオ（Ishiguro, Kazuo）　157, 159, 164-166, 168-172

『日の名残り』（*The Remains of the Day*）　157-160, 162, 164-171

ウィーダ（Ouida）　112

『フランダースの犬』（*A Dog of Flanders*）　98-99, 101-105, 107, 109-110, 112-113

ウェデマイヤー、アルバート・C（Wedemeyer, Albert C）　170

ウォルコウィッツ、レベッカ・L（Walkowitz, Rebecca L）　184-190, 197

「生まれつき翻訳」(Born Translated)／「生まれつきデジタル」（born-digital）197

ウッドウォード、スーザン・L（Woodward, Susan L）　55

ウルフ、ヴァージニア（Woolf, Virginia）　115-116, 118, 135, 142, 145, 153

『オーランドー』（*Orlando*）　115-116, 118, 135, 142, 145, 153

『歳月』（*The Years*）　115-119, 135-136

エスティ、ジェド（Esty, Jed）　7-11, 15-16, 172

「アフター西洋」（“After the West”）　7, 172

『衰退の未来』（*The Future of Decline*）　9

オルドリッチ、リチャード（Aldrich, Richard J）　168-170

◉カ行

キプリング、ラドヤード（Kipling, Rudyard） 120, 122, 136

『キム』（*Kim*） 120, 122

キャプラ、フランク（Capra, Frank） 117

キャロル、ルイス（Lewis Carroll） 112

クリントン、ビル（Bill Clinton） 43, 45-48, 57, 59

コンラッド、ジョゼフ（Conrad, Joseph） 7-8, 11-12, 64-66, 68, 70, 72-73, 75, 78-87, 91-92, 123

『シークレット・エージェント』（*The Secret Agent*） 7-8, 11-12, 65-70, 72-73, 77-79, 83, 86-87, 90-91

「専制政治と戦争」（“Autocracy and War”） 11, 66, 78-79, 83, 86-87

◉サ行

サイード、エドワード（Said, Edward） 120, 146

『文化と帝国主義』（*Culture and Imperialism*） 120

齋藤勇 109

サックヴィル＝ウェスト、ヴィタ（Sackville =West, Vita） 136, 141, 145, 152, 154

◉タ行

ダーウィン、チャールズ（Darwin, Charles） 13, 65, 100

チェスタトン、G. K.（Chesterton, G.K.） 112-113

ダース、サラット・チャンドラ（Das, Sarat Chandra） 120

チョウ、レイ（Chow, Rey） 8, 190-195, 197-199

「リベラル・デモクラシーのジャーゴン」（“The Jargon of Liberal Democracy”） 8, 10, 14

テーボーン、ヨーラン（Therborn, Göran） 21-22, 24-26, 29-30, 32-34

「ワールド・アンド・ザ・レフト」（“The World and the Left”） 21, 33

ド・マン、ポール（de Man, Paul） 196

『読むことのアレゴリー』（*Allegories of Reading*） 195

ドイル、アーサー・コナン（Doyle, Arthur Conan） 120, 122, 124

『シャーロック・ホームズの帰還』（*The Return of Sherlock Holmes*） 120-122

ドゥーギン、アレクサンドル（Dugin, Aleksandr） 28-29, 31-32, 35

『地政学の基礎』（*Foundations of Geopolitics*） 28
『第四の政治理論』（*Fourth Political Theory*） 28

◉ナ行

ナボコフ、ウラジーミル（Nabokov, Vladimir） 7-8
『ロリータ』（*Lolita*） 7-8
ニコルソン、ハロルド（Nicolson, Harold） 141
ニブレット、ロビン（Niblett, Robin） 201-202, 204-206, 212-213
『分断された世界におけるグローバル・ブリテン』（*Global Britain in a Divided World*） 201-203, 206

◉ハ行

ハガード、H. ライダー（Haggard, Henry Rider） 123-124
ハーディ、トマス（Hardy, Thomas） 99, 105
バロウズ、エドガー・ライス（Burroughs, Edgar Rice） 124
ヒルトン、ジェイムズ（Hilton, James） 115, 117-118, 122-124, 135
『失われた地平線』（*Lost Horizon*） 115, 117, 122-126, 134-135, 137
『チップス先生、さようなら』（*Goodbye, Mr. Chips*） 137
フクヤマ、フランシス（Fukuyama, Francis） 28, 33-34
『歴史の終わり』（*The End of History and the Last Man*） 33
『「歴史の終わり」の後で』（*After the End of History*） 33
ハラー、ハインリヒ（Harrer, Heinrich） 10
『セブン・イヤーズ・イン・チベット』（*Seven Years in Tibet*） 135
フェルドマン、リア（Feldman, Leah） 21, 27-34, 36, 216
「はじめに：甦るファシズム（"Introduction: The Returns of Fascism"）」 27
「トラッド右翼：「歴史の終わり」に形成されるユーラシア白人主義」（"Trad Rights: Making of Eurasian Whiteness at the 'End of History'"） 21, 33
プラット、メアリー・ルイーズ（Pratt, Mary Louise） 144
『帝国のまなざし』（*Imperial Eyes*） 144
ブレジンスキー、ズビグネフ（Brzezinski, Zbigniew） 13, 38-44, 53, 59, 219
『ブレジンスキーの世界はこう動く』（*The Grand Chessboard*） 13, 38, 44
ブレア、トニー（Blair, Tony） 44-48, 50, 56-57, 59, 171

「倫理的な戦争」 46, 57

◉マ行

松村達雄　109-110
マフティ、アーミル（Mufti, Aamir） 27, 216
「はじめに：甦るファシズム（“Introduction: The Returns of Fascism”）」 27
マンチェフスキ、ミルチョ（Manchevski, Milcho） 48
『ビフォア・ザ・レイン』（*Before the Rain*） 48, 50-54, 56-60
モーガン、ピーター（Morgan, Peter） 45, 48
『スペシャル・リレーションシップ』（*The Special Relationship*）トニー・ブレア三部作　45, 47-48, 57

◉ラ行

レオポルド二世（Léopold II） 111
レティンゲル、ユゼフ（Retinger, Joseph） 80-82, 85
ロレンス、D. H.（Lawrence, D. H.） 99, 109

◉ワ行

ワトキンス、スーザン（Watkins, Susan） 43

【事項】

◉ア行

『アップステアーズ、ダウンステアーズ』（*Upstairs Downstairs*） 161-165, 167, 172
アナーキズム　69, 79, 90, 118
アナーキスト　11, 65, 68, 70-72, 76-77, 86, 88, 91
アフガニスタン　73-74, 78, 118-119, 125, 128, 137, 147
アフター資本主義　9
アルバニア人とセルビア人の対立　46
アングロ・ペルシャ石油　146-147, 149-151

一帯一路構想　30
EUの東方拡大　88
イングリッシュネス　158-159, 161-162, 164-167
インクルージョン　68
インディグナドス（怒れる人）運動　23, 34
ウクライナ　21, 27, 29, 42-44, 202, 204-205, 215
「英文学」・異文化理解という観点　12, 219
英米関係　42, 45, 47, 57-58, 81, 85-86, 119, 146-147, 150
英露協商　11, 73-75, 78, 81, 85-86, 119, 146-147, 150
オーストリア＝ハンガリー帝国復興　30

◉カ行

金／マネー（money）　99-103, 105, 07-108, 111-112
カレー喪失　209
北アイルランド和平合意　57
教養小説　68, 99, 100
近代性／モダニティ　9, 11-12, 79, 98, 107, 112, 190, 192-193, 215
「グレート・ゲーム」　9, 13, 41, 66, 73-75, 78, 85, 87, 92, 115, 119-120, 125, 134-135, 143, 147, 151, 153, 169-170, 174-175
グローバル・イングリッシュ　179, 183, 197
「グローバル・サウス」／Global South　193, 205, 212
グローバル・シティズン教育　64, 77
グローバル・シティズンシップ教育　63, 182, 187, 192, 198
グローバル化する英国映像文化　164-165, 168-169
グローバルな中流化する移民（middling migrant）　10, 61, 182
グローバル・ブリテン　201-203, 205-207, 209-211
グローバルヒストリー　12-13
グローバリズム　28-29, 217
グローバル資本主義　29-30, 32-33, 55, 190
「グローバル・ノース」　213
啓蒙主義・思想　101, 125
ゲルニカ爆撃　116
権威主義国家　21, 215-216

公正・公平（equity） 13, 187, 190
コソボ紛争 44, 46-48, 57

◉サ行

シティズンシップの英文学／シティズン・市民の文学・文化 14-15, 63-64, 66-68, 73, 78, 86, 184, 187-188, 190, 197
児童文学 110
資本主義 8-9, 13, 22, 24, 26, 28, 31, 33, 48, 51, 58, 82, 98, 106, 109, 158, 167, 215, 218-219
「自由で開かれたインド・太平洋」 45
「自由貿易帝国主義」（imperialism of free trade） 209
社会・世界の分断 32, 82-83, 216
社会主義者 70, 76-77, 88
人権 15, 63-64, 66, 68, 87, 89, 193-194, 211
新自由主義／ネオリベラリズム 8, 22-25, 28, 30, 34, 56, 60, 63, 82, 158, 166-167, 198, 202
身体障害者（a disabled body）／精神障害／「白痴」／精神薄弱者 67-72, 86, 89
スターリン体制 122
世界文学／世界文学論 12-13, 188
専制主義 78, 83-84, 198
総力戦 12, 73, 85-87, 92
ソフト・パワー 143, 154, 190, 193-194, 201, 206-208, 213

◉タ行

多言語主義（multilingualism） 13, 179, 181-183, 185-190, 194-195, 197, 199
多文化主義（multiculturalism） 59, 180, 182, 186
「多様性、公正・公平そして包摂（diversity, equity, and inclusion, or DEI）」 190
単一言語化（monolingualization） 191-192
単一言語主義（monolingualism） 182-183, 185, 188-192, 195, 197-198
地政学／地政学的読解 12-13, 21, 23, 26, 35, 42-45, 53, 58, 66, 73-74, 77, 82, 86-87, 91, 115, 119, 125-126, 134-136, 175, 182, 206, 208, 210, 215
長期持続（longue durée） 7-8, 11, 14, 16, 210
「テムズ河沿いのシンガポール」（Singapore-on-Thames） 202

「特別な関係」 45, 48, 57-59
トラッド右翼 28
トランプ政権 215

◉ナ行

「長い20世紀」 7, 85, 92
南下政策 118-119, 147
日露戦争 12, 74, 78-79, 83-87, 91, 175
日中戦争 116, 135
人間（the human） 65, 67-69
人間性 50, 72, 102-104, 106, 108, 112, 161
ネオ・ユーラシア主義 21, 27-29, 32, 35
ネオリベラリズム／自由市場至上主義 8, 55-56, 60, 63, 82, 158, 166-167, 198, 202

◉ハ行

バクー 150-151
バクー油田 60
パフォーマンス性（performativitiy） 194-195
パリ五月革命 23
「バルカンの悲劇」 52, 55
バルカン問題／バルカン 12, 41-42, 44-46, 48, 50, 52-59, 74-75, 85, 91, 218
東アジア 11-12, 14, 42, 74-75, 78-79, 83-85, 87, 92, 118-119, 122, 126, 168, 174, 211, 217-219
非暴力・不服従運動 122
平等（equality） 187
ファシズム／ファシズムと共産主義 12, 28, 118, 122, 173, 216
フォード財団 161
ブリティッシュ・カウンシル 201, 206-208, 213
ブレグジット／EU離脱 201-203, 205-206, 208, 210
プロパガンダ 70, 76, 92, 143, 154, 172
米国産フォード／フォード車／米国産の車 160, 168, 170, 172
米中対立 198
ヘリテージ映画／英国ヘリテージ映画 157-159, 163, 171

ペルシャ帝国銀行　148, 154
ポスト・ヘリテージ映画　158, 165
ポスト冷戦　44, 48, 52-53, 58, 167
ボストン公共放送局　161-162
ホーソーンデン賞　117
「ポーランド国民評議会」(the Polish National Council)　81

◉マ行

マケドニア人とアルバニア人の対立　10
『マスターピース・シアター』(*Masterpiece Theatre*)　10
満州事変　10
「短い20世紀」　10
民主化　10
民主主義国家　10
みんなの英文学としてのピープルの英文学　199
モダニズム / モダニズム研究　7-8, 14-16, 99, 143, 145, 153-154, 218-219
モービル石油　162-163

◉ヤ行

ユーゴスラヴィア／旧ユーゴスラヴィア／(旧ユーゴ)　44, 46, 49-52, 55, 58
ユーラシア　8, 10-15, 28, 32, 34-35, 42-45, 58, 66, 74-75, 77-78, 84-87, 92, 97, 109, 115, 135, 143, 147, 151, 154, 168-170, 173-175, 195, 202, 217-219
ユーラシア主義　21, 27-29, 32, 34-35
ユーラシア・バルカン　41-42, 44-45, 53, 58

◉ラ行

理性　102, 104, 106
リーディング　89, 195-197
リベラリズム　8-11, 13-14, 28-29, 44, 52, 57, 80, 82, 85, 102, 163, 171-173, 182, 186, 190, 192-193, 206, 208, 212, 215, 217, 219
リベラル・デモクラシーの国際秩序／リベラルな国際秩序　12, 30, 173, 203-205, 215
ロイター利権　147-148
盧溝橋事件　116

ロシア恐怖症（Russophobia） 43-44
ロシアの南下政策　118-119, 147
露仏同盟　73, 85, 91

AUKUS（米英豪安全保障パートナーシップ） 210
BBC　161-163, 216
CPTPP（Comprehensive and Progressive Agreement for Trans-Pacific Partnership= 環太平洋パートナーシップに関する包括的及び先進的な協定） 205, 211
non-state actors　213
civic hospitality　184, 187, 198
English as an additional language（追加言語としての英語） 184-190, 197
English as a foreign fanguage（外国語としての英語） 184-185, 189
English as a second language（第二言語としての英語） 184-185, 189
English as a lingua franca（共通語としての英語） 179, 181, 183
ITV　161-162, 167
liberal democracy　182, 192-195, 198
NATO　43, 46-47, 204-205
Postanglophone Fiction　188
QUAD（日米豪印戦略対話） 210
social justice　187, 190

【編著者】

◉**大田 信良**（おおた　のぶよし）［はじめに、第 3 章、第 8 章］

東京学芸大学教授／イギリス文学・文化／『帝国の文化とリベラル・イングランド――戦間期イギリスのモダニティ』（単著、慶應義塾大学出版会、2010 年）、「英国ショップ・オーナーの「居場所」、あるいは、グローバル・シティズンシップという夢――消費の帝国アメリカの勃興？」『メディアと帝国』（小鳥遊書房、2021 年）、「モダニティ論とさまざまなモダニズムが誕生するわけ――ヴァージニア・ウルフ『ダロウェイ夫人』と記憶／トラウマ論再考」『ブライト・ヤング・ピープルと保守的モダニティ――英国モダニズムの延命』（小鳥遊書房、2022 年）他。

◉**大谷 伴子**（おおたに　ともこ）［第 2 章、第 7 章、第 9 章］

インディペンデント・スカラー／イギリス文学・文化／『マーガレット・オブ・ヨークの「世紀の結婚」――英国史劇とブルゴーニュ公国』（春風社、2014 年）、『秘密のラティガン――戦後英国演劇のなかのトランス・メディア空間』（春風社、2015 年）、「20 世紀の世界において保守主義に籠ったリベラルな英国文化？――A･P･ハーバートの「ヒウマーの特性」と喜歌劇『タンティヴィ荘』」『ブライト・ヤング・ピープルと保守的モダニティ――英国モダニズムの延命』（小鳥遊書房、2022 年）、『ショップ・ガールと英国の劇場文化――消費の帝国アメリカ再考』（小鳥遊書房、2023 年）他。

◉**四戸 慶介**（しのへ　けいすけ）［第 1 章、第 5 章、おわりに］

岐阜聖徳学園大学人文学部／イギリス文学・文化／「病と不調の経験から他者としての女性の経験へ――病者と労働者階級へのヴァージニア・ウルフの（非）共感性」『アカデミック・ダイバーシティの創造』（彩流社、2022 年）、“Aesthetics of “Being Ill” in Virginia Woolf’s The Years”『ヴァージニア・ウルフ研究』第 33 号（2016 年）他。

【執筆者】

◉髙田 英和（たかだ　ひでかず）［第4章］

福島大学教授／近現代イギリス文学・モダニズム／「スコットランドと都市計画者の20世紀——Patrick Geddesの植民地なき帝国主義」『アール・デコと英国モダニズム——20世紀文化空間のリ・デザイン』（小鳥遊書房、2021年）、「「ブライト・ヤング・ピープル」の黄昏と戦間期以降の英国リベラリズムの文化」『ブライト・ヤング・ピープルと保守的モダニティ——英国モダニズムの延命』（小鳥遊書房、2022年）他。

◉菊池 かおり（きくち　かおり）［第6章、おわりに］

大東文化大学文学部英米文学科准教授／20世紀イギリス文学・文化／『アール・デコと英国モダニズム——20世紀文化空間のリ・デザイン』（共著、小鳥遊書房、2021年）、「“Artists, archaeologists, architects, etc. prefer Shell”——1930年代の英国文化と国際石油資本シェル」『ブライト・ヤング・ピープルと保守的モダニティ——英国モダニズムの延命』（小鳥遊書房、2022年）、“A Conjunction of Architecture and Writing of Virginia Woolf: Sexuality and Creativity in *Orlando*”『英文学研究』92巻（2015年）他。

ユーラシアのイングリッシュ・スタディーズ序説（じょせつ）

2025年3月31日　第1刷発行

【編著者】
大田信良、大谷伴子、四戸慶介

【著者】
高田英和、菊池かおり

発行者：高梨 治
発行所：株式会社**小鳥遊（たかなし）書房**
〒102-0071　東京都千代田区富士見1-7-6-5F
電話 03 (6265) 4910（代表）／FAX　03 (6265) 4902
https://www.tkns-shobou.co.jp
info@tkns-shobou.co.jp

装幀：宮原雄太／ミヤハラデザイン
印刷：モリモト印刷株式会社
製本：株式会社村上製本所

ISBN978-4-86780-070-6　C0098
Printed in Japan